GAEA

GAEA

術数師

5

先知瑪雅的預知夢

天航　KIM　著

術数師 5 ◇ 先知瑪雅的預知夢

目錄

瑪雅・一九九二年 …… 07
蘭達・一五一九年 …… 145
瑪雅・二〇〇〇年 …… 191
羅傑・一二五九年 …… 291
瑪雅・二〇一五年 …… 317
台版誌／天航 …… 413

神就照著自己的形象造人。

——《創世紀1：27》

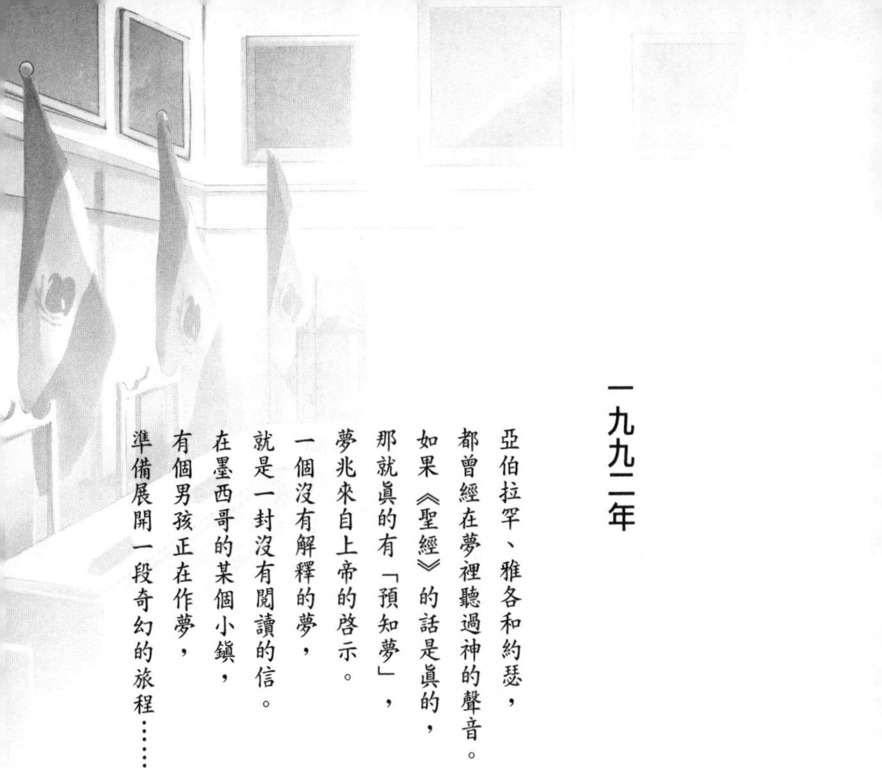

一九九二年

亞伯拉罕、雅各和約瑟，
都曾經在夢裡聽過神的聲音。
如果《聖經》的話是眞的，
那就眞的有「預知夢」，
夢兆來自上帝的啓示。
一個沒有解釋的夢，
就是一封沒有閱讀的信。
在墨西哥的某個小鎭，
有個男孩正在作夢，
準備展開一段奇幻的旅程……

1

瑪雅作了個極爲可怕的夢。

在夢中，他可以穿越到未來。

當所有人在看映像管電視的時候，他已經知道，電視機會變得很薄，薄得像木板一樣，只是比玻璃窗厚一點。大人對這個孩子的預言，大都一笑置之，覺得都只是科幻小說的想像，在將來未必可能實現。

「在車廂裡，每個人都低頭看著很小的電視機！」

教過瑪雅的老師都很欣賞他的創意，總是給他的作文打很高的分數。

二〇〇六年的世界盃，當朋友在賭球賽，熱議哪一隊最有冠軍相，瑪雅押注在較冷門的義大利國家隊，惹來一陣嗤笑，直到最後才證明他是對的。

九十年代初，瑪雅和媽媽到美國旅行。在遊覽車裡，當瑪雅看見兩棟高聳入雲的摩天大廈，竟然語出驚人道：「那兩棟高樓會倒塌！」導遊笑著說：「哈哈，不可能會倒的！紐約市不會發生地震。」誰會在乎一個十歲小鬼頭的童言？除了瑪雅的媽媽。

人的一生之中，用於睡眠的時間平均佔三分之一，夢的總數達到十多萬。如果說夢是毫無意義的活動，那就是自然進化最大的錯誤。

人不能不睡，作不作夢，也無法自主。

瑪雅的記憶力有限，不是每個夢都記得住，正如孩提時代的往事，無論當時的感受再深刻，隨著人老了，回憶都會模糊，漸漸剝落和褪色。

但有一個噩夢，瑪雅一直忘不了。

這一晚，夜風吹過大地礫岩，吹過崇山峻嶺，吹過熱帶雨林，來到古老的城區。在亙古永存的宇宙，銀河飛流在九霄之上，輝耀這個安寧的小鎮，金幣一般的星光一閃一閃，倒映在一扇扇格子窗上。

瑪雅在深眠中，又進入了夢的世界。

一如既往，他一睜開眼，就發現自己置身在不熟悉的地方。這是個光亮的封閉空間，乘客咕噥，後方傳來了嬰兒的哭聲，透光的小窗口沿著白色的內艙延展，前前後後合共十八排座位，座位之間有兩條狹窄的走道。

瑪雅的左手旁就是小窗口，望向外面，竟然看見一只巨大的白色機翼。湛藍的天幕下方是波起翻湧的雲海，密密霧繞到天際的盡頭，隨著氣流而變化萬千，狀似一團團吹皺了的棉花糖。

「飛機？我在飛機裡？」

瑪雅驚奇地看著窗外景象，心中興奮無比。

雖然瑪雅錯過了起飛的過程，對他小小的心靈來說，搭飛機畢竟是很刺激的體驗。現在他的心情彷彿跟著飛機飛起來了。一切都是那麼地眞實，有如身臨其境，瑪雅一旦覺得這是個有趣的夢，就不想太早醒來。

不可以照鏡子。

也不可以有人叫出自己的名字。

這兩項就是夢的規則，根據過往經驗，只要瑪雅一瞧見自己的樣子，又或者在感覺有人叫出自己名字的前一瞬間，他就會立刻甦醒，離開當前的夢境。

機艙裡，一排有十個座位，乘客佔滿七成，都是瑪雅不認識的人。四周乘客以黃皮膚、黑頭髮的人種居多，面相比較扁平，說著一種字字頓挫的語言。瑪雅住的小鎮裡有中國人開的餐館，他見怪不怪，暗中認為那些乘客都是中國人。

機長發出廣播，瑪雅勉強聽了個半懂，得知目的地是一個叫「HONG KONG」的城市。

走道旁的座位無人，瑪雅微微豎起膝蓋，一屁股晃了過去。他東張西望，瞧見有個穿著制服的小姐沿著走道而來，她身材窈窕，一頭黑髮盤成髻子，額頭中間有顆痣，美得令人一見難忘。瑪雅目不轉睛地盯著她，自然引起了她的注意。

黑髮小姐在椅側停步，微微靠攏，用英語問：「先生，有甚麼需要幫忙嗎？」

「我想吃東西，可以嗎？」

黑髮小姐藹然一笑，回答：「剛剛送餐時，你睡著了。請等一等，現在我幫你拿過來……」

瑪雅仰著臉，朝對方衝口而出，道：「我可以要兒童餐嗎？」

黑髮小姐怔了一怔，微笑著說：「抱歉……兒童餐要提早預訂。」

瑪雅失望地說：「我想吃兒童餐。下機之後，妳可以帶我去麥當勞嗎？」

這番語氣天眞爛漫，無心插柳之下，竟令黑髮小姐臉上一紅。她自然以爲瑪雅說的是調侃話，是一個提出約會的藉口。但她看來並無厭惡之色，赧顏一笑之後，就用嫻熟的口吻推卻道：「先生，很抱歉我有工作在身，不能答應乘客的邀約。我建議，如果你有需要，可以請機場的服務人員幫忙。」

瑪雅吐了吐舌，也不再糾纏下去，一側首，又沉醉在窗外的雲海世界。

過了一會兒，當瑪雅發現了前方椅背上的小螢幕，他便著迷其中，在小螢幕上指來指去，一番操作之後，螢幕終於播出了自己喜歡的電影。電影果然很好看，美中不足的是「氣味」，隔著一條走道的大哥脫掉籃球鞋，蹺腳坐著，一股惡臭竟飄過來這邊。瑪雅還瞧見他搔了搔襪底，再用同一隻手抓起花生。

電影片段突然中斷，耳機傳來機長的廣播：

「我是這個航班的機長。很抱歉……由於不明原因，我們必須轉往其他機場降落。」

乘客的反應自然是喧譁和躁動，紛紛追著空中小姐問長問短，無奈連她們也不知發生甚麼事，神色匆匆，重複著道歉的話。

有一個看來職位較高的空中小姐出來，向大家保證絕對不是劫機。

男男女女，老老少少，都在焦急地等待。

飛機倏地往上，忽又陡地往下，只見窗框外強光一閃，光束衝破了天際的亂雲，隨即響起轟隆隆的雷聲，幾乎要敲破飛機的外殼。

烏雲密布，不見天日。

螢幕上顯示的飛行資訊，只有時間，沒有日期。

瑪雅看見的時間是下午六時零六分。

一直盯著螢幕的乘客都應該知道，飛機偏離了航軌，又回到了原來的軌道。

機艙內終於傳出了廣播：

「我們即將緊急降落，請各位乘客繫好安全帶。」

眾人面面相覷，如坐針氈一樣。

究竟發生了甚麼事？

當飛機驟降到雲層以下的高度，有些乘客失聲尖叫。瑪雅的目光透過機艙小窗下眺，也看見了超現實的景象，極度動魄驚心——

晦暗的混凝土建築物竟然沿岸倒塌，曾經矗立的高樓頓成頹垣碎塊，麵團似的壓成一團。寰域巨變，摩天大廈倒了，橋梁斷了，山林也死了一樣，瘡痍滿目，殘破不堪。大地的容顏毀於一旦，巨焰在瓦礫堆上燎燃，烽火如滾迸的岩漿般綿延。

大半座城市變成廢墟，天崩地裂，灰飛煙滅。

這是世界末日嗎？

當他們在空中的時候，地面發生了極爲可怕的事。

瑪雅未來得及細想，機身便顛簸得很厲害，尖叫聲穿破耳膜，眼前空間彷彿剎那間扭作一團。飛機有如急墜般，然後失速衝落地面，震盪搖撼著每個人的腦袋，比坐雲霄飛車還要激烈十倍。

一閉眼，燈光熄滅，沒入黑暗之中。

意識就像胡亂剪接的影片，靈魂就像穿過了時光隧道。當瑪雅漸漸恢復知覺，睜著眼，就看見機艙的一側掀開了逃生門。全機乘客陷入一片恐慌之中，急忙竄到逃生口。由那一格格小窗框看出外面，只見一片怪異的天色，漫天都是焰騰騰的紅霞。

瑪雅迷迷糊糊，跟著其他人穿過逃生門，順著翻側的機翼滑下地面，感覺和溜滑梯一樣，但是這樣的經歷一點也不有趣。

他就和其他乘客站在停擺的飛機前，呆呆眺望一個毀滅了的機場，廢墟中堆疊著倒塌的鋼架和碎裂的玻璃，坼裂的跑道如波浪般隆起，多處裂縫綿延，彷彿剛剛發生了一場超級大地震。

眾人想逃難，又不知逃往哪裡，地面熱得好像炙烤過一樣。

一張張鐵青的臉都在狂風中顫慄。

天地間僅有絕望的寂然。

瑪雅回頭。

在向海的那一邊，半空中，浮現一個不可思議的發光體——

巨大無比的光球！

那光球像熾日一般刺目，令人看不清是甚麼東西，只見光球四周噴溢出疾馳天地的雷光，竟然讓眞正的太陽黯然失色。它的速度說快不快，說慢不慢，猶如橫空而來的超級隕石，沿著血色的海面龐然朝瑪雅逼近，直至黑影勢不可擋地覆蓋了整片空間……

「呀！」

瑪雅驚叫一聲。

夢，到這裡就結束了。

在那個噩夢裡，瑪雅沒看見報紙，沒注意揭示日期的事物，所以無法預知大浩劫眞正發生的日期。

晨光沿著櫛比鱗次的屋頂照進了窗格，眞實世界的輪廓漸次分明。熱帶地區的陽光格外炎熱，窗外可見的植物更加綠艷，小房間裡的事物和往常一樣。

瑪雅一覺醒來，嚇出一身冷汗。

「幸好只是作夢……那顆光球是甚麼？如果這是人類的未來，眞的太可怕了！」

那簡直是末日的景象！

2

窗口吹來微風，平凡的一天開始。

直立的鏡子擱在衣櫃旁，瑪雅瞧著鏡中的自己，黑色的短髮扁成一坨，惺忪的眼睛烏溜溜的，滿臉稚氣，膚色是如曬黑的古銅色。

瑪雅是個十一歲的男孩。

他的個子矮小，好像永遠長不大的孩子。

身上這件白布短袖上衣是睡衣，一覺之後，弄得縐縐的，但穿在校服裡就可以瞞過別人的眼睛。瑪雅眼見時間不早，馬馬虎虎刷完牙，抓起墨綠色的蔴袋書包匆匆下樓。他急著要到學校，要是遲到的話，就會錯過學校提供的營養早餐，不得不餓上一個早上。

「媽媽，我去學校了！」

瑪雅對著廚房裡的背影喊話，未待母親回應，便趿著未套好的鞋子推開大門。

天空是湛藍色的。

早晨的空氣清冽而涼快，這條平坦的道路漫布著方方正正的房舍，熾熱的陽光輕輕粉刷，同一街區呈現各種對比強烈的顏色。路邊有三攤在擺賣玉米餅，飄來了油炸食品的氣味。在植物及光影的襯托下，淡黃色的牆，彤色的門，一一在瑪雅眼底下掠過，由廣場方向傳來的鐘聲在耳邊悠揚。

這地方是墨西哥城東北面的一座古鎮，鄰近著名的特奧蒂瓦坎（Teotihuacán）遺址。

時為一九九二年，剛剛過去的暑假，夏季奧運會在巴塞隆納圓滿落幕。

當天是星期五，天空一塵不染，難得泛起潔淨的白色，灰色的鷹在空中翱翔，鳥瞰著整片矮房密集的城鎮。

自從西方文明弘揚之後，道路上滿是在美國已經過時的金龜車。廣場那裡有市政府、天主教堂、日久失修的公園、眾多小店……沿著大馬路向北延伸，就是一行刷成粉黃色的圍牆，在空中俯瞰尤其亮眼，圍牆內的學校主樓嶄露在一棵棵老樹之中。

灰鷹停在翠綠成蔭的枝椏上，轉著頭，朝向窗，盯著正在上課的學生。

教室後方的牆上，東一塊西一塊地糊著學生的畫作，長形的置物架上亂疊著一堆又舊又破的教科書。一張張四四方方的木桌，井然劃分三十多個學生的位子，年輕嚴肅的老師手裡捏著白色粉筆，咯咯刮刮，在黑板上寫上西班牙文。

瑪雅是小學裡最高年級的學生，明年就會畢業。他頭腦很好，成績名列前茅，一直是老師眼中的好學生。

「瑪雅，這條問題由你來回答。」

年輕男老師瞧著沉默的教室，不假思索，就指名瑪雅回答問題。瑪雅也不負老師的期望，說出令他點頭讚好的正確答案。

「很好！瑪雅甚麼題目都答得出來，大家應該向他學習。」

老師的話聲未落，教室角落有群男同學交頭接耳，突然冒出譏笑的聲音：「老師，你問一問瑪雅他的爸爸是誰，他一定答不出來！」

全班同學忽然非常興奮地哈哈大笑，其他同學的腦袋瓜一同向著瑪雅，目光帶刺一樣。瑪雅臉上一陣紅一陣白，低頭默然不語，心裡覺得很難受。他人品佳，人緣本來不差，但自從得罪了班裡最大的小圈子之後，就無辜變成了他們欺負的對象。

有幾個壞同學將黑板板擦放在教室大門頂端，本來想作弄同學，殊不知校長走了進來，弄得滿頭都是彩粉。校長要求犯事的同學自首，無人肯出來，校長便向瑪雅問：「告訴我，是誰幹的？」

瑪雅只要撒個謊，譬如說「我不知道」，就可以蒙混過去，可是他就是過分正直，腦筋轉不到謊話模式。校長要他說眞話，他又不想出賣同學，便急得眼眶紅了，卻不由自主地盯了後面那幾個壞同學一眼。

「該死的！」

壞同學受到懲罰後，便把惡氣出在瑪雅頭上。

有人從家裡聽到關於瑪雅家的八卦，回來學校散播謠言，同班同學看待瑪雅的目光，漸漸變得有點異樣。

小伙子圍在桌邊，搶過瑪雅的作業簿，指著封面的名字問：「嗨！瑪雅，你的姓氏是甚麼？」

「我的姓氏是華奎斯。」

「華奎斯是你媽媽的姓氏。你爸爸的姓氏呢？」

瑪雅啞然，受到極大委屈，強忍著淚水。

一個女人來到小鎭，肚裡懷著孩子，卻連孩子的爸爸是誰也不清楚，想必是做了很丟臉的事。賣身？一夜情？儘管事隔多年，醜事出門傳遍小鎭，人言可畏，難怪有些大人會對華奎斯大姊指三道四，甚至有輕浮的男人主動勾搭她，露出輕蔑的態度，簡直把她當成有錢就買得到的女人。

就像今天，狡猾的孩子一逮著機會，就會奚落可憐的瑪雅。

在全班同學的大笑聲中，瑪雅只感到羞愧難當，目光飄忽不定，瞟到了鄰桌的安吉身上。安吉是班上唯一沒笑的女同學，她低頭打了個大呵欠，原來只是懶得笑，而不是同情瑪雅。

安吉這個女同學，瑪雅著實有點怕她，幾乎沒有和她說過話。她身材高挑，比瑪雅高出大半顆頭，本來應該坐在最後排，但由於品行不良，老師爲了懲罰她，就要她坐在最前排。

至於她犯過甚麼校規，瑪雅也不是很清楚。但有一次，他掉了一枚硬幣，滾到安吉的腳邊，安吉撿起了硬幣，瞪了他一眼，竟然沒有還他，若無其事地放進口袋裡。瑪雅以爲她要據爲己有，明明目睹整個過程，卻不敢開口問，弄得整堂課都心不在焉。到了下課，她竟然一言不發地將錢放在瑪雅桌上，瑪雅大感意外，只能愕然目送著她離去，至今仍欠她一聲謝謝。

到了放學鐘聲響起，瑪雅的災難就來了，他正準備回家，那幾個壞心眼的同學由教室門口就一直跟著他。

瑪雅感受到惡作劇般的狡猾目光，心裡很不是味兒。

「野種、野種！你是野種！」

小伙子在後面提高嗓子合唱，朝他吐舌頭嘲弄。

他們當中有的也是私生子，在單親家庭長大，比瑪雅好不到哪裡去。但他們總不會不知道自己的爸爸是誰，連姓氏也不曉得。他們把瑪雅當成怪物——一個違反自然規律的人。

這夥小壞蛋互使眼色，其中一人上前擋住瑪雅的路。瑪雅不理不睬的，他們就開始動粗，揪他的頭髮，推他的胸口，圍住他。

在一輪你推我擠後，瑪雅想拔腿衝出重圍，卻被絆倒在地。有人叫好：「不愧是足球隊的！」眾人情緒更加高漲，輪流騎在瑪雅背上，使他不斷掙扎，卻無法站起。

「野種、野種！去向你爸爸告狀啊！」

眾人嘲笑，而他忍耐，直到孩子發出勝利的吼聲，得意忘形地離去。

瑪雅背朝天，趴在地上，身上有瘀青的痛楚，鼻子、嘴巴裡是泥塵的氣味。他要等淚水乾透，繼續趴著，沒有立刻站起來。

「瑪雅，你怎麼了？」

忽然傳來一聲溫柔的慰問，瑪雅抬起頭，目光與馬丁神父碰上了。馬丁是這區主教堂的神父，一直很照顧瑪雅和他母親。

馬丁扶起了瑪雅，細察這孩子的傷勢，問了剛剛發生的事，便忿忿不平地說：「那幾個小鬼太可惡了！以後他們再欺負你，你就叫他們來找我，看看他們敢不敢招惹我！」

由瑪雅出生時開始，馬丁就來到這座小鎮，一直德高望重，深受鎮民愛戴。

年過五十的馬丁神父頭髮稀疏，慈眉善目的笑容總給人童心未泯的感覺。他確實是個老頑童，總是拿出新奇的玩具，和小朋友玩成一團，瑪雅會下西洋棋和跳棋，都是他親自教的。

馬丁牽著瑪雅的手，來到附近雜貨店，買了兩根冰棒，一根給瑪雅，一根給自己。

當兩人沿著小徑散步，瑪雅忽然懇求神父道：「馬丁，你可以當我的爸爸嗎？」

這個要求令馬丁愣住了，隔了幾秒，瑪雅又說：「如果我有一個像你這樣的爸爸，同學就不會取笑我啦。」

馬丁打了個哈哈，笑著說：「傻孩子……我是神父，不能結婚的。」

瑪雅聽了，露出沮喪的神情。

馬丁心生憐憫，突然冒出一個念頭，撫著瑪雅的頭，說道：「我告訴你一個祕密……你有爸爸的，只是你不知道。」

瑪雅瞪著眼問：「我有爸爸？你知道他是誰？」

當他一聽到有可能解開身世之謎，便激動地搖著馬丁的臂彎。

他知道，馬丁神父在鎮上這麼久，又博學多聞，若是打探到瑪雅生父是誰，一點也不足爲奇。

「嗯。你看看上面。」

馬丁有意賣關子，伸手指著上空。

瑪雅仰起臉，不明其意。

「上面？甚麼都沒有啊……」

馬丁就像個冷面笑匠，正經八百地說：「你的爸爸就是全能的天父！」

瑪雅撇了撇嘴，抬頭瞧著馬丁，很不滿這個答案，不過還是感激他的好意。

冰棒在兩人的嘴巴裡融化。

轉眼間，已來到瑪雅家門前，那是眾多相連的小樓房中的一戶，兩層高，沒有前院，也沒有陽台，牆身是帶薄荷綠的淺藍色，兩扇窗和正門是白色的。

瑪雅與馬丁告別後，蹬蹬蹬，溜上木樓梯，整個人趴在床上。

他回到自己的房間，仍然感到悶悶不樂，偏偏沒有好玩的事兒。他曾經想過，把休息時寫完的功課擦掉，然後再重做，但實在提不起勁做這種無聊事。

前天買的圖文故事書就在床邊地板。

瑪雅懶得換校服，直接躺在床鋪上，一頁一頁慢慢地翻，沒過多久，綿綿睡意悄悄來襲。

窗口由早到晚一直開著，微風輕輕吹拂，男孩不知不覺進入了夢境。

平凡的一天沒有就此完結。

這個下午，瑪雅作了一個極不尋常的夢。

他重複說著同一句夢話：「今晚……午夜十二時……太陽金字塔……遇見聖人……」

3

瑪雅突然由夢中驚醒。

感覺像是神遊太虛一樣，去了另一個世界一趟。

這個下午作的夢異於尋常，與過往的夢大有不同，彷彿有個天使一般的聲音，在一片聖潔的光芒中對他宣示神諭。

「不得了！」

他在夢中聽到了十分重要的事，但竟然只記得零碎的片段。醒來之後，他就趁著自己還沒有全忘，趕快衝到書桌那邊，將在夢中看見的神祕符號寫下來：

יהושע

這是五個獨立的符號，組成一行字串，猶如烙印在石碑上的發光文字，一而再，再而三，不停重複在同一個夢裡出現。

瑪雅覺得這是一種陌生的語言，看不懂亦唸不出來，只是記住了線條和筆畫。這組神祕字串必定有十分重要和特別的意義，但是瑪雅看來看去，都是毫無頭緒。

此外，瑪雅也回想起在夢中聽見的聲音，那聲音的表達方式卻是他的母語——西班牙語。

在同一本筆記簿上，瑪雅翻到下一頁，一邊唸著，一邊寫下：

"la medianoche...
en la Pirámide del Sol...
me... encuentro... Santo..."

和先前的神祕字符一樣，瑪雅把這句話一字不漏地記下來了。按字面解釋，「la medianoche」是午夜十二時，「la Pirámide del Sol」是太陽金字塔，「me」代表「我」，而「encuentro」這個字解作「遇見」。

「Santo」在西班牙語中的意思是「聖人」，等同英語中的「Saint」。

瑪雅居住的一帶，就只有一座太陽金字塔，那就是位於特奧蒂瓦坎遺址東側的金字塔。

整段夢話就是一句叮嚀，告訴他，只要在當晚的午夜十二時，過去那邊的太陽金字塔，他就會遇見一位「聖人」。夢中的聲音呢喃著一個名字，瑪雅只記得名字的開首有「YE」這樣的音節，餘下的發音他已忘得一乾二淨。瑪雅心中鬱恨，無奈同一個夢不能再作一次。

「聖人？究竟他是個怎麼樣的人？」

這年頭還有聖人畢竟是件怪事，但小孩子根本不會想這麼多。不知道爲甚麼，瑪雅心中湧起一股很強烈的預感，他的命運會因爲和那個人的相遇而改變。

「我要去見他！」

瑪雅打定了主意，這樣的事千載難逢，他可是意志堅決，今晚一定要過去看看，不然就會抱憾終生。

咚、咚……掛在房間外廊的古董鐘是外公的遺物，每逢整點都會發出報時的聲響。

現在是五時正。距離午夜還有七小時。

瑪雅坐在二樓的扶欄上，滑到了樓下。

他的家不算大，家具和電器新舊摻雜，牆上的油漆都是暖色系。客廳和飯廳沒有隔間壁，四人座的餐桌旁邊有一面靠牆的大櫥櫃。櫥櫃裡，實木架上擺滿主要是裝飾用的碗盤和陶器，還有瑪雅和媽媽在美國旅行時的合照。天花板垂著一盞小吊燈，銅鑄的框架鏽跡斑斑。

吊燈下，是木紋蒼老的矮木櫃，櫃上擱著鑲嵌彩色玻璃的座燈。座燈旁的撥盤式電話機就是瑪雅盯著的焦點，他一伸手，就拿起了話筒。

電話接通了，另一端是瑪雅的同班同學，這同學的爸爸靠開車營生。

「走路到特奧蒂瓦坎大約要多久，你知道嗎？」

「甚麼？你瘋了嗎？走路的話，要很遠呢！」

「我只是好奇！拜託問一問你的爸爸……他應該開車去過吧？」

那同學在瑪雅一再央求之下，便離開了聽筒，不一會兒就回來報話：「我爸爸說，開車過去的話要二十分鐘。走路的話，他就不清楚了，大約是六倍的時間吧！」

「謝謝你！」

「喂，你真的要走路過去嗎？」

瑪雅興高采烈，忍不住透露道：「明天是週末，我打算一個人過去探險。如果我的預感成真，我會在那裡遇見一個很偉大的人……這個人，將來一定會在歷史上留名，全世界的人都知道他的名字！」

「所以，他是個名人啊？」

「類似吧……」

「誰？」

瑪雅答不出來，支支吾吾地說：「我還不知道……總之，我跟他一見面，就會有答案。他一定是個很厲害的人物，有一些不可思議的本事……」

「你和他拍一些照片，星期一拿給我看看。你要是騙我的話，我可是會取笑你啊！」

同學掛線了，根本不相信瑪雅的話。

瑪雅覺得氣惱，更加想要證明自己的想法。

地圖、水瓶、餅乾、手電筒、指南針、膠卷照相機……瑪雅趁著媽媽還沒回家，開始將東西塞入背包，準備今晚的出走大計。他從未做過如此大膽的事，一顆心怦怦亂跳，手腳亦忙個不停，在樓梯上跑上跑下，分秒必爭。

到了六時許，當瑪雅緊張地盯著古董鐘，乍然聽見樓下正門的開門聲。瑪雅心頭一震，關上了房門，踢腳絆手地衝到樓下，迎接回家的人。

進來的女人體態纖細，小麥色的面頰，有一對慧黠的棕色眼珠，五官漂亮動人，不看她眼角上和鼻梁上的皺紋，就會低估她的歲數。有些人會叫她「華奎斯大姊」，有些人會直呼「阿隆娜」這名字。

阿隆娜正在脫鞋，她瞧著傻愣愣笑著的瑪雅，真不知這個兒子在想甚麼。

「傻孩子，你在幹嘛？」

「我肚子好餓。一直在等妳回來。」

阿隆娜的故鄉不在這裡，但她在瑪雅出生後，就留在此地營生，開一間小店，專賣羊奶和羊毛製品。她與瑪雅相依爲命，這兒子很懂事，平時會照顧自己，沒有父愛反而令他比同齡孩子早熟。

電冰箱旁的牆上貼著一幅畫，畫中的蠟筆繪像就是瑪雅眼中的「玉米神」。墨西哥人以玉米爲主食，他們亦相信瑪雅神用玉米造出人類。阿隆娜捲起衣袖，開始做菜，不到半個小時，她已做好晚餐，雙手在圍裙上拭乾，端上一盤椰香四溢的燉肉。瑪雅暗暗著急，不時看鐘，早就放好餐具和玉米餅。

兩人在餐前祈禱之後，便吃了起來。

「你今天在學校過得好嗎？」

「嗯、嗯。」

瑪雅一邊咀嚼，一邊點頭，唯唯諾諾。他曉得自己不會說謊，只好盡量少說話，隱瞞當天受到同學欺凌的事。他又裝出打盹樣，成功讓媽媽問他是不是很累，爲晚上早睡的把戲埋下伏線。

八時三十分，阿隆娜終於進去浴室洗澡。

瑪雅就是等著這一刻，開始行動，拿起藏在矮櫃裡的背包，踮著腳尖行走，悄悄溜出了大門。他輕輕掩上大門後，便蹲在昏暗的窗框下，細聽家裡的動靜。

溫暖的燈光由窗戶溢出外面。

這段等待的過程令瑪雅飽受煎熬。

他不停在想：在那種荒郊野外，今晚眞的會碰見聖人嗎？聖人到底是甚麼人？他是甚麼人種？他是男是女？他會相信我說的話嗎？他願意跟我當朋友嗎？如果他信仰的宗教和我不一樣，該怎麼辦？

只要瞞過了媽媽，他就立刻可以出發。

「卡嚓」一聲，浴室開門的聲音由窗縫傳出來，瑪雅屏息以待，豎起了耳朵。媽媽由浴室出來之後，照常來說會走上樓梯，看見小房間已熄燈，便以爲他睡著了……這就是瑪雅心中敲打的如意算盤。

不料，媽媽竟在廚房裡來回踱步，忽然大聲叫喊：「瑪雅，是你拿走了剪刀嗎？」

這聲嚇得瑪雅的心臟幾乎跳出來。他頓時後悔莫及，自責起來：「我眞笨！剪刀留了在房間的書桌上，媽媽一進去，就會發現……這次糟糕了！」

他偷瞄屋內一眼，窺見媽媽正在上樓。他的心情忽上忽下，曾想過立刻闖回家裡，裝作由外面回來的樣子。但這樣一來，他就很難再離家出走，即使等到媽媽上床熟睡，亦已錯過與聖人相遇的時間點。再者，他媽媽很容易被開門的聲音驚醒，這個方法要冒很大的風險。

眼看全盤計畫將要告吹，瑪雅繼續逗留在外面，扣著手指，不停低吟祈禱，同時靜觀其變。

由二樓傳來了媽媽喃喃自語的話聲：「嗄！這麼早就睡著了？」

瑪雅猜想媽媽在書桌上找到剪刀，就悄悄地由房間走出來，竟然全沒發現自己不在房間的事。直到她在樓下出現，瑪雅才如釋重負，捏了一把冷汗，額手稱慶。

「媽媽的神經真大條！好在她沒開燈……我造的『替身人偶』成功瞞過她了。」

瑪雅早在媽媽返家前，已將垃圾袋塞滿棉質衣物，再用繩子綑紮成人形，放在被窩裡，有頭形、身形，幾可亂真……假如這東西隨便丟棄在垃圾站，搞不好有人會以爲是一具包得好好的屍體……

九時二十五分，媽媽關掉樓下的燈，回房間休息。週五通常比較忙碌，她感到特別累，所以也比平時早睡。

有種人，就是上天眷顧的幸運兒。

當瑪雅很想完成一件事，一股神祕的力量就會幫他完成心願。

他盯了手腕上的塑膠電子錶一眼，便邁開闊步，背影落在砂地上，背包一晃一晃的，朝沒有街燈照著的方向走去。

4

路途比想像中遙遠。

瑪雅有時看地圖，有時靠問路，有時依賴直覺，總算沒有迷路。

到了郊外荒野，根深葉茂，樹影婆娑，沒有路燈，漫漫的漆黑令人生畏。

這個孤身上路的孩子卻沒有躑躅不前，反而加快了腳步。黑暗中，他看見了光，在月光覆蓋的林間，他找到正確的路。

繁星閃爍。

瑪雅仰望星空，宇宙是深邃的，也是莊嚴和聖潔的，彷彿蘊藏無窮眞理與神祕的信息。

他深信這個世界有個上帝，有個萬物的主宰，而他自身的預知能力就是最好的證明——上帝讓他來到世上，一定有給他的使命。

在教堂裡，他聽過眾多有趣的聖經故事——

猶太人的先知摩西帶領族人出埃及、跨越紅海。當他來到紅海時，向海伸出手杖，滔滔紅海便分爲兩邊。上帝除了給摩西未來的啓示，還借出祂的神力，親自授予千秋萬世傳頌的《十誡》。

先知但以理被扔進獅子坑裡，上帝差遣天使封住獅子的口，結果所有獅子都沒有傷害但以理。第二天，當國王看見但以理毫髮無損，就確信了他所敬畏的上帝。但以理因爲有解夢的奇能，所以深受歷代國王重用，他亦常常在夢中看見未來的異象。

還有以利亞、耶利米、施洗者約翰……

釋迦牟尼是佛教的先知，穆罕默德是伊斯蘭教的先知……

馬丁神父告訴瑪雅，先知就是一群預見未來的智者。

每當一個民族到了命運的關鍵時刻，道德淪亡、靈魂墮落，先知就會挺身而出，用預言或眞理來警示走上歧路的民族，爲拯救國民的靈魂而戰。

有些先知是大詩人，有些先知是演說家，有些先知是精神領袖……在不同時代，有不同的先知，但有個原則是他們的共同意志：**自己認爲是眞理的，就必須堅持，哪怕賠上包括性命在內的一切。**

先知都是由神派來領導世界的使者。

他們不畏死，只畏人民心死。

他們的聲音就是民族魂的吶喊。

當瑪雅聽了不少先知的故事，不禁提出疑問：「可是……如果沒有人願意相信先知的話，那麼會有甚麼後果？」

「整個民族就會走向不幸。」

而事實上，猶太人眞的在公元一三五年亡國。

馬丁的回答令瑪雅深刻難忘，從小到大，這位親切的神父就是他的啓蒙老師。瑪雅會作預知夢這件事，馬丁也知道，驚奇和深信之餘，亦語重心長地告誡：「這是神給你的智慧，你要好好善用。你將來會讓世人見證神的大能！」馬丁唯恐會有心懷不軌的人利用瑪雅，所以再三叮囑，萬萬不可透露這個祕密。瑪雅遵守馬丁的吩咐，自此三緘其口，不過，他畢竟是個小孩，有時會說漏嘴，幸好其他人都沒有當眞。

在幽暗的樹影盡頭，出現了一條開闊的公路，天上的雲散開，綻露出一片清澈的月光，如清泉般灑落在由石塊堆成的古蹟上。

遠處的巨石金字塔突兀矗立，一個個方形殿台坐落在群山綠野之中。

「終於快到了！目的地就在眼前！」

瑪雅走了兩個小時，雙腿又軟又疲，便坐在大石上歇息，喝了口水。不到半分鐘，他瞥見手錶上的時間，驚覺午夜十二時轉瞬即至，便拉緊肩帶站起，這時候倍覺背包沉重。

男孩的鞋子滿是泥濘，鞋印由草地跨越到石地。

他朝金字塔邁步，卻不免疑惑起來：「方圓十里都看不見一個人……聖人眞的會出現嗎？」如果他遇見的聖人是古蹟的夜班管理員，那是多麼可笑的情境？但，如果聖人是個魅力非凡的人物，一看就是個英雄角色……瑪雅默默祈求，希望可以留在他的身邊，盡力扶助他的大業。

都到了這地步，瑪雅無暇再多想，一步一步，腳踏硬地，雙臂揮動，拚命地跑，看著視線裡的金字塔愈來愈大。

特奧蒂瓦坎是著名的世界遺產，日間遊客眾多，但到了夜晚，這裡就變成無人之境，更顯空曠，彷彿只有幽靈和禽鳥會來這個冷清的地方。

瑪雅曾來過這裡兩次，一次跟著媽媽和外婆，一次是參加學校的課外教學。

由南至北，貫通南北的主道名爲「死亡大道」，這條路又寬又長，好比飛機場的跑道，而路的盡頭就是北面的方形廣場和月亮金字塔。月亮金字塔是一座龐然大物，但太陽金字塔更加宏偉，此塔在遺蹟的東面拔起，正是太陽升起的方向，即使天色昏暝，仍不掩它的光彩和奧妙，各處都是精工鑿切的怪譎石雕。

除了兩座大金字塔，亦有眾多梯形層階的平台分布在大道和廣場兩側。據說眾多平台和金字塔都與天上的星宿對齊，古瑪雅的占卜師就在此處觀測天象。

月亮和太陽金字塔都是梯形向上疊成，層層遞上，平頂鋪滿碎石，其中一面的正中間有石階，直達塔頂。由正上方俯瞰整座金字塔，就像一個個由外至內的正方形石台。雖然大多數人將它們和瑪雅文明畫上等號，然而至今仍無法解釋這兩座金字塔到底由誰所建，只怕永遠成爲一個謎團。墨西哥人的祖先是阿茲特克人（Aztecs），當他們發現這裡的時候，兩座空置的金字塔已屹立了千年，訴說著歲月的滄桑變化。

瑪雅連吃奶的力氣都使出來了，終於來到太陽金字塔底下。直到目前爲止，他還沒碰見一個活人。他喘著氣，心跳很快，又看了看錶，便決定走上塔頂。

太陽金字塔高得有如一座矮山。

正前方的石階直達塔頂，陡峭得和爬山的斜度一樣。

倒數五分鐘，瑪雅仰頭看著近在眼前的塔頂，心跳愈來愈急促，本來滿心期待，然而當他終於抵達塔頂，竟然甚麼也沒有發現，甚麼人也沒有出現。

手錶上的時間恰好是零時零分。

圓月高懸，輝耀著整片古蹟。

星光恍如一串串無聲的雨。

瑪雅憑高望下，極目千里，四周一覽無遺，別說是一個人，連半個鬼影也看不見。上來塔頂的石階只有正前方這一條，午夜十二時頃刻即逝，除非聖人懂得從天而降，否則瑪雅眞心篤信的預言就會落空。

他很記得夢中那段話，應該錯不了的。

難道夢裡的聲音騙了他？

天地悠悠，萬籟俱寂，一切如常，毫無異象……夢的預言沒有兌現，彷彿只是白走一趟，作了一場空虛的白日夢。

瑪雅爲了抒發心中的鬱悶，放聲大喊：「有沒有人啊——」

只有山的回音，沒有人的回應。

瑪雅失望地垂首坐下。

卻在此時，耳邊出現了碎石掉到地上的聲音。

塔頂是個正方形的平台，瑪雅循著聲音的方向，踱步走向與石階相反的另一邊，當他探身往下望時，不由得驚呆了。

他看見——

有個戴著紅色絨毛帽的人向上伸出右手，懸掛在金字塔斜面上，姿勢就像正在攀樹的猴子，沿著凹凸不平的石壁徒手向上爬，再差兩公尺左右就要抵達塔頂。

那一夜，儘管駭異——

男孩和「聖人」相遇了……

5

是聖人？還是怪人？

瑪雅直瞪著下方，起初受到驚嚇，一動也不動，當他與斜壁上的人四目相交，終於瞧清楚對方是個年輕的哥哥。

那人再往上攀爬，到了快要觸頂的高度，瑪雅就趴著向他伸手，有意助其一臂之力。但那人卻對瑪雅笑著搖頭，隨即憑自己的力量攀上了塔頂，橫擱著腿登上碎石平台，然後朝天高舉雙臂。

瑪雅目不轉睛，盯著對方的帽子。

那是一頂紅色的絨毛三角帽，有顆毛球。

「聖人」原來是……

年輕哥哥察覺到瑪雅的目光，便開了個玩笑：「哈囉，我是『聖誕老人』！」

瑪雅看著對方，既啞口無言，又意想不到，冒出豆大的汗珠。

「聖人」原來是聖誕老人！

墨西哥人對聖誕老人的稱呼是「Santo Clós」，在眾多西班牙主語的國家中，這個叫法是比較特殊的。聖誕老人算不算是聖人？瑪雅好像在書上讀過，以前有個好心的聖主教給小孩子發禮物，聖誕老人的典故就是由此而來。

雖然年輕哥哥也是黃皮膚的人種，但說的是英語，看來不是本地的墨西哥人。這位年輕哥哥也只有頭頂戴著聖誕老人帽，上身是探險家的獵裝外套，下身是卡其色短褲……這樣的打扮在大屋的煙囪上出現，別人只會當他是小偷。

瑪雅仍不心息，姑且問一問：「你是聖人嗎？」

大哥一臉懵然，用英語回答：「甚麼？不好意思，我聽不懂西班牙語。」

瑪雅想了想，同樣用英語再問：「我作了一個夢，夢中有個聲音，說我今晚會在這裡遇見一個聖人。所以，請問你是不是聖人？」

這番問話雖然不難聽懂，但實在令人很難理解。年輕哥哥不免感到困惑，疑神疑鬼起來，上上下下打量著瑪雅，此刻夜闌人靜在這裡遇見小孩，細想之下實在有夠詭異而且反常。

瑪雅想起在夢中聽到的名字，眼見年輕哥哥遲遲沒回應，就急著問：「請問你叫甚麼名字？」

年輕哥哥主動伸出右手，與瑪雅互握了兩下，確定這小鬼是真人之後，才報出自己的名諱：「史提芬．周——周是我的姓氏。」

STEVEN CHOW？

瑪雅一聽對方的大名，根本不像在夢中聽過的名字，不禁微微感到失望。但瑪雅覺得他的全名太短，心念一動，按捺不住，便拿出鉛筆和筆記簿，寫上「YE」這兩個拼音字母。瑪雅向史提芬問：「你的全名有『YE』這個發音，對不對？」

沒想到此言一出，史提芬立時露出驚色，瞪著紙上的字，一副難以置信的表情。

「天呀！你怎麼知道的？」

史提芬從口袋裡取出護照，向瑪雅展示——原來他的漢字全名是「周燁」，「燁」的羅馬拼音就是「YE」。

如果是湊巧猜中的話，機率也太低了吧？倘若是神仙託夢，又太過不可思議。不管眞相如何，這是一段非常奇妙的緣分，史提芬覺得這小鬼很有意思，值得交個朋友，便問起他的名字。

「Josué Amaya Vázquez Holguín！」

「嗄？甚麼？」

瑪雅便在筆記簿上寫出自己的全名，字跡潦草，但西班牙語與英語同源，字母系統類似，史提芬只認得字，卻唸不出正確的讀音。

瑪雅興致勃勃，嘗試向史提芬解釋，「Josué」和「Amaya」都是他的名字，一個是男生名，另一個就是女性化的名字。他自小溫順，眼睛水汪汪的，大人誤當他是女生，久而久之，縮寫的「瑪雅（Maya）」就變成他的常名。而墨西哥人和西班牙人一樣，採用複姓制度，都會冠上父母親的姓氏。可是瑪雅因爲生父不詳，所以姓氏和媽媽一樣，「Vázquez」即是他外公的姓。

史提芬總算聽懂了，忍不住抱怨道：「我叫你『瑪雅』就好啦！你的全名太長了！」

瑪雅歪著頭，傻笑著說：「我的全名算短的了。畢卡索是誰，你知道嗎？他畫畫的。」

「畢卡索？抽象派大師？我當然知道啊。」

「你知不知道他的全名？」

這個問題考倒了史提芬，他垂頭凝望著瑪雅，等待答案。

瑪雅深呼吸一口氣，才一口氣唸出：「他的全名是Pablo Diego José Francisco de Paula Juan Nepomuceno María de los Remedios Cipriano de la Santísima Trinidad Ruiz Picasso！」

「……」

這可是史提芬一輩子聽過最長的名字，真不知是哪個老爸想出來的！瑪雅鬧著玩，才背下畢卡索的全名，可謂無聊至極。

在星光簇擁的金字塔之巔，微風拂煦中，這一大一小席地坐下，奇幻的夜色沉沒在山嵐盡頭。

史提芬指著下方的一點，瑪雅就瞧見了他的露營帳篷。原來史提芬是美國的華裔留學生，今年二十二歲，剛從大學畢業，買了機票，揹起背包，便展開了窮遊中、南美洲之旅。他在旅遊雜誌上看過宏偉的特奧蒂瓦坎遺址，便冒出一個主意，要在這裡紮營，翌日登上金字塔看日出。這位窮大哥的性格也怪怪的，貪便宜買了一頂聖誕老人帽，一直用來當睡帽。

當晚，史提芬不知怎地，心血來潮，冒出了攀登金字塔的瘋狂念頭，爬了一會兒才想起自己忘記脫下睡帽。他的嗜好之一是攀岩，受過專門的訓練，太陽金字塔這樣的斜度，對他來說毫無難度可言。

拉丁美洲二十多國，除了巴西的官方語言是葡萄牙語，其餘諸國都使用西班牙語。史提芬不諳西班牙語，旅途上語言不通，好不容易才遇上一個可以溝通的小鬼，而兩人居然可以暢所欲言，真是一段難忘的奇遇。

聊了一會，史提芬驚奇地讚嘆：「你的英語很流利呢！比其他墨西哥人好多了！」

「我是在夢裡學的。」

「夢？」

「在夢裡，我有時會看電影，有時會看電視。我聽得多了，漸漸就學會了。」

夢中自學英語？史提芬瞪著瑪雅的小腦袋瓜，覺得這個說法可笑之餘，亦對瑪雅的身分來歷感到好奇。史提芬盤腿而坐，向瑪雅問：「剛剛我一上來，你就說你是受了夢的啓示而來。到底是甚麼意思呢？」

瑪雅坦言：「我今天……不，昨天午睡的時候，作了一個夢。那個夢很特別，吩咐我在午夜十二時的一刻要來到這裡。我會知道你的名字，也是夢裡的聲音告訴我的。我眞的遇見了你，你就是我要找的聖人……我有股強烈的感覺，我的命運會因爲與你的相遇而改變。」

瑪雅爲了證明自己的說法，握著筆記本，翻到寫著三行短句的一頁，指著「Santo」這個詞語。當史提芬聽瑪雅說到今晚會在這裡遇見聖人，只覺是穿鑿附會，不禁搖頭失笑，嗤之以鼻。

「你是說我是聖人？哈哈，太荒謬了。」

「我也不太清楚。說不定你會做出很偉大的事呢！」

「那好吧！今年的聖誕節，我會到處發禮物。」

黑夜漫長，瑪雅繼續細說夢中的事，有些詞語太難，不會表達，他就會在筆記本上畫圖。史提芬聽完之後，不禁訝然沉思，由於他自身對神祕學很感興趣，並沒有就此否定瑪雅的片面之詞。

「瑪雅，你經常作這樣的夢嗎？我的意思是……在夢中受到啓示？」

「也不是。這是第一次……第一次有這麼強烈的感覺。我平時作的夢都是些預知未來的夢。」

「預知未來的夢？」

史提芬難以置信地瞪著瑪雅。

瑪雅毫無戒心地說：「嗯。我一作夢，就可以看見未來發生的事。一醒來，我就帶著夢的記憶回到現在。」

史提芬突然指著瑪雅，大喊一聲：「諾史特拉達姆斯！」

瑪雅未聽過這名字，滿臉迷惘之色。

史提芬發出了驚悚喊聲：「一九九九年七月，恐怖大王從天而降！到時候，就是世界末日！」

6

「恐怖大王——世界末日——」

空寂的山間迴盪著回音，史提芬的嗓門有夠大的。

時為一九九二年，世紀末近在眉睫，法國人諾史特拉達姆斯的預言成為熱門話題，在媒體炒作下廣為人知，弄得世界處處人心惶惶。

瑪雅起初受到驚嚇，打了個冷顫之後，突然覺得大大不妥，便向史提芬說：「不對！我肯定，一九九九年不是世界末日。因為我曾經……常常……夢見一九九九年之後的世界。」

「眞的嗎？」

「請相信我。」

「你看見的未來是怎樣的？」

瑪雅想到哪說到哪，講述置身未來的親身經歷，譬如行動電話和電腦將會非常普及，電影特效眞假難分，照相機不再用膠卷底片，美國將會出現第一位黑人總統……由於瑪雅是個足球迷，所以能說出往後五屆世界盃的冠軍隊伍。

「中國呢？中國會變得怎麼樣？」

「中國？讓我想想……二〇〇二年的世界盃，好像有中國隊。」

「我要問的是……中國會富強起來嗎？」

「會的。中國會變得很富有。我記得，我買的東西，很多都是在中國製造的。對了！我作過一個夢，我在一個很豪華的商場裡閒逛，買東西的都是中國人。很多雜誌的封面都在談論中國！」

史提芬眼中的欣悅之色毫無半點虛假，他跟瑪雅說，他的國家仍很貧窮，他衷心盼望中國可以富強起來，與美國一爭長短。

瑪雅天真爛漫地說：「一定會的！」

對於這個小鬼會作預知夢一事，史提芬算是相信了七成。他這才娓娓道來，諾史特拉達姆斯是史上最著名的預言家，曾預言了法國國王在騎馬刺槍比賽中喪命的事，又說中了拿破崙與希特勒的崛起。在他留傳至今的預言詩集中，最有名的一篇就是世紀末的浩劫，即是一九九九年恐怖大王的降臨。

「所以，我一聽說你在夢中預見未來，立刻就想到諾史特拉達姆斯。」

史提芬這番話勾起了瑪雅的好奇心。瑪雅方始知道，世上無獨有偶，曾出現跟自己一樣的人。他以爲史提芬無所不知，忍不住問：「你知道怎麼控制這能力嗎？我在夢中仍然無法隨心所欲去到自己想去的未來。」

「我怎麼知道！我又不是你，從來沒體驗過這樣的事。不過……我看過一本書，書中曾對人類的認知能力提出了假說……」

「假說？」

瑪雅不懂這個生字。

史提芬沒有理會，逕自說下去道：「理論上，時間是一直線的。從宇宙形成以來，我們只能前進到未來，而無法返回過去。愛因斯坦的理論也提到，除非人類能超越光速，否則以我們的肉身，一定無法穿越時空。也就是說，預知未來是不可能的……」

「但我眞的做得到！」

「別急，我不是懷疑你，我正要解釋……」

史提芬向瑪雅借筆記本，在紙上塗了一個中心點，以該點爲圓心，畫了個圓圈。他在外圓上標出帶負極電荷的「電子」，又在中心點寫了「原子核」的英文。這就是原子的簡單結構圖，每個上過化學課的學生都懂的基礎知識。可是因爲瑪雅年紀尚小，未學過，史提芬不得不費勁講解一遍。

「原子——就是構成萬物的基本粒子。你可以把原子核想像成太陽，因爲核力的作用，電子都會繞著它旋轉。這不難理解吧？」

「我明白。」

「基本粒子就是最小的物質單元，這世上除了原子，還有其他基本粒子。假如有一種基本粒子是不帶電荷的輕粒子，或者說是脫掉了電荷的電子，那會怎樣？由於它是最小的，又不會和任何物質產生核力作用，所以就可以穿透任何物質！即使是整個地球都能穿透！」

「哇！」

瑪雅眞心驚嘆，叫了出來。

史提芬興致來了，高談闊論：「事實上，科學家已發現了這種粒子──它的名字是『微中子』，又稱為『幽靈粒子』。愛因斯坦說過，光速是最快的，但微中子有可能比光速更快！」

這番話並非毫無科學根據，但一切仍在理論階段。實際上，眾多人所共知的科學理論，都只是未經證實或無法證實的假說。

繞了一個圈子，史提芬終於說出重點：「人的靈魂就是由微中子組成的！人的肉身無法穿越時間，但我們的靈魂也許是可以的！在靈魂的世界，有很多未知的可能性，時間與空間這樣的概念，可能並不適用，一切回歸到基本粒子的世界……換句話說，當你作夢的時候，你只要靈魂出竅，就有可能展開時空旅行！」

儘管只是胡扯，史提芬說得好像是事實一樣。

瑪雅百分之百信以為真，情緒高漲地抱著史提芬。

「你太厲害了！謝謝你相信我！」

人與人之間的相遇，就會帶來命運的改變。

史提芬打了個「哈哈」之後，難得遇到知音人，便一邊搵腳皮，一邊將自己的怪論說出來：「由於靈魂是由粒子組成，所以我有理由相信，靈魂有獨特的資訊系統，可以保留記憶。當我們死了之後，仍然帶著記憶進入新的肉體。我讀過這樣的新聞，有個人跌倒後，就開始會說沒學過的語言，而且很流利……這種奇聞怪事，至今仍是超出科學能解釋的範疇……」

「有人提出過疑問，如果時空旅行成真，假設我回到了過去，幹掉了自己的爸爸，我豈不是不會存在於世上？這就是著名的『父子悖論』。但剛剛和你對話，我忽然想通了，由於靈魂只帶著記憶和意識，在時空中無法行動，所以無法改變過去或未來……這就和我們作夢的感覺一樣，我們在夢中都是不由自主的。」

「你睏了……原來已經睡著了。」

瑪雅從未熬夜過，折騰了一晚，眼皮再也撐不開，不一會兒便沉沉睡去。

幕天席地。

星光漸漸黯淡。

如果整晚的事只是一場夢，瑪雅醒來的一刻，就會看見自己的睡房。可是，當他醒來，看見的是既熟悉又陌生的史提芬。

史提芬目光炯炯有神，正盤腿而坐，擺出一個奇怪的抓勢，向著日出的方向——

瑪雅當時還以爲這就是中國的功夫，直到後來才知道，原來這只是史提芬的怪癖，他相信太陽會散發出提升運氣的能量，所以要趁機會吸收。

晨光像一朵在雲隙間綻放的金花，敞亮在叢林與地平線的盡頭。

驀然間，波光在古石的縫隙之間流溢，喚醒了千年壁刻裡的靈魂。時空穿梭，歲月不留人，曾經的輝煌，曾經的滄桑，都如黑暗一般消逝。太陽漸漸亮出了全貌，不是血泊，卻染紅了霞間，照出了巨影傾斜的金字塔。

昭昭天地間，四周的景色極其壯麗，山林環抱著古蹟，古蹟中最高的金字塔之巔，有兩個傻子在看日出。

史提芬有感而發：「哇！不得了！太美了！墨西哥最美的風景，就在這裡，對不對？」

瑪雅聞言，卻笑著說：「墨西哥最美的風景，是人。」

7

史提芬揹著沉重的長背包，和瑪雅站在路旁等車。背包外網著的圓筒是捲起來的帳篷，多虧了這東西，史提芬才省下不少旅費。

「你知道這是甚麼意思嗎？」

瑪雅向史提芬展示筆記本，翻到寫著「יהושע」的那一頁。史提芬瞥了一眼，眞的看不懂，便搖了搖頭，心裡覺得這小孩眞是奇怪，淨是問些令人莫名其妙的問題。

一輛大客車帶著噪音駛來。

這一站，這麼早竟然有乘客，司機顯得有點愕然，不過他又不是沒見過瘋子和傻子，一轉臉就露出笑呵呵的表情。車門喀喀掀開後，有幾個白人遊客下車。待他們走光，瑪雅上車和司機聊了幾句，然後招手叫史提芬上車。

司機是個臉圓脖子粗的男人，沒有鬍子，個性非常開朗，一邊開車，一邊唱歌，吵得史提芬不能好好小歇片刻。

由於墨西哥曾是西班牙的殖民地，所以普遍使用西班牙語，由大客車的窗口看出去，沿途路牌都是西班牙文。史提芬由巴西起行，展開中、南美洲之旅，這時跟瑪雅說起旅途上的見聞，眉飛色舞。瑪雅聽得悠然神往，覺得這個年輕哥哥很厲害。與美國邊境相鄰的墨西哥，差不多是史提芬旅程的最後一站。他窮遊列國，飽覽異國風情，唯一美中不足的是語言不通。如今遇見了瑪雅，這小孩簡直就是上天派來的翻譯員，史提芬當然把握機會，和瑪雅約好日子，一同去墨西哥城。

「史提芬，你一定很聰明，才能在美國唸大學。」

「沒甚麼大不了！雖然讀書是我的強項，但我是老二命，經常考第二，老是拿不到第一名。」

「你是我認識的第一個大學生朋友！」

史提芬心念一動，霎時明白過來。墨西哥貧民窟這麼多，不輟學已是萬幸，窮人哪敢奢望上大學？史提芬在中國的大城市出生，但他也去過窮鄉僻壤，知道有許多不幸的孩子沒錢讀書，未來根本沒有希望，活著只是爲了餬口，像畜牲一樣勞動。

車屁股顫顫地遠去，史提芬在瑪雅居住的小鎮下車。今天是週末，早上的市集比平日熱鬧。瑪雅先前很慌張，擔心媽媽會發現他不在家，幸好大客車比預定時間早到，依照媽媽的習慣，還有半個小時才起床。瑪雅回家時，順路還可以帶史提芬去買早餐。

遠遠就嗅到油炸食物的味道，路邊有三攤推車小販。小攤車的食物不外乎玉米餅、焦酥麵包和餡料，選項不多。史提芬只想隨便吃一吃，點一杯有點像米漿的巧克力，解一解餓就夠了。

杯子裡的飲料出乎意料地好喝。史提芬提著杯耳，看著瑪雅和三個攤販的老闆有說有笑，看來都是認識的。兩個大媽和一個大肚漢，好奇地盯著史提芬，說著一串史提芬聽不懂的話。史提芬想買捲餅，指著煎盤旁的餡料，攤販大媽忽然向他講英語，令他一時之間沒反應過來。

雖然大媽的英語很爛，史提芬還是勉強可以與對方溝通。如果史提芬的理解正確，她是瑪雅的鄰居，認識他媽媽十年了。瑪雅擁有預知能力這件事，史提芬並未盡信，這時候正好可以向大媽求證，便問她是不是眞的。他只是純粹問問，也不指望有甚麼有意義的答覆。

沒想到大媽竟說，她的一家人都是瑪雅救的。七年前，瑪雅只是個不足五歲的孩子，某天在凌晨哭得震天價響，重複嚷著「地震」這個字，怎樣也不肯再睡。結果，所有被哭聲吵醒的鄰居都來得及逃離在地震中倒塌的房子——大媽表達得不清楚，瑪雅就會在旁補充；他小時候住的地方都是一幢數十戶的隔間房，至於大媽口中的往事，他可想不起來了。

一九八五年，墨西哥發生過大地震，此事舉世皆知，史提芬仍記得當時的新聞畫面，不由得怔怔地瞧著瑪雅，心中驚奇不已。

瑪雅買了給媽媽的早餐，就要趕回家。史提芬問到哪裡有便宜的旅館，瑪雅不假思索，就說：「你可以住我家啊！我問一問媽媽，看她准不准。」

兩人約好一小時後在原地再會。

史提芬滿心期待免費住宿，竊喜不已，心想：「多認識一個字，不如多認識一個朋友！這句老話果然靈驗！」

這座小鎭根本是鳥不生蛋的地方，史提芬很快就逛完。他看見由三輪車改裝而成的報紙攤，撐著小屋頂似的帳篷，爸爸踩車，小童在前頭叫賣……除此之外，再無甚麼令他驚奇的事物。

史提芬繞過街角，發覺瑪雅已在原地等他。

「我騙媽媽說，我有個筆友來找我。他錢包丟了，很可憐，可不可以收留他一晚？」

「你媽媽相信嗎？」

「她一眼就看穿我在說謊，還取笑我不會騙人。」

正當史提芬大感失望之際，瑪雅又說：「媽媽沒發現我昨晚溜出去的事，但我覺得內疚，就坦白說出來了。我以爲會挨罵，想不到媽媽不但沒罵我，還答應讓你來我們家住！」

阿隆娜那副又好笑又好氣的樣子，仍在瑪雅腦裡。

史提芬也老實不客氣，買了一袋水果當見面禮，就跟著瑪雅回家。當史提芬第一次看見阿隆娜，沒想到是個窈窕貌美的俏媽，驚訝得掉了下巴。阿隆娜卻笑著問：「你就是聖誕老人嗎？」

將近中午，阿隆娜款待客人，做了一頓午餐。史提芬吃膩了玉米餅，一嚐到可口的芒果汁椰絲炸蝦，感動得流出一滴眼淚。瑪雅拿出一些儲藏辣椒的玻璃罐，又翻開一本介紹辣椒的食譜，史提芬看完才知道，原來墨西哥盛產的辣椒有上百種！

家裡沒多出的空房間，史提芬只好在瑪雅的房間打地鋪。他洗了個澡，站在書桌旁吹頭時，偶然注意到桌上的活頁式月曆簿。

史提芬也有用行事曆的習慣，會在日期上記下日程。一個小孩也寫日程？這本月曆簿厚得有點不尋常，引起了他的好奇。他翻了一翻，某些日期的框格內寫著鉛筆字，年份由一年前開始，竟寫到了二〇一二年！

「到底是誰會知道自己二十年後要幹嘛？咦……」

瑪雅剛好抱著被單進來，史提芬一問之下，才知道瑪雅時時在夢中看見世界大事，會有記下來的習慣，久而久之，就有了這本手工裝訂的月曆簿。

「爲了讓媽媽看不懂，我都會寫成英文。」

瑪雅十分得意，一副藏著祕密的模樣。

日期的方格內寫著簡短的句子，有時會出現令人費解的圖畫，英文拼寫亂七八糟，史提芬只是勉強猜得出意思。

史提芬隨手翻到今年年初，憑著記憶，與至今發生的大事比照。四月二十二日，墨西哥發生氣爆；七月三十一日，飛機和骷髏頭圖案，所指的是南京的墜機意外吧？今年的世界足球先生是范巴斯滕……如果不是事後捏造的話，準確率達百分之百，預言全部成真。

「真的太棒了！這簡直是天書！」

史提芬如獲至寶，連聲驚嘆。

對於預知未來這種事，有人會覺得懼怕，史提芬也愈看愈心驚，但實在抑制不住好奇心。他暗暗覺得，偷窺天機，會損壽折福。不過，他想了一想，膽子就壯起來了，覺得這是極爲難得的機緣，一則避凶趨吉，二來預知了好事，說不定有發大財的機會……

史提芬翻到當天日子，發覺那一格也用鉛筆寫了字。

「HOLLYWOOD……是HOLLYWOOD吧？這符號是甚麼意思？」

那符號基本上是個長方框，但上面的邊線畫成了鋸齒狀，而框格裡有三個驚嘆號。

瑪雅看了看，回答說：「這符號代表地震。」

「地震？那三個驚嘆號呢？」

「代表地震的程度。」

「最多有幾個驚嘆號？」

「就是……三個驚嘆號。」

此話震撼無比，史提芬登時大驚失色，怔了一會兒，才結結巴巴道：「好萊塢在加州……洛杉磯……我有很多親戚在那邊！糟糕了！我要快點通知他們！」

他感到難以置信，但不得不信。

窗外明明是平靜的藍天，誰想到大災難即將降臨？

8

當天，史提芬都沒心情出去玩了。

他和瑪雅坐在客廳的布沙發上，盯著尺寸有點小的電視螢幕。由於外掛的天線接收不良，螢幕畫面出現雪花。

電視機後面的牆上有個掛鐘，時間已到了晚上十點半。雖然史提芬聽不懂西班牙語，但要是洛杉磯發生大地震，電視台必定會插播如此重大的國際新聞。可是，目前爲止還未出現任何關於地震的消息，整個世界太平無事，瑪雅的預言彷彿是空穴來風。

「眞的會發生大地震嗎？」

史提芬按著遙控器，抱著懷疑的態度。

「我不知道。」

瑪雅迷迷糊糊地應答，他在晚飯後躺在沙發上，沉沉睡了一覺，直到剛剛才醒過來。史提芬坐立不安，一直盯著電視螢幕。這麼晚了，阿隆娜已經就寢，在她眼中，這個整天窩在家裡看電視的外國人很奇怪。

「瑪雅，你可以再說一下夢中所見的情景嗎？」

同樣的問題，史提芬已問了三遍，連他也覺得自己很煩。

「我看見有房屋冒火，有建築物倒塌，還有一條高速公路斷裂……整條路在半空沒了，塌了下來！」

火災、塌樓、斷路……單是這三件事，已夠危言聳聽。史提芬的心情和第一次聽聞時一樣，既焦心又擔憂。

「你確定是發生在晚上嗎？」

「應該是。居民逃難的時候，天空是黑色的。」

「所以說……入夜後才是最危險的時間。洛杉磯，好萊塢，你很喜歡看電影，不會弄錯吧？」

「我印象很深刻，應該不會記錯地名……」

「死了多少人？」

「我不記得了……」

這個夢有些久遠，瑪雅也記不清楚，只憑著零碎的記憶，一塊一塊拼砌出在夢中所見的情景。他的描述煞有其事，又符合現實，令人覺得有根有據，有很大的可信性。

寧可信其有，史提芬日間時，特地跑了兩趟，買了兩次電話卡。他打電話給洛杉磯的大伯，囑咐他們一家當晚要提防地震，盡快去超級市場補給糧食，地震一旦發生，切記躲在冰箱旁，哪怕是困上幾天也不愁吃喝。史提芬特別強調，晚上不要開車駛上高速公路。

大伯問起消息來源，史提芬只是含糊其辭道：「唔……我有個朋友是地震專家，他告訴我的！不過，還有可能發生變數，所以暫時沒有公開，以免引起恐慌……」

他不這樣說不行，試問誰會相信預知夢這麼鬼扯的事？大伯算是比較容易說動的了，唯唯諾諾，真的當作一回事。其他親戚都覺得小題大作，就算史提芬費盡唇舌，仍然屢勸不聽，簡直是活化石一般的老頑固。

「哼！等真的出事了，你們逃過一難，我就是你們的大恩人啦！」

史提芬抱著這樣的想法，忍辱負重。對於地震，即使以目前最先進的科技，仍無法準確預測發生時間。但如果瑪雅真的做得到，他就是個活神仙了。

「十一點？時間過得好快……」

史提芬打了個呵欠，睏得要命，乾著急了一晚，至今仍不見任何異象。

到了晚間新聞的時段，螢幕上出現一張白人的臉，他一頭嶄露銀絲的短髮梳向後面，在講台上向觀眾揮手，目光如隼，微笑中展現自信瀟灑的領袖風範。他講話時，思路敏捷，彬彬有禮，談吐幽默機智，不愧是常春藤大學的畢業生。

「克林頓……你說他會當選美國總統，現在他的民望高居不下，可能性非常之高。」

「他還會連任呢！」

瑪雅的語氣十分肯定。

史提芬打開瑪雅的「未來月曆簿」，隨意左翻右翻。

「美國之後會出現黑人總統……聽起來真的難以置信。如果我對朋友說出這種話，他們一定當我是瘋子。」

史提芬在美國待久了也漸漸覺得，美國是個不可思議的國家，甚麼都有可能發生。薄得可以放進公文袋的電腦、幾可亂眞的電影特效、網路革命……按照瑪雅的說法，全部都是美國的創新和發明。不過，不論人類如何進步，往後每年依然天災頻仍，人定勝天終究是一句妄言。

史提芬蓋上了簿子，不免有個疑問：「瑪雅，你的月曆只寫到二〇一二年。二〇一二年之後的世界呢？」

瑪雅正在喝水，嗆了一口水，咳了好幾聲。

「噢……說起來……我從來沒看過二〇一二年之後的世界……爲甚麼呢？」

史提芬想了一想，又問：「你在夢中的視角都是主觀的嗎？」

「是的。我記得的都是。」

根據史提芬純粹幻想的理論，靈魂可以擺脫時間，以夢遊的方式穿越時空。問個明白之後，他更了解到瑪雅的能力有很大的限制，無法選擇前往哪一個時空，亦從來沒見過自己未來的容貌——但瑪雅感覺到，他是置身於未來的自己體內，大多數的情況，都是經由電視新聞來得知世界大事。

史提芬直話直說道：「你只能看見二〇一二年之前的世界，我猜有兩個可能性。一個就是世界末日，瑪雅人所說的世界末日就是二〇一二年。另一個可能性，就是……你活不過二〇一二年。噢，對不起！」

史提芬自覺說了不該說的話，便摸了下木几，代表「驅散噩運」的意思。

瑪雅鬱悶了一會兒，很快就忘記了這件事，對小孩來說，死亡始終是太遙遠的事。

電視新聞節目結束，還是沒有任何地震的消息。

時針和分針在十二點的位置重疊。

一天就這樣過去了。

「太好了！沒有發生地震。」

瑪雅一說完，就從筆盒裡拿出橡皮擦，打開那本「未來月曆簿」，用力擦著，把日期格子裡的鉛筆字擦得乾乾淨淨，一口氣吹走橡皮膠屑，幾乎不留痕跡。

史提芬呆呆看著，頓時恍然大悟，急聲問：「你平時都是這樣做嗎？」

瑪雅點了點頭，憨笑著回答：「我有時作的夢真的就只是一場夢，與未來沒有關係。我都會把預知錯誤的筆記擦去。」

「哇……勒……你幹嘛不早一點說？」

「抱歉。哪些是預知夢，哪些是普通的夢，我也分不清楚啊……」

原來如此！瑪雅的預知並非百分之百命中！

儘管瑪雅有時表達不清，但史提芬只關心地震的事，確實沒問清楚所見的未來是否一定實現。

這下子可好了，鬧出了大笑話，無顏再見江東父老。史提芬在心裡罵了幾聲髒話，氣得差點想掐住瑪雅的脖子。他的心情很矛盾，到頭來還是慶幸一切只是虛驚一場。

可以在夢中預見未來，這是多麼奇妙的能力，乍聽下很厲害，無奈時靈時不靈，竟無實用的價值。就像當史提芬有一筆錢時，他敢押注在一支有可能大升，但亦有可能血本無歸的股票上嗎？

「史提芬，你在生氣嗎？」

「沒有，我只是失望。」

「為甚麼失望？你希望地震發生嗎？」

「不是。」

史提芬緘默——難道他要坦白說，他的發財夢告吹了嗎？瑪雅說他是聖人，將來會有一番大作為，這樣的話當然也不足為信！

這樣的友誼很奇怪，史提芬撫著瑪雅的頭，又打了個大呵欠。

「瑪雅，我很累，快點上去睡覺吧！明天一早，你要和我去墨西哥市呢！」

客廳的燈光「卡嚓」一聲熄滅。兩人上樓，放鬆了緊繃的情緒，各自躺在床上和地板上，沉沉睡著了。這一夜，瑪雅也沒作甚麼詭異的夢，一醒來，耳邊就是史提芬的鼾聲。

——兩年之後，瑪雅醒來，一開電視，就看見了洛杉磯大地震的新聞。

——他才知道自己寫錯了日期。

9

風和日麗的早上，瑪雅和史提芬乘車前往墨西哥市。難得到市中心玩，瑪雅也感到很興奮。這對一高一矮的哥兒倆，都穿著圖案T恤和短褲，史提芬爲了裝酷，還戴上一副冒牌的太陽眼鏡。瑪雅在巴士上都會和其他乘客打招呼，有禮貌得過頭。不過某些墨西哥人都會這麼做，看來是一種普遍的風氣。

他倆到了人類學博物館，到了湖畔公園的城堡，到了西班牙征服者科爾特斯曾在下面痛哭的「悲慘夜之樹」……行程相當緊湊，但兩人樂此不疲，年輕就是有無盡的精力。

瑪雅的講解不夠詳盡，很多時候史提芬都是靠自己看牌上的翻譯，或者自己翻旅遊書，才了解景點背後的歷史。不過瑪雅很熱心問路，又會看地圖，算是個稱職的小導遊，亦全靠瑪雅，才能以公車代步。

在公車上，史提芬問起：「瑪雅，你覺不覺得你們瑪雅人崇拜的羽蛇神，很像中國的龍？」

四百年前，墨西哥市是阿茲特克帝國的首都，阿茲特克就是瑪雅文明的一支分流，和其他中美洲的民族一樣，皆奉羽蛇神爲至高無上的神。

「中國的龍是長怎樣的？」

「你竟然沒見過？來，你把頭湊過來……」

史提芬趁著沒旁人看見，解開了褲頭的鈕釦，接著掀開一條小縫，讓瑪雅一窺下腹與內褲之間的紋身——那是一條中國小龍。史提芬聲稱，他自覺是真正的中華兒女，故此將龍的圖案紋在那個位置，以示自己是龍的傳人。

中國龍的形象就是一條騰飛的蛇。

「真的有點像呢！」

「墨西哥人也是黑頭髮黃皮膚，和我們一樣！有些墨西哥人的長相，根本和中國人沒有兩樣！哪有這樣的巧合？」

史提芬遊歷期間，除了在瑪雅人的壁畫裡發現龍的影子，還看見不少與龍有關的雨水紋圖案。他也想起在古蹟中看過的大頭石像，細眼、方臉和扁鼻，都是亞洲人種的特徵。

「庫庫爾坎……」

瑪雅唸著羽蛇神流傳下來的名字，忽然想起一事，便道：「我外婆也說過，我們的祖先，是東方來的人……說不定就是中國人呢！噢……到站了，我們要下車！」

話題突然中止，下車之後，瑪雅驚呼了一聲，才發覺下錯站。史提芬也沒埋怨，想看的景點也差不多了，這個下午隨處逛逛也不錯。

史提芬摘下太陽眼鏡，周圍景物由褐色變回彩色，馬路上一輛綠色的金龜車徐徐駛過，墨西哥市的計程車都是這種可愛的老舊車款。滿街的牆色鮮艷多彩，單是紅色，已有橘紅、朱紅和暗紅三種。史提芬看見了熟悉的英文字，原來是一間書店的招牌，櫥窗裡掛著回收英文舊書的橫幅標語。

一個念頭電也似地閃過，史提芬忽然想到，有可能找到關於諾史特拉達姆斯的書，就牽著瑪雅走進書店。

這間書店有上下兩層，裝潢老舊，有種破舊的美，殘破的吊扇和褪色的地毯，成功將窮酸味和古樸風混為一體。書架井然有序，架與架之間的走道卻像個雜亂的迷宮，每面牆都嵌滿了書，角落有隱蔽的藏書閣，簡直是一片書的叢林，令人眼花繚亂。有個老奶奶坐在櫃檯，她有可能是老闆，盯了史提芬和瑪雅一眼，捏了捏下巴，又繼續低頭看書，沒說半句迎客的話。

「有了……找到了！」

書籍依照作者的姓氏首字母排列，史提芬才找了一會兒，就找到諾氏的《百詩集》〔註〕。這本預言詩集風靡西方世界，原文是法語，成書於十六世紀，歷來不少知名學者都曾嘗試解讀撲朔迷離的詩文。

史提芬同是此道中人，喜讀科幻小說，熱中於「X檔案」的神祕事件。時近一九九九年，活在這樣的時代，他豈會沒讀過《百詩集》？此時，他的目光穿透飛快揭開的書頁，不費吹灰之力，就找到要找的詩句。

史提芬掐住書頁中間，向前高舉，叫瑪雅注視左上角的兩個段落。

The Year 1999, seventh month,
From the sky will come a great King of Terror.

To bring back to life the great King of the Mongols,
Before and after Mars to reign by good luck.

一九九九年的第七個月，
恐怖大王將從天而降。
致使安哥魯亞王復活，
屆時馬爾思將以強運統治天下。

The year of the great seventh number accomplished,
It will appear at the time of the games of slaughter:
Not far from the great millennial age,
When the buried will go out from their tombs.

在偉大的七數結合之年，
殺戮的遊戲應時開始。

註：Les Propheties——一五五五年初版，眾所周知的《諸世紀》爲誤譯。

距離千禧之年不遠，
埋葬在地下之魂將破墓而出。

「太深奧了，我不明白。」

「不只是你，很多人都讀不懂。這兩段詩屬於全書的最後一章，一般人都認爲是世紀末日的預言，當然，亦有人只當作一個世紀大謊言。」

詩中部分名詞艱深晦澀，語焉不詳，豈止是瑪雅，即使連文學家也不知所云。

「MONGOLS……就是蒙古人。蒙古人曾經統治中國，甚至侵略歐洲，建立史上最大的帝國。所以，在西方人的眼中，蒙古等於中國。MARS，可以是人名，亦是火星的名稱，在占星學上，火星是一顆代表戰爭的星。」

史提芬說得頭頭是道，說穿了，一切都是憑空杜撰的臆測。

瑪雅登時開悟，並懂得問：「KING OF THE MONGOLS……就是中國的帝王？」

「哈哈，有可能！一個中國的帝王將會復活，眞是他媽的不可思議！」

史提芬失言，在小孩面前講了句髒話。

叮！

玻璃門掀開，隨著氣流飄來香水味。史提芬才說到一半就住嘴了，他的心神全被剛進門的兩個女人勾去。兩女濃桃艷李，華人面孔，穿著肩帶背心，光著肩露腿，但身上有良家閨秀的氣質。

史提芬心動不已，想道：「這是我由旅途第一天就開始期待的艷遇！兩個都是我喜歡的類型！」

他暗自盤算，同時追求兩個，成功的機率就會提高一倍吧？

兩女只是漫無目的地閒逛，史提芬一直在旁觀察，終於逮住了機會，佯裝成店員，上前和她們攀談。看在小小瑪雅的眼裡，他體悟到厚臉皮就是搭訕成功的法門。

不一會兒，史提芬心花怒放，回到瑪雅身邊，彎著腰道：「瑪雅，不好意思……她們是來墨西哥玩的大學生，答應和我喝咖啡……拜託你在這裡等我一個小時。這可是關乎我的人生大事！」

瑪雅不答應也不行，只得待在書店，目送史提芬和兩個姊姊出去。

店裡冷清，再也沒有客人。瑪雅懂得規矩，也不想亂翻人家的書，就這樣坐在樓梯上苦等，捏著項鍊上的藍寶石。櫃檯老奶奶的目光並無惡意，但盯得瑪雅怪尷尬的，後來她居然請瑪雅吃餅乾，令他大受感動。

結果，瑪雅等了一個小時，書店打烊了。

史提芬還沒有回來，也不知他到哪裡風流快活去了。

瑪雅左望望，右看看，留意街上的招牌，只想打個電話，告訴媽媽今晚會晚點回家。

同一條街上有間雜貨舖，瑪雅朝那邊走去，卻沒發現他剛剛在把玩之後，忘了把項鍊的吊墜藏回衣底，藍寶石暴露在外，閃出引人注目的光芒。

10

寶石的光芒可以勾起人的貪慾。

在雜貨店裡，五花八門，瓶瓶罐罐，除了本地的土產，也有中式的醬料。室內有點陰沉，燈光翳翳，貨架上的東西都罩上一層灰影，只有瑪雅胸前的藍寶石微微發亮。

這項鍊是外公的遺物，吊墜鑲著一顆八角切割的藍寶石，瑪雅一直將它當成護身符，偶爾戴在身上，也不清楚它的實際價值。說真的，一個孩童戴著這樣的項鍊，別人只會以爲是玩具寶石，哪會當眞？瑪雅一直沒戒心，豈知這次遇上了識貨的壞人。

雜貨店老闆盯著瑪雅胸前垂下的項鍊，一眼就看出寶石是眞的，愈看愈心動，雙眼也隨之發亮。

收銀台在門口附近，老闆背後的層架擺滿香菸，電話卡的廣告單貼滿了整面牆。櫃檯上的電話底座髒得嚇人，令人看不清按鈕鍵盤上的數字。電話的捲線懸在半空，連到瑪雅耳邊的聽筒。瑪雅在講電話時，老闆一直低頭寫字，不過以瑪雅的高度根本看不見，人心的陰謀亦像棉裡的針一樣，往往看不見。

當瑪雅跟媽媽通話完畢，就擱下了聽筒，卡的一聲掛回底座。他仰著頭，向老闆問：「我該付多少錢？」

老闆伸出掌心，厲聲一喝：「五萬披索！」

瑪雅嚇了一跳，惴惴地問：「我剛剛問價錢的時候，你明明說是兩千披索打一通電話……」

老闆捲起衣袖，擺出一副惡相，聲勢淩人地說：「兩千披索是本地通話的價格，你剛剛打的是長途電話。長途電話貴得多了！看你是小朋友，一分鐘算你一萬披索，你講了五分鐘，總共就是五萬披索。」

電話底座旁邊多了一張價錢牌，不知是甚麼時候豎起來的。

瑪雅不幸來到黑店，吃了悶虧，自認倒楣，只好乖乖拿出錢包，儘管不甘心，還是付了錢。

老闆手裡揣著鈔票，面有得色，然後指著瑪雅的鼻子，拉下臉道：「還有你的項鍊，脫下來給我！」

瑪雅一臉無辜，老闆倏地拿出一張紙，竟是一份「訂婚協議書」。

紙上寫著幾行潦草的字，單看字面解釋，就是說立約人有意願娶老闆的女兒爲妻，故此送上藍寶石爲禮。這張紙的下方確實有瑪雅的簽名，原來在借電話時，老闆要求簽名登記，瑪雅聽大人吩咐，糊裡糊塗就簽了名。可是，他記得簽名的當時，紙上並沒有任何奇怪的條文，這肯定是後來寫上去的。

店裡有個黑髮小娃兒，踞坐地上，正在玩布偶，嘴裡還含著奶嘴……她就是老闆的女兒嗎？瑪雅瞧著她的一刻，感到莫大的委屈，卻有苦說不出。

「你最好把項鍊交出來！我認識警局的人，他們會把你抓走啊！」

老闆老奸巨猾，看見瑪雅傻乎乎的，就覺得一定很好欺負。魔高一丈，他還在瑪雅的背包裡塞了一條口香糖，要是這小傢伙轉身偷跑，就有藉口報警，到時候就吃定了這隻肥羊。

瑪雅住的小鎮民風淳樸，童叟無欺，偶爾爭吵也只會拳腳相向，哪有這等陰險狡詐的壞人？他先是憤怒，然後感到無助，忍氣吞聲，最後乖乖就範。頭上那張醜惡的人臉好像是假的，一旦撕開，就會露出魔鬼的猙獰面目。

當瑪雅離開店舖，鬆了一口氣，但才走了幾步，便爲自己的懦弱懊惱、後悔、憤恨。他不知道項鍊有多貴重，但始終心疼那是外公的遺物。他心事重重，猶豫要不要告訴媽媽，又盼望史提芬早一點出現……

日落前的街上，瑪雅愁眉苦臉，驀然間，聽見了叮咚作響的聲音。目光順著一格格的地磚前進，映入眼簾的是一雙戴著腳環的美腿，曳足而行時發出響聲。往上一看，來者穿著女裝牛仔短褲和斜向的灰色披肩，在啤酒色的陽光裡，面龐輪廓分明，竟然是個熟悉的人。

瑪雅呆住了，不禁驚呼：「安吉！」

安吉是他鄰桌的同學，也是老師眼中的麻煩學生。瑪雅從未和她說過話，天大地大，竟在墨西哥市不期而遇。安吉長得比瑪雅高，昂首闊步，大老遠就望見了瑪雅。她瞧著瑪雅垂頭喪氣的可憐相，過去關心一下，忍不住問個究竟。三言兩語，瑪雅說了受騙的事，拱肩縮腦，正以爲安吉會取笑自己，沒想到她居然打抱不平，氣沖沖地說：「欺人太甚！我跟你進店裡，教那老闆好看！」

安吉握起了拳頭，一副不好惹的模樣。

瑪雅張著嘴，覺得她簡直是女中豪傑，是他見過最有勇氣的女人。

她走在前面，不講禮貌，大力推開店門，砰喇一聲，嚇了老闆一跳。老闆正在細看騙來的項鍊，本來有點心虛，但當他瞧見來人只是個乳臭未乾的少女，頓時露出了不屑的表情，不把安吉放在眼內。

「那就是我的項鍊！」

瑪雅有人陪伴，膽子也壯起來了，終於敢抬起頭，怒目瞪著老闆。他暗中打定了主意，要是老闆要揍人，自己一定不可退縮，要擋在安吉的面前，死就死吧……

安吉上前，立刻破口大罵：「你這個騙子！髒東西！無恥的商人！騙了小朋友的東西，你不怕下地獄嗎？」

老闆卻裝瘋賣傻，皮笑肉不笑，不慌不忙地問：「請問妳是他的甚麼人？」

安吉想也不想，回答：「我是他的好朋友！你欺負我的朋友，就是欺負我！」

老闆笑咪咪的，一臉和氣地說：「小姐，請妳嘴巴放乾淨一點。這條項鍊是他自願給我的。他看中了我的女兒，想跟她訂婚……妳看！我手上有他親自簽名的訂婚協議書呢！」

這一點瑪雅沒交代清楚，所以安吉第一次聽見，十分愕然，不禁回過頭，盯著瑪雅，語氣微含嘲弄之意：「原來你已經訂婚了……眞想不到呢……」

瑪雅臉色漲紅，大聲爭辯：「根本沒這回事！他胡說！」

老闆由抽屜拿出了一張紙，振振有詞：「不管怎麼說，我手上的就是證據！你讀過書，識得上面的字，簽了名，就要遵守協議！臭小子，你反悔的話，就叫你的媽媽來跟我談，不該由你的朋友出面！」

安吉湊上前看一看，回了回頭，向瑪雅說：「你眞的簽了名呢！」

老闆大笑道：「就是嘛！」

說時遲那時快，安吉趁著老闆疏忽，伸手飛快奪走了那份所謂的協議書，撕破的一小角仍在老闆的手上。她看也不看，就將協議書摺起，塞入胸罩裡。這下子她佔了上風，老闆也不敢輕舉妄動，做出侵犯女性的行為。

「我現在一走出外面，就會大喊救命。警察來了後，你自己向他們解釋吧！看看他們相不相信你鬼扯的事……甚麼狗屁協議書，你在賣女兒嗎？你不怕惹上麻煩的話，要不要考慮交回項鍊？」

安吉的手段潑皮無賴，但對付無賴就要用上這樣的手段。

老闆栽了個觔斗，爲求息事寧人，只好交還了瑪雅的項鍊，還有五萬披索。

瑪雅歡天喜地，心中充滿感激之情，離店之後，跟著安吉走了一會。他連聲道謝，問起安吉怎會過來墨西哥市。原來，她獨個兒來到市區，就是爲了媽媽，在她的墓前放上一束黃色的花。

「謝謝妳！我將來一定會報答妳的！」

安吉忍不住噗哧一笑。

瑪雅第一次直視她的笑靨，竟是想不到的甜美，他未見過天使，但心想天使的容顏一定和她相差無幾。

「嘿！你要怎麼報答我呢？這只是小事，你不必記在心上。」

「妳有甚麼需要幫忙的嗎？」

安吉嘆息了一聲，神情突地變得淒楚。

「你幫不了我的……」

未待瑪雅反應過來，安吉就往前揮手告別，淡淡的一聲「再見」。

「妳喜歡吃巧克力嗎？餅乾？我明天帶去學校……」

那些來不及說出口的話，消失在金黃色的風裡。

夕陽餘暉，映出安吉的影子。

瑪雅有股強烈的感覺——那是個傷心的背影。

11

瑪雅坐在門口的台階上，等到天色黑透，史提芬才出現。這位大哥遲到了一個小時，向瑪雅道歉的時候，臉上還笑吟吟的。

去甚麼咖啡店都是假的，原來他和兩個女的去了酒吧。

史提芬炫耀他的「戰利品」，餐巾紙上有個口紅色的電話號碼。回家路上，史提芬邊走邊吹口哨，難掩得意之色……直到翌日打過去，他才發現是空號，霎時面如土色，空歡喜了一場。

瑪雅情竇未開，卻察覺到同齡的男女正在改變，兩性之間有條無形的界線，在他身邊的同學，男的玩作一團，女的喁喁噥噥，向異性示好都會被取笑。瑪雅沒理會那麼多，帶著一小袋巧克力，打算在放學時偷偷送給安吉。

蝴蝶結絲帶上寫著「ANGIE」，就是安吉的名字。

安吉沒來上學。

第二天，她也沒來。

瑪雅望著空蕩蕩的位子，想起了安吉那天柔腸百結的愁容，心中不知道爲甚麼，有空了一塊的感覺。

日升日落，又過了一天，星期三的早上，老師穿著全黑的襯衫，彷彿是烏鴉的化身。他沉著臉，聲音像默哀一樣，向全班同學宣布：「安吉退學了。她以後不會再出現。」

教室裡譁聲四起，似乎只有跟她稔熟的女同學才知道她退學的原因，但她們守口如瓶。瑪雅深受震撼，整天都心不在焉，無心向學。他胡思亂想，擔心安吉是不是出了意外，否則怎會一聲不響就退學？

好不容易熬到了放學，這期間，瑪雅不斷盯著手錶，暗地裡催促時針和秒針快轉。

老師恰巧在這一層的走廊上。

瑪雅趁著沒其他同學在場，纏著老師問：「安吉怎麼了？」

老師沒想到是瑪雅，覺得詫奇，遲疑了片刻才無奈地說：「傻孩子，有些事我不能告訴你。」

聽到此話，瑪雅的焦心都要化成灰了。

瑪雅很尊敬老師，平時很聽話，但這一刻居然一反常態，不甘心放棄，再追上老師的腳步，脫口而出道：「求求你！你可以告訴我她的住址嗎？我欠她一個人情。我只是想……送她巧克力。」

他低頭哀求，由耳根紅到了脖子。

老師看著瑪雅楚楚可憐的樣子，鼻頭一酸，便湊近他的耳邊，說出了安吉家的地址。瑪雅連聲道謝，喜笑顏開，轉身跑向走廊的盡頭。老師盯著那個小不點的背影，由喉頭深處發出嘆息，似乎已經料定，這個小孩將會碰壁，也許根本見不了安吉一面。

瑪雅急奔回家裡，換了便服，將巧克力小袋放入小背包裡。史提芬正在客廳看書，瑪雅一個人不敢去，便用一客冰淇淋僱用這位大哥當「保鑣」。當史提芬聽說安吉的家就在貧民窟裡，心中竟生出了考察風土民情的興致，馬上拾起相機，陪著瑪雅出去。

陰天裡，一根根曬衣繩上都掛滿未乾的衣服，破舊的女性內衣亦勾不起內衣小偷的慾望。遠看是一幢幢磚屋和鐵皮屋，違建亂七八糟，聚居近百戶人家。一進入這一帶，彷彿來到了城市黑暗的角落，棟距狹窄的小巷有如迷宮，門戶黝黑無光，牆上都是裂痕和斑駁的髒跡，地上則可見鴿籠、水漬、瓦斯罐、一盆盆枯花、香蕉皮……

生鏽的鐵窗框，裝裱的畫面是窮人的房間，有窄床，有燈泡，有破爛的家具。很多人家的廁所沒門，只有百葉簾，小小的馬桶通常鏽斑點點。各處皆有異味，腳臭味、汗味、發霉的皮鞋和食物殘渣的氣味，瀰漫在蒼蠅紛飛的街頭巷尾。

史提芬大開眼界，心中卻罵：「甚麼鬼地方！」

安吉的家就是前方的一戶。

門戶竟然沒門鈴。瑪雅深呼吸一口氣，才敢走過去敲門。可是，沒人來應門。史提芬替瑪雅連敲了三下，拉長耳朵一聽，好像無人在家。瑪雅感到十分失落，這副樣子令史提芬見了同情，既然來到了，只好奉陪到底。

白等了快一個小時，史提芬感到不耐煩，耍起了三腳貓功夫，踹了木門一腳。沒想到那木門眞的太爛，鬆脫之後，向裡面倒下，發出嚇人的巨響。

有個大媽過來察看，嚷嚷說了些話。

史提芬聽不懂，便問瑪雅：「她在說甚麼？」

「她問你是不是來討債的……我幫你澄清吧！順便問她知不知道安吉在哪……」

瑪雅和那大媽交談，縱使史提芬聽不懂，他看見大媽面有難色，又擺手又搖頭，便知道她不肯透露半句。史提芬突然靈機一動，裝腔作勢揮拳打牆，先聲奪人之後，向瑪雅使了個眼色，吩咐傳話：「你幫我騙她，就說我是來討債的！要她立刻說出安吉一家的行蹤！」

瑪雅聰明伶俐，和史提芬演雙簧。

那大媽聽了，竟然激動起來，潑聲浪嗓指著史提芬大罵。史提芬側臉，瞧見瑪雅眼愣愣的樣子，便猜出大媽說了令人非常吃驚的話。在大媽的罵聲之中，有個用詞的語氣特別重，而史提芬居然聽得懂。

「puta？puta……她爲甚麼說安吉是妓女？」

瑪雅神情恍惚，向史提芬點了點頭。

「puta」是妓女的意思，史提芬不識常用的西班牙語，卻偏偏認識這個字。瑪雅就像自動答錄機一樣，斷斷續續吐話：「安吉爸爸欠了一筆債，就賣掉了安吉……安吉爲了弟弟妹妹，犧牲了自己……妳誤會了！我們並不是眞的債主！」

後面兩句話是向大媽說的，卻說成了英語。

史提芬在驚訝中自言自語：「甚麼……狗屎……這是我聽過最悲慘的眞人眞事……所以，安吉已經離開了這小鎭嗎？」

「她今天就要離開……全家人爲她送行……」

「還不快去追！」

史提芬牽著瑪雅由貧民窟出來，急步趨蹌，往客運站的方向直奔。

在路上，瑪雅不明事理，問起妓女是幹甚麼的行業……史提芬不忍說出實情，哄道：「有些粗暴的男人會變成野獸，需要有女人陪他們睡覺，他們才會變回正常人……你聽不懂就算了。回去千萬不可問你的媽媽。」

客運站的主樓就在前面，史提芬和瑪雅由停車場那一邊走進，繞過了一輛正要開出的大客車便看到月台。瑪雅一眼瞧見三位熟悉的女同學，站旁邊的看來是安吉的父親和弟妹，就是不見安吉。

瑪雅心中掠過一個不好的念頭，衝向那邊，隔著老遠大喊：「安吉在哪裡？」

女同學訝然望著瑪雅，大概猜出他的來意，一齊伸出手，指著那輛駛離停車場的大客車——剛剛繞車而過的瞬間，瑪雅走這一邊，而安吉坐在另一邊，所以看不見對方。

出乎眾人的意料之外，瑪雅追出去了。

一個人跑得再快，也追不上汽車，這是常識。

尤其以小孩的腳程，更加沒有可能。

瑪雅才沒想那麼多，只盯著大客車後面的車牌，將它看成了標竿，拚命直奔，心中仍然抱著強烈的希望，期盼奇蹟會出現。

他一直奔跑，眼見大客車在紅綠燈前停下，稍微追近了一點，車子又加速，離他愈來愈遠。

瑪雅大口喘著氣，腳步開始緩慢下來，但他還是繼續跑，甚至不顧危險，跑到了馬路上……他咬緊牙關，哪怕是用爬的，也要使盡最後一分力氣，只要車子沒有徹底消失，就不可以放棄。儘管他抱著這樣的想法，小腿卻異常沉重，每蹬一步，都像蹬在泥沼上一樣，到後來更是蝸步難移。

不久，瑪雅到極限了，停下來，臉上的汗都滴到鞋子上。

一晃眼，車子又遠了。

瑪雅垂著頭，很不甘心，本應絕望，當抬起頭的時候，難以置信的事情發生了。大客車竟然跟他一樣，在路旁停下來，靜止不動，就像在等他似的。

原來司機的眼睛是雪亮的，從後照鏡看見有個追車的孩子。其他乘客也發現了這件事，安吉隨著眾人的目光，瞥見那個鍥而不捨的細小身影，霎時驚訝不已。未待她走到前面，司機已經打開了車門。

瑪雅跑了很遠的路，終於來到她面前。

安吉笑開了，淘氣地說：「你的臉怎麼紅得跟辣椒一樣！」

瑪雅臉紅心跳，緊張得說不出話來。他雖然說不出話，但雙眼水汪汪的，誠懇無比，惹起安吉的傷感，彼此都是泫然欲泣的模樣。他塞給她一袋巧克力，袋口繫著蝴蝶結的絲帶，絲帶上寫著安吉的名字。當安吉小聲說了謝謝，他好像沒聽見，目光沒有相交，卻繞手到腦後，解開藍寶石項鍊的釦子，毫不猶豫就將項鍊遞給她。

安吉知道項鍊是他外公的遺物，便說：「這份禮物太貴重了，我不能收……」

瑪雅叨叨唸了兩遍：「它會爲妳帶來幸運!它會爲妳帶來幸運！」

瑪雅堅持的時候，可是頑固得很。

安吉拗不過，只好抱了抱瑪雅，收下了項鍊，赧顏笑著，在眾目睽睽之下回去座位。車內是喧笑的氣氛，眾人心中感到甜蜜，卻不知這少女正在前往不幸的未來。

車子消失在瑪雅的視線裡，只剩黃塵和汽油的氣味。

瑪雅悵然若失，回去客運站。

其他人都走了，只剩史提芬在等他。

那一天回家，兩人談話的內容瑪雅大都忘了，卻忘不了這番話：「唉！這就是眞實的世界。你以爲墨西哥是個怎樣的國家？你以爲是美麗的天堂，但實際只是毒梟和罪惡的溫床！」

史提芬深知語氣太重，還是繼續說：「這是人生必經的階段，經歷過，你就會長大。」

當一個人變成成年人，就是當他開始接受社會的不公和正義的腐敗。

「如果要這樣長大，我才不要呢！」

瑪雅撇著嘴，一回頭，看著夕陽在牆垣中沉沒……和往常一樣，日升日落，無止境循環不息。

時間不會等人，一分一秒飛逝……

12

十月。十一月。十二月。

教堂裡的長木凳上，坐著一個寂寞的身影。

玻璃窗外是漸變的光影，高高的穹頂掛著陰影的披風，冷峭孤僻的肅穆悄悄掃洗每個角落，沉默的畫像閃爍著令人敬畏的聖光。

正殿堂兩側的壁畫，瑪雅都看過，對畫中的聖經故事亦耳熟能詳。他還知道，畫匠會在人物的頭頂添加光環，表示聖人和聖徒的神聖。當然，這一切全是後人用藝術表現的手法，眞人不會這樣，即使禿頭也只不過是反射亮光，頭上不會眞的冒出光環。

崇拜光明，厭惡黑暗，這是人的本性。

傲慢、嫉妒、憎恨、貪婪、猥惰、暴食、好色……偏偏人類會因爲罪惡，而墮向了黑暗。

是因爲有了光，所以才有黑暗？

瑪雅坐在第二排，前排的長椅後方有個收納聖經的置經架，橫架的下方有一條可以上下移動的跪板，方便虔誠的教徒跪在上面祈禱。

祈禱有用嗎？

這三個月，每晚睡前，瑪雅都會想起安吉，他已經禱告了不下百遍，結果也改變不了現實，豈能不感到氣餒？

墨西哥冬無嚴寒，夏無酷暑，但十二月寒流來襲，瑪雅也得穿著毛衣。

這是喜氣洋洋的聖誕節正日，瑪雅昨晚才吃了豐盛的晚餐，也收到了外婆和舅舅送的禮物，吃剩的水果和沙拉仍擱在餐桌上。

兩個月前，史提芬離開墨西哥，回去了美國。

已經兩個月了，班裡沒了安吉，同學照樣上課，老師從後排調了一個同學上前，塡補空缺的座位。教室內外，仍然常常出現快活的笑聲。似乎只有瑪雅耿耿於懷，無法放下和忘記，安吉遭遇的不幸，已成爲他心中永遠的刺。在瑪雅幼稚的眼中，這世界的一切都是美好的，但在那天之後，這信念起了微妙的變化。

瑪雅乾吊著下巴，在冰冷的教堂裡坐著。

玻璃窗上顯出一個龐眉白髮的倒影。

「瑪雅？你怎麼了？」

馬丁神父繞過正堂，很驚訝瑪雅出現在這裡。馬丁遠遠就瞧見他寂寞的身影，很是心疼，儘管近來見面，已察覺到他快快不悅，就是不懂這年紀的孩子會有甚麼煩惱。

「馬丁，我可以告解嗎？」

瑪雅突然問。

馬丁以爲他只是鬧著玩，也想乘機聽一聽他的心事，便應允帶他到告解室。告解室位於翼廊盡頭，乃一間中央隔著網紋窗格的密室，本來只准成年的懺悔者進入，但馬丁和瑪雅太熟絡了，破例一次也無妨。

瑪雅個子太矮，馬丁便吩咐他不用跪下，各自坐在窗格的隔壁。馬丁也沒怠慢，依照規矩，朗讀一段經文和宣誓保密之後，便豎起耳朵傾注靜聽。

隔著網紋窗格，傳來瑪雅的聲音：「姦淫是罪惡嗎？」

這番話可把馬丁嚇得魂飛魄散。

馬丁稍微攝住了心神，遲疑不決地說：「這……這……當然是不好的。十誡的其中一條，就是『不可姦淫』。我們一定要潔身自愛，好好愛惜自己的肉體。」

「所以……這眞的是犯了罪……」

片刻的沉默令馬丁焦慮難耐，心亂如麻。但他就是鼓不起勇氣問清楚眞相，而告解儀式的規矩亦不容許他這樣做。

瑪雅吶吶的問話打破了沉默，道：「我有一個朋友，她爲了家人，犧牲自己去做妓女……罪人會下地獄，她也一定會下地獄嗎？」

馬丁聽到這裡，始知自己有所誤會，頓時如釋重負。

「娼妓是自古已有的行業，有些女人是因爲受不住金錢的誘惑，但有些女人是眞的別無選擇，爲了家人，又或者爲了生存，出賣自己的肉體……但她們只是出賣肉體，沒有出賣自己的靈魂。在主耶穌的信徒之中也有妓女，只要她們誠心信主，就能得到赦免，可以上天堂……」

這話奏效了，瑪雅豁然開朗。

但他還是無法釋懷，又提出了疑問：「我朋友史提芬說，她會被男人欺負。那些男人會怎麼欺負她呢？」

「這……很難說……」

「他們會打她嗎？」

「有這個可能……要視乎她的……運氣。」

「她的日子會很難過嗎？她還有沒有機會上學？」

馬丁的心揪痛了一下。

無論說得多麼動聽，也不能抹煞眞相——在那種聲色犬馬的環境，縱使是像天使一樣的凡人也會墮落。那個叫安吉的孩子，有可能出於污泥而不染，但有很大的可能性會變壞。老鴇沒人性，常常用毒品來操縱妓女。馬丁見識過毒癮的恐怖，只要一沾上這東西，再堅定的基督徒也會成爲惡魔的玩偶。

馬丁瞥著窗格的網孔，彷彿看見一個剛開始發育的女生，與籠罩在四周的黑暗搏鬥。黑暗抹過她身體的部分，都會消失不見，漸漸湮沒了整個人……無聲吞沒靈魂最後發出的弱光。

無奈世道可悲，在拉丁美洲這樣的地方，這種事不足爲奇，救得了一個，受害者卻陸續不絕，簡直是永無止境的夢魘。

瑪雅本有一個愉快的聖誕節，但他一想到安吉正在受苦，就再也提不起勁玩樂。他曾再去拜訪安吉的家人，委託轉交一封信，信裡附著回郵信封，可是他至今還沒有收到安吉的回信。

在告解室裡，瑪雅忽然問：「馬丁，你可以借錢給我嗎？我長大後，一定還你。」

馬丁不用多問，也猜得著瑪雅的用意。

瑪雅亦跟媽媽說過差不多的話，媽媽好像感同身受，竟然爲安吉哭了。可是，她眞的沒有錢，這幾年做小生意，日子都很拮据。她很想幫安吉，可是那筆贖身的錢，簡直就是天文數字。

馬丁深感歉意地說：「瑪雅，很抱歉……我是神職人員，終身事奉教會，所以沒有個人財產……」

解決難題的方法很簡單，就是付錢贖身，無奈錢偏偏是最大的難題。

有沒有短期內賺大錢的方法？瑪雅苦苦思索，也和史提芬談過，就是想不出辦法，自己半吊子的預知能力，根本對不上賺錢的門路。

瑪雅不再強忍悲傷，嗚咽哭了出來，道：「我希望可以幫安吉……但我做不到……嗚……」

馬丁靜靜傾聽孩子的哭聲，心情同樣極度難過。

網紋窗格的後面，再度傳來瑪雅的聲音：「馬丁，你不是說過，上帝是無所不能的。那麼，他爲甚麼不消滅世上所有罪惡，讓每個人都活在幸福之中？難道，上帝不是一個善良的神？」

有半晌，馬丁語塞了。

他絞盡腦汁，擠出了一個老生常談的答案：「上帝一定有祂的旨意。這是祂給我們的考驗，又或者，祂在懲罰世人，這就是每個人揹負的原罪……」

瑪雅對這個答案不滿意。

安吉和他一樣才十二歲，究竟揹負了多大的原罪，才要承受這種可怕的懲罰？他所認識的安吉，明明是個很善良的女生，見義勇為，曾經替他出頭……按照聖經的教誨，這種人應該會有福啊？為甚麼天主要懲罰她？難道天主的規矩是賞惡罰善嗎？

人生有許多莫可奈何的事，唯有默默接受。

所有人都告訴過瑪雅，他是做不到的——無法拯救安吉，也無法改變這個世界。瑪雅想從馬丁的口中得到安慰，可是馬丁都和其他大人一樣，叫他接受生命中那些殘酷而令人心碎的事情。

馬丁教過瑪雅，默視不幸也是一種罪。

這樣的話，上帝不是犯了罪嗎？難道祂可以不遵守自己定下的規矩？

正如眾多哲理的問題一樣，都沒有眞正的解答。

黑夜籠罩在教堂的四周。

步道上，街燈已亮了，徐來的晚風，抹走了淚光。

馬丁站在門口，一直目送瑪雅的背影，眼中溢滿了慈愛之情。然後，他覺得心口很痛苦，喘不過氣來，就跪了下來，唸唸有詞地禱告。

13

大人的世界很複雜，小孩的想法卻很簡單。

瑪雅仍然沒有忘記安吉，也沒有放棄拯救她的念頭。

每個晚上，臨睡前，他依然默默向主祈求。

儘管無數個早上醒來，世界沒有依照他的期望而改變，一切願望並無得到神的應許，這個固執的小孩始終沒有放棄。就這樣，一天又一天，他帶著同一個信念入睡。也許他有天會不再在乎，對別人的不幸袖手旁觀，但他還是繼續禱告和許願，盼望會在夢中聽到上帝的聲音……

儘管這樣的祈求根本不會實現，在聰明人的眼中愚蠢至極，但瑪雅就是照樣做，因爲這是他最爲相信，亦唯一做得到的小事。

這一晚，天宇似墨，星明煜煜，瑪雅做完功課，覺得很睏，匆匆禱告完畢，沉沉酣睡著了。

夢是一種心理補償的潛意識作用，滿足作夢者的欲求。

如同打開了開關，開啓了夢境，整個房間豁然變亮。

瑪雅看著四周，整個房鋪著淺棕色的地毯，只有一張單人床，包著菱格條紋的朱紅色床單，杏白色的牆上貼了兩幅電影大海報。門口旁就是摺疊式拉門大衣櫃，一條長桿掛著T恤和襯衫，髒衣物則堆在下方的布籃子裡。

角落有一張工作站式的書桌，頂部的層板排滿看來很深奧的教科書。瑪雅想起自己曾在另一些夢中到過這個房間，現在夢裡的自己，應該就是未來的自己。

外面天氣看來很冷，窗外的屋簷下凝結了幾條垂直的冰柱子，後院、圍柵和樹梢都是白皚皚一片，積疊了厚雪。

瑪雅拿起書桌的手提電腦，拖著電源線，平放在床邊木椅上。瑪雅鑽進被窩後，面向打開的螢幕，按下播放鍵，畫面開始出現英文的電影字幕。

在這個夢，瑪雅心情愉快，看了一齣非常精彩的電影。電影的情節妙趣橫生，轉折驚奇連連，簡直令人欲罷不能，瑪雅片刻無法移開視線，全神貫注由開首看到劇終。

幸好沒在播到一半的時候醒來，倘若瑪雅看不到結局，一定懊惱萬分。瑪雅感到一陣尿意，到了房門斜對面的浴室，在看見鏡子的前一瞬間，夢境就突然中斷。這是老規矩，所以他從來不知未來的自己長甚麼樣子。

「這麼棒的電影，眞想再看一遍！」

瑪雅醒來之後，仍在回味夢中看完的電影。他有過無數體驗，靈魂是不會疲倦的，而身體經過一晚的休息，已恢復了體力，精神奕奕上學去。

驀然間，瑪雅心中有股奇妙的感覺，腦中有個模糊的念頭，卻又說不出來。他急著去學校，很快把一閃而逝的靈感拋諸腦後。彷彿，上帝給了他重要的啓示，而他卻不自知。

上課時，數學老師教的習題太簡單，瑪雅自己看課本就學會了。他咬著筆，在座位上發呆，想起昨晚的電影，思緒霎時飄到天際的白幕。白雲滾動，延展到遙遠的天邊，竟勾起他對安吉的思念。

兩件本來不相干的事，刹那間交錯重疊，梗住的念頭排水似地暢通頓開，腦海中一片澄明。

「喔！」

瑪雅不由自主大叫了出來，引起老師和同學詫異的目光。瑪雅尷尬難當，傻笑著致歉，心裡卻興奮不已，在抽屜裡捏緊拳頭，暗呼一聲：「我想到了！我想到了！」

他想到了拯救安吉的方法。

放學鐘聲一響，同一條柏油路上，又有同一個奔跑的孩子。陽光在雲彩間划槳，流溢的光紋照到他喜悅的臉上，盤桓已久的陰霾終於一掃而空。

瑪雅回到家裡，立刻要做的第一件事，就是打一通長途電話給史提芬。

電話響了一下就接通了。

「哈囉，我是史提芬。」

原來史提芬正在求職，所以很緊張每一通打進來的電話。

「史提芬！你好嗎？我是瑪雅。」

「哦，是你……我最近還好，就是錢不夠用。對了，你的預言又中了，超人真的死了。」

史提芬口中的超人，就是美國漫畫的英雄人物。「超人之死」那一期甫一出版，就造成轟動全球的話題，上了各大媒體的版面……史提芬臨走前，把瑪雅的預言筆記抄錄了一份，所以亦知道超人會在九個月後復活，美國精神的象徵永遠不死。

「史提芬，我有重要的事情，你先聽我說——你知道怎麼做，才能當電影的作者嗎？」

「電影的作者？你是說編劇吧？」

「沒錯！就是編劇。我昨晚在夢裡看了很棒的電影，如果我寫成劇本，賣去好萊塢，是不是可以賺錢？」

瑪雅一股腦兒說出來，語氣急匆匆。

將在未來看過的電影寫成劇本，眞是只有時空旅者才想得出來的鬼主意。

史提芬怔住了一會兒，才說：「行得通，應該行得通！居然有這一招！你這傢伙，眞是令人意想不到！」

「當編劇的話，會賺很多錢嗎？」

「當然啊！好萊塢就是夢工場！賺的是美金呢！若你的劇本賣座，很快就是墨西哥的富翁！」

瑪雅心中激動，對著話筒大喊：「安吉有救了！我一定要成功，買回她的自由！」

史提芬聽了，才知道瑪雅求財，只是爲了安吉，並不是爲了自己。史提芬默默感動，說了幾句鼓勵的話。但他忽然想到事情並非那麼簡單，便在電話裡問清楚：「一部電影那麼長，你能記住所有劇情和對白嗎？」

正常人都會打退堂鼓，瑪雅卻沒有言棄。他帶著天生的傻勁，滿懷熱誠和希望，回應道：「請你相信我！我覺得自己做得到！」

史提芬猶豫道：「好……反正一試無妨。」

掛斷電話後，兩人各自行動，史提芬負責調查如何出售劇本，瑪雅就要專心寫好劇本。一個剛過十二歲生日的孩子，竟然妄想寫出賣座的電影劇本，簡直是瘋子才敢幹的創舉……凡人做不到的事，如有神助的神童就做得到。

「我絕對不要向命運屈服！絕對！」

瑪雅按住聖經起誓，畫了個十字。

這個年紀的男生都比較好動，屁股還沒坐暖，就想出去玩了。但瑪雅爲了安吉，決定不看電視，不去同學的家裡玩，在完成劇本之前，都要待在書桌前。他回想昨天的故事劇情，不打草稿和大綱，也不按先後次序，一頁紙代表一幕，盡量把尚未忘記的對白寫下來。

瑪雅思緒跳脫，想到哪，寫到哪。由於在過去三個月讀了不少英文書，他的英語水平進步不少，儘管文筆尚是稚拙，拼字錯漏百出，但意思總算寫下來了。瑪雅心想，之後要向馬丁求助，因爲馬丁會寫和會說很標準的英語——當初就是馬丁當瑪雅的補習導師，教會他英語的基礎語法。

房間的地板很快鋪滿一張張紙，大部分都未寫滿頁面，或者只寫了幾行字。

阿隆娜看不懂這兒子在瞎忙甚麼，只見他一吃完晚餐，又回到房間裡用功。

瑪雅真的嘗試動筆，才明白到寫下全部劇本比原先所想的艱難得多。儘管他記憶力極強，卻未達到過目不忘的境界。

他必須再看同一部電影一遍、二遍……甚至超過十遍以上，才能「忠於原著」，將每一幕的對話悉數筆錄。

昨晚，瑪雅信奉的上帝已應許了他的祈求，就是不知今晚會如何。

熄燈之後，窗外月光蕩滌，纖雲弄巧，星光在銀河中徜徉。

瑪雅跪在床頭，全心全意禱告。

「求主讓我重作昨天的夢！」

凡祈求的，就得著。

意識穿過一條朦朧的隧道，睜開眼睛，同一個房間，同一個夢。

真的成功了！

瑪雅驚喜得幾乎尖叫，這一次更加用心，牢牢默記電影裡的對白……後來他才知道，要一併將場景和人物的描述寫進劇本。

天還未亮，窗外黑漫漫的，瑪雅就掙扎著滾出被窩外。他忍受寒冷，罩著棉被，擰動書桌燈照下的光塵，趁著記憶猶新，提著筆在單行紙上寫字。

一夜又一夜，接連兩個星期，瑪雅都作著同一個夢。

這段時期，也許是他一生中絕無僅有的一次，隨心所欲地進入夢境。每一天都要戰勝睡意起床，真的不容易，但他做到了。

白天的時候，瑪雅睏得直打盹兒。

劇本由一場糊塗到有了雛形，再由雛形到了接近完成的階段。

這一天上課，瑪雅將頭枕在臂彎裡，望著窗外滾滾的雲朵，呆呆地笑著，然後在教室裡睡著了。他作了個短暫的夢，在夢裡，他牽著安吉的手，一同走進了密林，然後目光落在土丘之上，看見了一頭美洲豹……

14

瑪雅每天放學都到教堂找馬丁。

馬丁幫了極大的忙，糾正了劇本上的錯誤文法，還搬出了塵封的打字機，將手寫稿整理成眞正的劇本格式。瑪雅聽著「噠噠」聲，看著凸鎚敲在白紙上形成的墨字，覺得很有趣，心中有了要跟馬丁學打字的念頭。

最初，馬丁知道了瑪雅的計畫，又看著眞的寫了出來的劇本初稿，驚愕得舌頭僵住，用奇怪的目光緊緊盯著瑪雅。馬丁看了開頭幾頁，就知道是個很好的故事，嘴裡不禁喃喃說著同一個詞：「奇蹟……奇蹟……」

由瑪雅坐言起行到現在，經過了三個禮拜的時間，劇本大致上完成了。馬丁每天只睡四個小時，熬夜加工，將劇本內容修輯到盡善盡美，替瑪雅撰寫精彩的故事摘要。這是關鍵中的關鍵，很多製片人有意願翻開劇本，主要是受到故事摘要的吸引。馬丁暗地做了這許多苦工，眞心盼望瑪雅可以成功。

這一天，瑪雅來到教堂，很緊張地問：「馬丁，劇本好了沒？」

馬丁笑而不言，指著講壇上的文件袋。

天窗灑下聖光一般的陽光，照得文件袋熠熠生輝。

大功告成！

瑪雅心中激動，喜躍抃舞，抱著馬丁吻了他的臉頰，連聲感謝他的幫忙。

「太好了！郵局還未關門，我現在就去寄給史提芬。」

「瑪雅，那個叫史提芬的人，眞的可靠嗎？」

「他是我的朋友，幫了我不少忙，我相信他。」

「我聽說中國人很狡猾。」

「一個人是好是壞，與他的種族無關。」

這番道理令人無法反駁，瑪雅願意相信這段友誼。馬丁微笑著點頭，用一種截然不同的目光瞧著瑪雅，覺得這孩子眞的長大了。

接著，馬丁由文件袋裡抽出一頁紙，給瑪雅過目。

「我有個老同學是美國影藝學院的會員。我說你的故事很棒，雖然他未看過，但他相信我的眼光，幫忙寫了一封推薦信。」

「太好了！謝謝你！」

馬丁看著瑪雅的歡顏，心頭溫熱，勝過一切報酬和千恩萬謝。假如眞的救得了那少女的人生，對他來說，比靈修誦經一萬次更有意義。

教堂外，馬丁撫著瑪雅的頭，鼓勵道：「我最近讀了一本書，書中有一句名言：『當你眞心渴望某樣東西時，整個宇宙都會聯合起來幫助你。』瑪雅，我有預感你將來會有很大的成就。你擁有的能力將來可以改變這世界，你要相信上主，祂一定會引領你的前路。」

「我會的！」

晴空萬里，瑪雅歡天喜地，跑向郵局的方向，漸漸消失在馬丁百感交集的視線之中。

□

未來不遠，悄悄到來。

天空本來只有兩隻灰鷹，現在多了幾隻小鷹在飛，盤旋翱翔，俯瞰整座小鎮。牠們凝望著那個走上坡路的小身影，路的盡頭就是破棚爛頂的貧民窟。

春日的陽光曬得大地黃裡透紅，由瑪雅寄出郵包當日開始計算，已經過了一個月。他每天都在等史提芬的消息，冬去春來，短衣更替了長衫，只是好消息還沒來。大人絕對不會相信，一個小學生寫得出這樣的劇本，所以史提芬冒充是劇作家，代瑪雅投遞劇本和出面洽談。瑪雅亦答應，會給他賣價三分之一的酬金。

史提芬真的做過功課，到圖書館搜集資料，摸清楚向好萊塢製片人推銷劇本的做法。他將劇本複印了八份，分別投給八家製片商。他也不知有沒有做對，忐忐忑忑，摸著石頭過河。等了這麼久，他也有點灰心，便叮嚀瑪雅不要抱太高的期望，每年新著的劇本多如牛毛，專業的劇作家大有人在，無名小卒很難闖出名堂。

儘管是異想天開的事，他倆仍然懷抱著希望。

但不知爲甚麼，這兩天瑪雅打電話給史提芬，怎樣也打不通。

「難道史提芬嫌我太煩，掛起了電話？」

瑪雅一邊想，一邊在陋巷裡穿梭。在貧民窟裡，他戰戰兢兢，敲響了殘破的木門。安吉的妹妹出來應門，小花裙，雙眼骨碌碌的，長得和安吉一樣標致。

瑪雅小聲問：「妳爸爸在嗎？」問完才發覺多此一問，房子那麼小，只窺一眼，就看見安吉爸爸坐在客廳，手邊伴著酒瓶。

安吉爸爸本來長得不錯，只是衣服破舊，看來才那麼頽唐。瑪雅覺得來得不是時候，心中咚咚地跳，嗅著龍舌蘭的酒氣，硬著頭皮問：「叔叔……我是安吉的朋友，你記得我吧？我想跟你要安吉的聯絡方法。」

椅上的男人瞇著眼，打量著瑪雅，醉醺醺地問：「你呀，是不是喜歡安吉？」

這問題突如其來，瑪雅天眞爛漫地回答：「喜歡！不過只是朋友之間的喜歡！」

安吉爸爸歪著嘴，黯然神傷，向前撥了撥手腕，一副要打發走瑪雅的模樣。

「小鬼頭，你走吧……這世界沒你所想的簡單。等你年紀大一點，懂性了，存夠錢，才去找安吉吧……只怕她到時已經不記得你了。」

本來史提芬曾經囑咐，不要向安吉爸爸透露賣劇本的計畫。但瑪雅一時情急，心直口快：「叔叔，請你把安吉的電話給我。我寫了電影劇本，如果賣得出去，就能賺一筆錢。用這筆錢，就能買回安吉的自由……我發誓是真的。請你相信我，給我安吉的電話……」

安吉爸爸大聲訕笑，蔑視著瑪雅，冷言冷語道：「你會寫劇本？哈哈！如果成功，別忘了找我當男主角啊！安吉的電話嘛，我真的沒有！她說過，不想再和以前的朋友聯絡，你還是死心吧！」

瑪雅受了委屈，灰頭土臉地離開房子。他已經很盡力了，但還是遇上挫折。哪怕波折重重，他仍在想法子，不管天涯何處，也要找到安吉。

上天看見這樣的赤子之心，偶爾也會行行好，賞他一點小獎勵。

幸好瑪雅低頭徐行，走得不遠，聽到叫聲，一回頭，就瞧見安吉的弟弟和妹妹追了上來。

原來安吉的弟弟一直在家探頭探腦，聽到瑪雅和爸爸之間的對話，忽然想起抽屜裡有妓寨老大的名片，便偷偷捎帶出來，再轉交到瑪雅手上。

「姊姊在那邊沒有電話號碼，一直都是由她打給我們的。如果下次她打回來，我就告訴她這件事。你可以答應我，一定救得出姊姊嗎？」

面對弟弟懇切的目光，瑪雅許下了承諾，道：「我發誓——我願意豁出一切，包括我的性命，來救出安吉！」

在大人的世界，這樣的誓言是鬼話、是夢話、是屁話……

只有小孩才會相信的承諾，瑪雅會努力讓它實現。

回家路上，瑪雅一邊走，一邊看著名片。

名片有點奇怪，沒有人名，只印著一間公司的名稱和地址。但最奇怪的地方在於電話號碼，正常的號碼只有數字，而這名片上的電話竟然由數字和字母組成：

656-611-RIOS

這就像一道謎題，瑪雅從來沒見過這樣的電話號碼，也不知道怎樣打電話。這好像是一句尋找安吉的咒語，瑪雅看了又看，唸了又唸，把整串字倒背如流。

瑪雅一回到家，將書包扔在沙發上，就拿起了電話聽筒，嘗試撥出前段數字，完全不理會末四碼的字母。

「六、五、六、六、一、一……」

圓盤回轉的卡卡聲結束後，即時斷線，無法發出正常的撥號音。

果然行不通……

瑪雅暗暗納罕，細心看著卡片，沒發現有用的提示和線索，一時間既煩惱又無助。

才擱下聽筒不久，電話突然響了起來。

瑪雅拿起來，耳邊傳來史提芬急嚷嚷的聲音：「嗨！你這傢伙！怎麼都不接電話？我打給你三十幾次啦！」

15

瑪雅握著小啞鈴似的話筒，向電話另一端的史提芬解釋：「我剛剛才回到家。我前幾天找過你，可是你的電話都打不通。」

史提芬理虧在先，道歉之後，極度興奮地說：「噢！抱歉！我忘了繳電話費。我繳完電話費之後，今早就收到電影公司的電話。我急著找你，就是這個緣故。」

瑪雅心跳一下子加速，立即問：「他們要不要我的劇本？」

史提芬卻故意賣關子：「你想先聽好消息還是壞消息？」

瑪雅頓了一頓，遲疑地說：「希望是好消息吧……」

史提芬有所誤會，先說好消息：「你應該已猜到了，好消息就是電影公司對你的劇本有興趣！幫你寫推薦信的人，原來是美國影藝學院的大人物，有資格評選奧斯卡金像獎呢！當對方問我怎麼認識他時，我眞的答不出來。」

瑪雅喜出望外，心中感激馬丁，但一想到還有壞消息，就不敢高興得太早。

「壞消息呢？」

史提芬咳了一下，才說：「壞消息就是他們覺得作者是新人，沒甚麼名氣，所以不敢冒太大的投資風險……擺明是壓價的意思！狗娘養的！他們只願意出九千五百美金，來買斷你的劇本。」

這筆錢對瑪雅來說已是大數目，但聽了史提芬憤憤不平的語氣，瑪雅也不知該感到高興還是失望。

「史提芬，眞的很感謝你的幫忙。雖然未必救得了安吉，但我們已經盡力。」

「其實……壞消息不止一個……這間電影公司只肯付兩千元的訂金，待確認開拍，才會支付全數。簡直欺人太甚！你說是不是？」

瑪雅記得史提芬說過，要幫安吉贖身的話，粗略估算，劇本至少要賣出十萬美金。雖然不及期望的十分之一，新人的劇本賣得出去，已經是値得慶幸的事。瑪雅一想到要再寫九部電影的劇本，才有可能湊夠錢，不由得感到心力俱瘁，忍不住嘆了口氣。

「瑪雅，你是不是很失望？」

「嗯。有一點。」

「其實……呵呵……我還沒說完，壞消息不止一個，好消息也不止一個……中午的時候，我接到另一間電影公司的電話——是美國三大電影公司之一啊——他們願意花三十萬，來買你的劇本！」

瑪雅懷疑自己的耳朵，再問一次：「三十萬？」

「噢耶！是三十萬。」

「喲呵！太棒了！」

賣價一下子翻了三十幾倍，這個驚喜何等震撼！瑪雅高興得蹦跳起來，繞著茶几轉了兩圈，樂極忘形，對著話筒喊了幾句西班牙語。

史提芬笑呵呵回應：「哈哈，坦白說，我也覺得像是在作夢一樣。差點忘了問，你有聯絡上安吉嗎？」

「還沒有……不過我拿到一張名片，有個可以找到她的電話號碼。對了，你知道怎麼打出有英文字母的電話嗎？」

這次瑪雅問對了人，史提芬知道答案：「英文字母的電話？哦！很簡單啊！你家裡有按鍵式的電話嗎？你細心留意一下，按鍵上都有英文字母。我見過一些大公司爲了號碼好記，都會用字母代入數字，申請一組這樣的電話號碼。」

一語驚醒夢中人，瑪雅恍然大悟。

史提芬幫忙查了查，「RIOS」對應的按鍵數字是「7467」。但他來不及說出口，瑪雅已經匆匆掛線，急急如律令，逕自跑到街上的電話亭。

「明明是字母，代表的卻是數字，眞有趣！」

數字鍵「2」至「9」的下面，各有三至四個英文字母，瑪雅經常用電話，見慣不怪，但直到這一刻，才第一次明白它們的作用。

瑪雅打出卡片上的電話。

電話接通了，響到了第三下，突然傳來拾起聽筒的清脆音。

「喂！找誰？」

這個雄渾的男聲有點嚇人。

哪有人一接電話就問找誰？殊不知這是一條巧妙的問題，來電者要是答錯了，就要吃閉門羹。

瑪雅錯愕了兩秒，看著名片的英文，靈機一動，想到「RIOS」是個常見的姓氏，便用西班牙語繼續對話：「你好，我想找里奧斯先生……」

「你有甚麼事找他呢？」

太好了！對方這麼問，就是說瑪雅猜中了。

瑪雅認眞兮兮地說：「我要和他做一筆買賣。」

對方好像呆了一呆，沒有即時回應。瑪雅心情緊張，貼著聽筒的耳朵出汗，隱約聽到模糊的話聲：「老大，有人找你。聽聲音是個小孩，你在外面是不是有私生子？」

很快，聽筒裡傳出另一個男聲：「喂，我是羅拔圖。」

這個聲音較爲溫和，令瑪雅放鬆了不少。

「里奧斯先生，很高興認識你。我叫瑪雅，我是安吉·麥格達萊尼的好朋友。她現在應該在你們那邊工作。安吉的家人很想念她，我希望可以代表她的家人，買回她的自由。」

「麥格達萊尼？那個賣女兒來還債的爛男人？他要贖回女兒？他有錢嗎？」

「我會幫他出錢。請問買回安吉的自由，要多少錢？」

「小鬼頭，你哪來的錢？」

「我正在努力存錢。」

對方遲疑片刻，然後哈哈笑個不停。

「哈哈！好啊！小鬼頭，你眞是可愛！如果你出得起我開的價，我就和你做買賣！」

瑪雅傻乎乎的，聽不出話中的譏嘲，竟然信以爲眞，大喜過望，連忙急問：「太好了！太感謝你了！願主保佑你，你是個好心的大哥！所以，請問你到底要多少錢？」

「喔……我付了三億披索買她……不賺白不賺，你想幫她贖身，就要給我五億。五億，現金交易，不要全部硬幣啊！哈哈，我眞是受夠了……小朋友，等你存夠錢，就來找我吧！掰掰！」

最初聽到五億這個數字，瑪雅打了個寒噤，但轉念一想，對方說的是舊披索〔註〕，五億舊披索還不到二十萬美金，他收到的酬金應該足夠付清有餘。

「好的！掰掰！」

掛上電話後，瑪雅連跑帶跳地回家，陶醉在喜悅中。他稚小無知，沒弄清楚是怎麼一回事，覺得只差一步，就可以替安吉抓住美好的未來。他感謝上帝，他繼續禱告，一眨眼又由夢裡醒來，一眨眼又過完一天……

日曆翻到了四月。

當瑪雅眞心渴望一件事，全宇宙都會聯合起來幫他實現。

一切就像美夢成眞，短短三個月間，史提芬頂替瑪雅，以劇作家的身分出道，和好萊塢的製片商洽談。他還特地買了副無度數的眼鏡，裝成文藝青年的樣子。他彷彿天生是當騙子的料，能言善道，說得一口流利英語。電影公司的負責人不僅沒起疑心，還誇讚他是個天才，希望可以和他長期合作。

史提芬拿到一張美金三十萬的支票。

瑪雅也很快收到一張航空機票。

里奧斯的公司地址位於墨西哥的華雷斯城（Ciudad Juárez），這一點瑪雅亦向安吉的弟妹求證，確定無誤。安吉打過電話回來，但她只當弟妹開玩笑，始終不信瑪雅會有拯救她的能力，正如她丟棄了當初帶去的聖經一樣。最近她在接受甚麼「培訓」課程，忙得沒空打電話，所以瑪雅臨出發前，也沒法聯絡上安吉。

復活節假期的第一天，阿隆娜陪瑪雅去機場。

「史提芬眞是夠朋友，對你這麼好，中了彩券後，請你去美國玩。他下次再來墨西哥的話，我一定會好好招待他！嗄，我眞是想不通，你倆年紀相差十歲，怎麼聊得來？」

瑪雅只是笑著點頭，不敢說太多，要是露餡就糟糕了。他不想媽媽擔心，所以隱瞞著整件事。

阿隆娜在機場櫃位辦手續，看了看機票的目的地，仍以爲瑪雅要去的地方是美國的阿爾伯克基市。機票的確是眞的，瑪雅約了史提芬在那邊的機場會面，但隱瞞了接著要轉陸路去華雷斯城的事。

飛機衝上雲霄，瑪雅興奮地看著窗外風景，儘管千篇一律，都是漫無邊際的藍天和雲頂，但他

註：墨西哥政府已於一九九三年推出新貨幣，幣值是舊披索的千分之一。

就是看不膩。

空姊給瑪雅遞來入境表格。

「該怎麼塡啊？」

他的嘀咕傳到空姊耳邊，她便不厭其煩，親自教他如何塡表。

瑪雅是個幸運兒，總是有不可思議的好運氣，可是他人生經驗不足，終究無法預知接下來的危機，也沒想到那張如實塡寫的入境表格，竟然會爲他帶來天大的麻煩。

16

下機後，乘客盯著只有英文的告示牌，一併擁到入境大堂。

瑪雅在入境表格上塡寫的出生日期，與護照上的資料不符。

三年前，瑪雅和媽媽去過美國旅行，當時辦的美國簽證尚未逾期。瑪雅的出生證書、護照、簽證……都是由媽媽申請，這些證件上的出生日期，都與瑪雅眞正的生日差了一個月。

阿隆娜解釋：「都怪我糊塗，幫你辦出生證書的時候，寫錯了日期，之後要向政府更改很麻煩，只好將錯就錯！」哪有媽媽會寫錯兒子的出生日期？然而事實擺在眼前，世上就是有這麼離譜的事。

瑪雅這次獨自出遊，忘了媽媽的叮嚀，一下子疏忽，就在入境表格上寫了眞正的生日。美國入境審查非常嚴格，只要審查官有所懷疑，就有權遣返遊客。雖然瑪雅塡寫與護照相違的資料，但他運氣好得不可思議，入境關卡的職員竟然看漏了眼，循例盤問了幾句，就讓瑪雅通關。

瑪雅的行李只有一個手提袋，不必等行李，直接走到接機大堂，一眼就看見史提芬。史提芬朝他揮手，張開的嘴形疑是在說：「嗨！」

不見六個月，這個大哥竟然一直沒剪髮，留了個嬉皮的髮型，看來油膩膩的，還戴著紅色的運動頭帶。他的衣著不倫不類，條紋襯衫還過得去，但下身搭上大紅襯白邊的籃球短褲，再加一對黑皮鞋，當眞奇怪至極，路過的人亦不禁多盯幾眼。

久別重逢，瑪雅奔向史提芬，差點就要給他一個擁吻。那個鳥不生蛋的墨西哥小鎮，本來只是旅途上的某一驛站，史提芬萬萬沒想到，竟然遇上瑪雅這麼特別的小孩，彼此又再以這樣的形式重逢。

機場不大，兩人很快來到外面。

「我租了車，油箱全滿，立刻就可以出發！」

他這個代理人，算是發了一筆橫財，說話時意氣風發，走路也飄飄然的。

那是一架紅色的休旅車，車門一開，只見後座全部向前摺起，變成了一片平鋪的置物底板。主駕駛座的椅背掛著灰色的名牌西裝外套，換檔桿下方的置物架有兩罐可口可樂。

史提芬一手策劃，跟瑪雅約在阿爾伯克基的機場會合，由這裡轉乘休旅車，越過邊境，就會抵達毗鄰的墨西哥。阿爾伯克基位於美國南端，由機場開車到墨西哥的華雷斯城，車程大約是四至五個小時。

公路上，直射的陽光灼熱，南下的柏油路和直尺一樣直，掛著美國車牌的紅色休旅車逆光疾馳，沿著彷彿漫無止境的分隔線前進，竄入窗縫的風聲呼呼價響，吹亂了兩人的頭髮。

史提芬坐在左邊，單手按著方向盤，側首對瑪雅說話。

「我做事非常小心。我這身打扮很奇怪吧？別人看了，就不會覺得我身懷鉅款。我只要換條褲子，扣好襯衫，就是正式的西裝行頭。這主意還不錯吧？」

史提芬往腦後伸了伸拇指，指向後車箱。底板上有個黑色的手提箱。電影中的黑幫人物交易，也是用這款手提箱。雖然車內只有兩人，史提芬還是壓低了聲音道：「我告訴你一個祕密。後面那手提箱裡，只有一萬美金，我準備好的二十萬美金，其實藏了在底板下的暗格。」

原來底板下有個放置後備輪胎的暗格。就算賊人盜竊，拿了手提箱就走，未必會掀起底板查看，史提芬此計就能瞞天過海。瑪雅知情後，不停誇讚史提芬設想周到，要不是有這位大哥幫忙，一個小孩哪敢去和黑幫交易？

「世上有很多賊，尤其在華雷斯城那種地方，防人之心不可無。」

瑪雅面露愧疚之色，忽然問起一個怪問題：「史提芬，我算不算是賊？」

「幹嘛這麼問？」

「我看了別人創作的電影，照抄了所有對白，當成自己的劇本出售……原作者知道了，一定很生氣。」

史提芬聽了，反而頗爲詫異，摸著頭說：「哎喲……原來你還沒想通？我也想過這一點，照理說你不可能改變未來，但你確實寫出了劇本……如果，這並非時空上的謬誤，合理的解釋只有一個——瑪雅，劇本的原作者就是你本人。」

「我？」

「對！很多偉大的靈感，都是在夢中出現。你是天主教徒，以宗教的言語來解釋，這次的靈感就是上帝給你的禮物！」

史提芬舉出了例子——苯的分子結構一直是有機化學的難題，有個科學家作夢時，夢見一條蛇咬住自己的尾巴，組成了一個圓環結構。當他醒來後，靈感速至，就畫下了苯的圓環結構圖。日有所思，夜有所夢，不少作家都會從夢中獲取靈感，只不過瑪雅的天賦更加厲害，靈感以具體清晰的方式呈現。

瑪雅茅塞頓開，也解開了心結，不禁開懷大笑。

「史提芬，全靠你的幫忙，才救得了安吉。我一個人，根本無法完成這樣的事。」

「說甚麼傻話！沒甚麼大不了的。」

「史提芬，眞的很感謝你。可以遇見你眞的太好了！這是我一生中最幸運的事。幸好我當晚有聽從夢的指示，到金字塔那裡找你。」

這是天眞無邪的一番話，卻有超乎言語的力量，觸動了史提芬的心弦，令他打從心底感動起來。史提芬默然回想，在美國唸中學時，某次班上有同學不見了錢包，同學第一個就懷疑到自己頭上。甚至連他去同學家裡玩，同學的娘親不見了內褲，大家也第一個懷疑到他身上……彷彿這就是原罪，令他飽受委屈。

可以遇見你眞的太好了……

這麼溫暖的話，他可是第一次由別人口中聽見。

這個孩子傻乎乎的，卻有股奇妙的魅力，讓別人喜歡。

史提芬忽然有所期待，想道：「他長大後，會變成甚麼樣子？會繼續這麼天眞？還是平平無奇，變得和其他人一樣……他說過，未見過二〇一二年之後的世界……難道，好人都是不長命的？不會吧……」

碧藍蒼穹下，窗外是一片嶙嶙起伏的荒野，車內播放著麥可．傑克森最新專輯，史提芬和瑪雅跟著美妙的歌聲哼唱，播完全部曲目，就來到了邊境檢查站。

和入境美國是截然不同的待遇，出示了護照後，就可以輕鬆開車過關。

史提芬一語道破：「只有人想入境美國，但除了罪犯，沒人會想偷渡到墨西哥。這條邊界，就是天堂與地獄的邊界。」

瑪雅默默無言，看著與剛剛相差無幾的風景和地形，感覺卻像來到了異域。瑪雅微微仰起身子，頭顱伸出車窗，看了美國的方向一眼，心中很不是味兒。

史提芬忽然想起一事，向瑪雅問：「對了，你最近有沒有再夢見美洲豹？」

「沒有啦。怎麼了？」

「沒事。算了，別提了！」

夢見美洲豹這件事，瑪雅曾向史提芬提及，同一個夢，曾經出現兩次。史提芬心想現實哪有這麼荒謬的事，只是聽完就算，直到臨出發前，當他策劃行程，才發現旅遊書重點勸告不要去華雷斯城——該地是全世界謀殺率最高的城市，不是之一，而是第一。

這個「謀殺之都」犯罪率高踞全球之首，毒梟囂張的程度就連警長也管不著。有對男女只不過衝著黑幫罵了幾句髒話，翌日行人天橋就吊著兩具赤裸的屍體。清道夫經常在街上掃到斷腿和斷臂，由扔在道路旁的垃圾袋滾出來……在那邊駐守的死神，天天都有幹不完的活。

史提芬心中有所隱憂，暗自尋思：「美洲豹、美洲豹……假如那個夢與現實無關，會不會是關於未來的徵兆？老虎獅子等等……都是象徵危險……希望是我自己想多了。」

公路上的路牌指示華雷斯城的方向。

還有半個小時就會抵達。

眼前是禍福難料的旅程，他們只好相信命運，初生之犢不畏虎，年輕人就是有這樣的冒險精神，所以看得見未來的光輝——儘管黑暗有時會蓋住光輝。

17

夕陽西下，霞光艷落，照紅了大地。

露天商場的破店外，史提芬的屁股斜倚在欄杆上，襯衫的領口歪斜。他像個失業漢一樣落魄，左手執著捲起的地圖冊，面帶慍色和疲態。當他很煩惱的時候，就會做出亂拔鼻毛的小動作，放在掌上一吹，鼻毛就散落在傍晚的風裡。

華雷斯城的鬧市中，竟有這樣的不毛之地，所謂露天商場，只是三間牆體相連的平房式店鋪。眼前這間破店，隔著髒兮兮的落地窗，史提芬只看見一堆零亂的雜物，內牆遍布黑色噴漆的塗鴉。鄰近的兩家店鋪則照常營業，豎起西班牙文的廣告牌。史提芬看不懂是賣甚麼的店，這裡的治安應該不太好，店外的窗口都有防盜柵。

其中一間店的玻璃門掀開，瑪雅走了出來，垂著頭沉著臉，回來史提芬這邊。

史提芬不用問，看見瑪雅那副沮喪的神情，就知道碰了一鼻子灰，打探不了任何消息。

這對拍檔拿著里奧斯先生的名片，尋到這個地址，卻發現是間空店。史提芬想到對方幹的勾當，用不著細想，就斷定名片上印的是假地址。

是的，他們千里迢迢過境，只找到這間明顯荒置已久的破店。

史提芬向瑪雅問清楚通話的詳情，始知里奧斯先生可能只是敷衍應對，不禁又愕然又氣惱，翻白眼翻到脊椎都要反了。

「唉！你眞笨！單憑對方隨口說說的承諾，你就相信他會和你交易？天呀！我也太天眞了，居然完全相信你，沒問清楚……算了、算了……」

這段白白等待的時間，瑪雅嘗試打去里奧斯先生的電話已數不清有多少次，總之每次都是無人接聽。史提芬站在電話亭旁邊，盯著瑪雅，懶得再嘆氣，心想再怪罪下去也於事無補。

兩人回到停車場那邊。

整排線條褪色的停車格裡，只停了紅色的休旅車。

初來這座罪惡之城，史提芬心裡覺得毛毛的、渾身不自在，經常盯著藏著鉅款的車子。再這樣等下去也未必有結果，他聽見肚子發出咕嚕咕嚕的叫聲，便拍了拍瑪雅的肩膀，說道：「先去吃個飯，飽了才有力氣想辦法！此地不宜久留，我們開車去遠一點的地方吧！」

史提芬本來只想到連鎖速食店隨便用餐，但當紅日沉了，夜的黑幕張開，燈飾如燦然綻放的煙火，絢爛之光遍布整座罪惡之城，黑蕾絲般的薄雲覆蓋天穹，罌粟也可以開出美麗的花……迎著一片輝煌，史提芬改變了主意，決定慰勞一下自己，眼珠轉來轉去，想找一間高級的餐廳享用晚餐。

車輪軋轢，沿著鬧市的柏油路慢駛了一會兒，一個史提芬熟悉的酒店招牌映照在前窗的右側。幾乎整畝地都屬於酒店的範圍，瑪雅聽了史提芬的介紹，才知道這是國際知名的酒店集團。圓環的迴旋處通到酒店正門和戶外的停車場，車頭燈照了照，路牌上清晰顯示停車場的入口。

「嗶」的一聲，車頭燈眨亮了一下。

史提芬確認車門鎖上之後，就揹著背包，帶領瑪雅由停車場走到酒店大堂。這裡的裝潢只算一般，勉強只有三星級的程度，但酒店的服務人員至少受過訓練，聽得懂英語。史提芬訂好客房後才放下心頭大石，可以好好和瑪雅到酒店內的餐廳享用晚餐。

「我原以爲可以當日來回，想不到要投宿……沒辦法！既來之，則安之！」

史提芬點餐時，望見女服務生的容貌，眼睛登時一亮。不知是否比較多混血兒的關係，墨西哥到處可見窈窕的美女，與美國公車上的年輕肥婆相比，一個令人目不暇給，一個令人立刻想洗眼。

不久，女服務生端來兩份牛排，一份大的，一份小的，盤子和桌布都是白色，顯得食物的顏色更加鮮艷。

史提芬盯著女服務生婀娜的臀影，不由得露出了色瞇瞇的眼神。這種飢餓的眼神延伸到盤子的牛排上，他和瑪雅都不顧儀態，大快朵頤一番。

瑪雅吃飽後，抹了抹嘴巴，去借電話，打了兩通，還是聯絡不上里奧斯先生。他疲累地回來座位，向史提芬道歉：「對不起……」

兩杯紅酒下肚，膽子就壯了，史提芬面色漲紅，握著叉子的手捶了捶桌面，鼻息呼呼地說：「我剛剛想到了尋人的辦法。」

「甚麼辦法？」

瑪雅眼中重燃了希望，期待史提芬說下去。史提芬卻繞了個圈子，問道：「你在書店想找一本書，找來找去都找不到，你會怎麼辦？」

「我會問人。」

「你會問誰？」

「店員。」

「耶！正確答案！你不會問其他看書的人，你會直接去問店員。問對人，就可以省很多時間。所以，我們要找安吉，就要找與她行業相關的人。」

史提芬遠遠偷瞄著女服務生，她的臀部就像野貓撩人的小尾巴。光看，不碰，史提芬感到心癢難搔，色字頭上，再懦弱的男人都會豁出去。

瑪雅似懂非懂地問：「同一個行業的人？即是妓女嗎？」

史提芬張皇地左顧右盼，將食指放在唇邊，提示瑪雅說話小聲一點。史提芬咕嚕吞下一口唾液，說起話來，半吞半吐道：「咳、咳……你這樣說也沒錯。按照行業規矩，找妓女前，應該先要和『妓女的經紀人』打交道……地球很小，這裡也不是甚麼大城市，搞不好由那些人口中就可以打探到安吉的消息。」

「你這樣做，會不會有危險？」

「我們中國人有句諺語：不入虎穴，焉得虎子？」

「如果真的有危險，我不想你去冒險。」

「不怕啦，也沒有真的很危險……我是成年人，沒甚麼好怕的……只要我付足錢，再加雙倍小費，應該不會有問題。」

瑪雅望著史提芬，忽然覺得這大哥很了不起，有顆捨己救人之心。用這麼冠冕堂皇的理由去尋花問柳，正是史提芬夢寐以求的人生樂事。

史提芬帶著幾分醉意，大義凜然地說：「都到這地步了，我不介意犧牲我的肉體，來完成上天給我的使命！我今天到一家店，明天到另一家店……一晚一家，一家接一家，直到精疲力竭……不，直到找到安吉爲止！」

瑪雅聽了，立刻爲史提芬鼓掌。

餐館裡播放的爵士音樂漸漸遠離耳邊。

晚風微寒，兩人由酒店門口走出來，先前的頹氣已一掃而空。

史提芬披上「戰衣」，即是深灰色的名牌西裝外套，又換了白色西褲，拉鍊一帶就像帳篷一樣鼓起，鬥志相當高昂。

他走在前面，捧著飽滿的肚子，懷著興奮的心情，邁步前往停車場。

那種風月場所始終兒童不宜，史提芬打算先到車上取行李和鉅款，送瑪雅回去酒店房間，然後獨個兒到紅燈區闖一闖。當瑪雅待在房間看電視時，史提芬就乘機風流快活，他可無半點愧疚感，至少靠這樣的方法，會有一絲希望找得著安吉。

「只要口袋有錢，俺今晚就是大爺！」

史提芬興致勃勃，指尖轉著車鑰匙，和瑪雅來到停車場，突然止步愣住。兩個人四隻眼睛，直瞪著前面空空如也的格子。

車子呢？

整個停車場裡的車子不多，一覽無遺，史提芬和瑪雅面面相覷，驚訝至極，幾乎可以肯定一件事——

整輛車子不見了！

彷彿有陣邪風吹歪了史提芬的長髮。

他和瑪雅都呆住了好幾秒，要是風再大一點，就會將兩人灰燼般的軀體吹散……高空的戶外廣告牌，「歡迎來到華雷斯城」的西班牙文映入眼簾，顯得格外諷刺。

18

罪惡之城，果然是罪惡之城。

「偷一輛車，勝過打劫十個路人……我怎麼沒想到這一點？」

史提芬這次失策了，萬料不到偷車賊的猖狂程度，竟到了目無法紀的地步。整輛車連同藏匿的現金都失蹤了，史提芬直冒冷汗，頓時酒醒過來，在停車場繞了一圈，才發現其他車子的方向盤都上了鎖，只有破車和他租來的車沒有加鎖。

酒店職員愛莫能助，只能幫他們報警。職員是當地人，聽他的語氣，失竊了一輛車，就和被偷走一架單車一樣稀鬆平常。有一刻，史提芬甚至懷疑這些職員和偷車集團是串通的。

當史提芬由警察局出來，滿腹牢騷不吐不快：「呸！這裡的服務態度，比速食店還要糟糕！」

剛剛員警們愛理不理，隨便做了筆錄，然後就打發走他和瑪雅。要靠這些人尋回失車，史提芬明白是沒指望的了。雖然他在美國的帳戶尚有一筆餘款，但不見了二十萬的鉅款，看見朋友功虧一簣，到底是會心疼的。

華雷斯城愈夜愈浮華，這裡並不黑暗，最黑暗的是人心。

警察局外面，史提芬和瑪雅無精打采，映出兩個灰溜溜的影子。

「倒楣死了……我身上還有兩千美元左右，應該夠我們回去美國。瑪雅，我們已經盡力，雖然這麼說很令人難過，但我們救不了安吉，這一切皆是命運，你不得不死心了！」

瑪雅萬念俱灰之際，不自覺仰起頭，看見了天上的十數點繁星，正在無窮無盡的黑幕中綻放出光芒。

他在心裡默唸：「如果這一切皆是命運，我唯有相信命運……」

相信命運，而不是逃避命運。

在瑪雅很小的時候，他就有了這樣的覺悟，不是刻意造作，但他總是覺得自己異於常人，總是有股無形的力量引導他前進。

史提芬卻早就絕望，覺得尋回車子的機會等於零……就算尋回了又如何？他敢得罪那些惡賊嗎？警察會幫他嗎？故鄉的婆婆自小告誡，東西被搶走了就罷了，小命最重要，壞人是惹不得的。

在計程車裡，兩人各坐一邊，史提芬盯著一言不發的瑪雅，不曉得這小鬼在想甚麼。

窗外的風景浮光掠影，途經霓虹燈爭妍鬥艷的紅燈區，這裡有如一片在漠漠無眠的夜裡冒起的綠洲，奼紫嫣紅，引人注目。馬路旁有個賣弄風騷的流鶯，在冷風中穿著低胸短裙，可是那張喬眉畫眼的臉過火了，令史提芬吃不消。他也曉得，真正秀色可餐的小姐不用在街上流連，她們只在夜店裡，或者在空房裡，又或者已在男人的懷抱裡。她們就像酒單上的特調雞尾酒，都有一個任君選購的實價。

突然間，瑪雅掀開了車門，說要下車。紅燈區是甚麼樣的地方，他只是懵懵懂懂，但沿街望去燈紅框綠，令他聯想到紅燈區這個單詞，糊裡糊塗就知道是這裡。

史提芬跟著下車，不禁抱怨道：「你發甚麼神經啊？」

瑪雅盯著熱鬧嘈雜的街巷，與史提芬對望，意志堅決地說：「我要找安吉。就算現在救不了她，我也要告訴她，我一定不會放棄，她將來一定會得救的！」

史提芬拿他沒辦法，靜思了一會兒，廢然長嘆，接著拍了拍瑪雅的肩膀，走在前面，回頭道：「好吧！進去就進去！我今晚正想喝個爛醉！」

酒和色，燈光和艷裙，兩側俱是柳巷花街，靡靡之音散布每個角落。每一面磨砂玻璃大門的背後，都有一個跳鋼管舞的舞台。史提芬本來有點羞怯，可是其他男人對於街上的女郎都是目不轉睛地盯著瞧，所以史提芬的目光也跟著放肆起來，盡情看個夠，大飽眼福。

在他色迷心竅之際，瑪雅卻到處問人：「你認不認識一個叫安吉的少女？她只有十三歲……」那些路過的俏妞，還有那些在門口抽菸的男人，都是睜大眼直瞪著他，露出一張大惑不解的怪臉。

史提芬和瑪雅這樣的組合非常招搖，才走了半條街，就來了兩個惡漢攔住了去路。兩惡漢濃眉大眼，身高一百八十公分以上，穿著寬鬆的短袖T恤和牛仔褲，都戴著太陽眼鏡。只要瞟一眼兩人臂上的紋身，就知並非善類。

「你們是不是在找安吉？」

如果史提芬聽得懂，一定不會讓瑪雅胡亂回答。兩惡漢一聽完，二話不說，就揪住了史提芬的衣領，將他推到牆上。史提芬感到吃痛，站起來後嚷著幾句解釋的話，可是對方根本聽不懂英語。

史提芬轉頭向瑪雅問：「你到底跟他們說了甚麼？」

瑪雅一臉天眞地說：「我只不過告訴他們，我和里奧斯先生有約，請他們叫老大出來見我。」

這個說法，很明顯是找死。沒想到惹上這麼大的麻煩，史提芬心中暗罵該死，只得跟著兩個惡漢走，內心有相當不妙的感覺。他非常後悔來了這裡，非常後悔錯信瑪雅，現在逃跑已來不及。

四人穿過一條昏暗的小街，到達主街那一排夜店的後門，這裡彷彿才是柳陌花街的眞面目，不再有衣香鬢影的香氣，只剩垃圾車的臭味，大老鼠橫行無忌。牆上各處蒙著一灘灘污痕，有一片是深紅色，像乾涸的紅蠟，史提芬疑神疑鬼，總覺得那是人的血跡。

後門附近停了四輛高貴房車，不曉得是客人的，還是老大的。門口有個看門的守衛，穿著迷彩紋戎裝，卻有一副小混混的臉蛋，一對眼珠轉來轉去，注視著生面孔的來客。

入門後，隔牆聽見騷動人心的音樂，但兩名惡漢一前一後，押著史提芬和瑪雅上了樓梯，穿過擺滿雜物的走廊，來到一間門口掛著木十字架的房間。

辦公室裡，沙發上坐著兩個黑幫兄弟，都是年輕人，背心牛仔褲，頭髮朝天梳，於頭頂盤起。

辦公桌後的黑色靠背椅轉了半圈，里奧斯終於露臉，這位老大應該有西班牙人的血統，皮膚白皙，穿著體面，還有一頭束成短馬尾的金髮。這樣的帥哥有當電影明星的資質，他卻選擇加入黑幫，凶悍的目光底下不知藏著多少壞心思。

禍不單行，史提芬感到雙腿在發抖。

他倆成功見到了里奧斯先生，可是，帶來的鉅款已不翼而飛。

里奧斯斜睨了史提芬一眼，以為瑪雅也是美國人，對兩人講起了英語：「就是你倆在我的地盤搞事？你們幹嘛要找安吉？」

瑪雅竟欣然道：「里奧斯先生！見到你太好了！我之前在電話裡找過你，你記得嗎？」

這一刻，里奧斯驚悟過來，皺了下眉，瞪著瑪雅問：「哦……是你。小鬼，你和她到底是甚麼關係？」

「朋友。」

「朋友？你和她非親非故，只是朋友，就做出這樣的傻事？像她這樣的女人，世上多的是！」

瑪雅想了想，居然講起了道理：「主耶穌說過一個比喻，有個牧羊人丟失了一隻羊，他會撇下另外九十九隻羊，而去尋找那隻迷路的羊。雖然世上有很多女人，但對我來說，安吉是獨一無二的，只要救她出來，我的人生才會無憾！」

里奧斯怔怔地瞪著瑪雅，隔了半晌，鼻裡冷笑一聲，才說：「一個人沒錢，就要賣掉所有東西來還債，包括他的女兒。安吉賣身給我，欠的債還沒還清呢！你要幫她還債？」

瑪雅不忿道：「你答應過的，你要求五億披索。我可以給你二十萬美金。」

「你拿得出二十萬美金？」

這番話問到了痛處，瑪雅吞吞吐吐地說：「我和我的朋友……真的帶了二十萬美金過來。」

「那二十萬美金在哪裡？」

正所謂人急生智，史提芬眼見瑪雅就要說出失車的事，忽然靈機一動。在這危急關頭他打斷了瑪雅的話，張嘴向著里奧斯大喊道：「這筆錢我們藏在某個地方！只要你肯答應交易，我就會說出拿到這筆錢的辦法！」

一張張凶神惡煞的臉轉到史提芬的身上。

史提芬這下懊惱不已，他的主意是勾起里奧斯的貪念，再借用這幫人的勢力和人力、物力，在這一帶的地頭查找一輛失車。但是，假如這著險棋不成功，里奧斯不忿被擺了一道，只怕他和瑪雅未等到翌日天亮就會死無全屍，如他在新聞剪報上讀到的描述：「頭顱像一顆足球由垃圾桶滾出來」。

里奧斯盯著史提芬，假笑著問：「你憑甚麼教我相信你？」

史提芬本來想裝腔作勢，但心裡慌得慌，這種猶豫的態度自然瞞不過里奧斯雪亮的眼睛。

「我發誓是眞的！我願意以自己的性命擔保！」

瑪雅突然大喊，喊的是在場惡徒都聽得懂的西班牙語。

里奧斯慢慢站了起來，靠背椅向後滑開，他的動作就像端起酒杯一樣優雅，可是他由抽屜裡取出來的東西是一柄手槍。

他始終不相信鬼扯的話，用槍頂住瑪雅的額頭。

「小鬼，如果你挨了這一槍沒有死，我就相信你。又或者，你要承認自己是個騙子，現在還來得及。」

「我沒騙你。我說的是眞話。」

瑪雅睜著眼，勇敢地瞪著里奧斯，一雙眼紅通通的，目光呈現不屈服的決心。里奧斯心中對他刮目相看，沒想到看來矮小懦弱的小孩，內心竟有這麼強大的勇氣。可是，剛剛話已出口，唯一的台階就是開槍，否則老大的面子就是掛不住。

「我可是說得出做得到的。」

「我所知道的黑幫老大都很講信用。」

「是嗎？所以，我現在就會開槍。」

里奧斯眞的開槍了。

「砰」的一聲，扳機扣上，卻沒有擊發出槍聲。

瑪雅眨了眨眼，腦袋沒有開花。

原來槍膛是空的，沒有上彈匣，由於里奧斯一直用另一隻手托住下面，所以連手下也沒有察覺，緊張兮兮地瞧著老大和瑪雅的對峙，以爲老大眞的要殺小孩。

里奧斯面向眾人，厲聲道：「這小鬼來眞的。眞是個奇怪的小孩……好吧！我姑且相信一次。你們說出藏錢的地點，如果眞的有這筆錢，我就讓你們帶走安吉！否則，我可不會饒過你們！」

19

史提芬和瑪雅坐在里奧斯車內，車內有四人，司機是個光頭的彪形大漢。

里奧斯只是打了幾通電話，等了不到三十分鐘，就查出失車的下落。史提芬和瑪雅便跟著老大出門，雖然未算脫險，至少鬆了口氣。

當車子駛入史提芬日落前來過的露天小廣場，他才恍然大悟，卡片上的商業地址並非全假，原來這裡是里奧斯慣常交易的地點。

等了片刻，有兩輛車駛了進來，前頭那輛是紅色的休旅車，橫向停在里奧斯等人前面。下車的男人看來也不是甚麼好人，他和里奧斯聊了幾句，夾雜連瑪雅也不懂的黑幫術語，就坐上同伴的車離去，留下了那輛紅色休旅車。

里奧斯親自掀開後車箱底板，當他看見鉅款的一刻，目光陡然大亮，笑著向瑪雅大讚：「眞有你的！成交、成交！」

這到底是筆大買賣，里奧斯是生意人，見錢眼開，今晚發了財，就好像忽然撿到顆金蛋。他見慣了黑錢，也不會管這筆錢的來歷，何況即使瑪雅說出是電影劇本的酬金，他也必定不會相信。

史提芬和瑪雅終於享受到「尊貴客戶」的待遇，里奧斯派了個小弟，用專車載他們回去酒店，再吩咐這個小弟開車接送安吉。

瑪雅在酒店大堂站著等待，史提芬在旁坐著瞧他，覺得這小子眞是神奇，不僅化險爲夷，而且得償所願。史提芬餘悸猶存，撫著自己的左胸，心跳好不容易才回復了正常。

大堂沒有其他客人，史提芬好奇問起：「我剛剛眞是嚇到腿軟……你眞的一點也不害怕嗎？」

瑪雅面帶微笑，回答：「你忘了嗎？我曾經看過未來的世界，證明我一定不會死。」

史提芬愕然不已，又問：「就憑這一點？如果……你看見的未來都是假的，那你怎麼辦？」

瑪雅豁然道：「上帝賜給我這樣的能力，一定有祂的意思。如果我連自己的夢也不相信，我的人生還有甚麼意義？」

史提芬直勾勾地盯著瑪雅，然後忍俊不禁，用佩服的口吻說：「你眞是不可思議……我早就想跟你說，你給我的報酬太高了，我最初也沒想過劇本竟然賣出這個高價……剩下的錢扣掉稅款，我只要一萬就夠了，其餘的全送給安吉當助學金。」

瑪雅聽了他的好意，露出感激的目光。

「謝謝……」

「好，夠了！我做人很瀟灑，不想聽太噁心的話！」

正當史提芬轉身去買飲料之際，酒店大堂白熾的燈光下，門口出現了一張少女的俏臉。

「瑪雅！」

安吉一邊喊，一邊迎面而來，瑪雅也朝她衝去，笨手笨腳，差點跌倒。安吉揮動的右手裡，揑住瑪雅送給她的項鍊，閃著藍晶晶的光芒。

瑪雅默默祈求了無數個晚上，終於來到她的面前。

她學會了化妝，兩個酒窩紅紅的，塗了唇彩，容貌有些許改變，但她仍然是她，那個善良、勇敢、會爲朋友出頭的安吉。

一個可笑的念頭引發一連串行動，克服了重重險阻，終於戰勝了命運。我們的瑪雅在這時還不知道，他單純想要拯救安吉的決定，不僅改變了她的未來，亦引導他走上命運早已鋪好的紅色地毯。

命運之門爲每個人而開，有些門後有寶藏，有些門後有陷阱……關鍵的鑰匙可不一定是大事，人生的轉捩點往往只在一件小事上。

要是安吉當天沒有幫助瑪雅，整件事的發展就變得不一樣——正是她的品格和本性，讓她做出了那個決定。

我們都想人生往美好的方向發展，但是，只有回望，我們才知道哪一件是「關鍵的小事」，到了那時候，我們已經無法改變過去，因爲時間是直線的單向道。

這時候，瑪雅和安吉沒想那麼多，只是歡天喜地，手牽手團團亂轉。

史提芬微笑看著這對小男女重聚，暖意浮上心頭，慶幸自己幫忙做了一件好事。正自陶醉之際，他才猛然想起，西裝外套留了在里奧斯那裡。由於外套內袋有護照，他非要去取回來不可。

酒店大堂掛了七個鐘，墨西哥當地的時間是凌晨三時。

史提芬交代了一聲，便留下瑪雅和安吉，獨自開車飆過去紅燈區，黯淡的街道只剩鬼影，沿途店舖黑燈瞎火，只剩他正在駕駛的車亮著燈。

到了。

由樓下可見，里奧斯辦公室的燈仍然亮著。

史提芬心想：「嘿，他顧著數鈔票，一定興奮得睡不著！」

在一片濛昧的夜色中，史提芬將車子停在後門附近。他的本性未必愛走後門，但剛剛就是由這道門上去，所以他自自然然來到了後門。看門的小混混不在，想找人引見也不行。史提芬擅自開門進去，躡手躡腳，沒有聲張，在昏暗中摸著樓梯牆壁上去，喉頭醞釀著要對里奧斯說的話。

正當他快要走到那個泛光的門框，忽然有話聲由房間裡傳出來。

「里奧斯先生，我再說一次，你必須配合我們，將那孩子交給我們。」

「可是，我已經收了錢，答應過要放人！你要我不講信用，這很爲難……」

「哼！你連人都敢殺，反悔一宗買賣又有甚麼大不了？總之我警告你——不准放走那女的。」

和里奧斯對話的有兩個人，聲音是男聲，操的是美國口音的英語。史提芬倏然止步，呆立當地，非常後悔在這種時候出現，聽了這番不該聽到的密談。

一陣沉默過後，里奧斯又再說話：「你們這麼心急找我，強迫我做這樣的事……到底有甚麼目的？」

「你沒必要知道。」

「爲甚麼？難道是甚麼國家機密？」

「你要這樣想，我們也管不了。總之，我們一定不會回答。」

「那……你們會怎麼賠償我的損失？」

那個一直保持沉默的男人，鼻子裡又發出「哼」的冷笑聲，再度在恰當時間突然插入對話：「哼！里奧斯先生，你好像不清楚自己的立場。你想要賠償？只要我們和這邊的警方聯手，你的毒品生意立刻混不下去。你知道的，我們有這個本事。哼，請你好好考慮一下，甚麼才是長遠的利益。」

此人聲音沉鬱，就像殺手般冷酷。老大里奧斯在這兩個不速之客面前，連個悶屁也不敢放，簡直像老鼠遇上貓一樣。

那兩人是甚麼來頭？爲甚麼要從中作梗？史提芬愈想，愈覺得離奇。他本來不想偷聽，但到了這地步，不聽也不行了。

隔了半晌，傳來里奧斯屈服的話聲：「好啦、好啦！兩位老大，我會叫手下去抓人。這下你們滿意了嗎？」

那個冷酷的聲音相當強硬：「我們不能等到天亮——立刻！立刻就要行動。而且，我們要親自跟過去，不容有失。」

「眞令人頭痛……我搞不懂你們在幹嘛，不過，我會立刻安排。我現在就叫醒我的手下，和你們出發，去把她抓回來！」

史提芬聽到了這麼驚人的祕密，已經無法佯裝不知情，他的一雙腿亦軟得跑不動。殺人放火金腰帶，這夥人壞到骨子裡去，還有甚麼惡行做不出來？

三人腳步由房間裡出來，漸漸趨近史提芬藏身的位置——他早前慌張，竟然躲進了走廊的壁櫃。史提芬屏住呼吸，目光穿透櫃門的百葉縫隙，在微弱的燈光中，瞥見了兩張白人的臉：一個高瘦冷峻，一個矮小精悍，皆穿著黑色西裝，頭髮短至平頭，就像一對高矮大盜。

幸好這兩人跟著里奧斯匆匆下樓，只顧盯著前面，沒留意到史提芬。不知是否人品好，史提芬時運不錯，聽著三人腳步聲的方向，好在是走向前門，不然他們由後門離開，就會發現停在後門的車子。

史提芬悄悄由壁櫃溜出來，望著黑咕隆咚的走廊，仍然不敢大口喘氣。

如果「金氏世界紀錄」有個冒冷汗的項目，史提芬覺得自己在過去十二小時內流出的冷汗，絕對有可能打破紀錄。

史提芬眞的想過，在他成功取回西裝外套後，最聰明的做法是一走了之，一上車就駛回美國，保住小命要緊……但他的心在躍動，他感受到有股靈魂的熱流，心腸硬不起來，竟做出了要命的傻事——他開車回去酒店。

一路上，史提芬自言自語道：「要是里奧斯的人馬包圍酒店，我就要掉頭離開……怪不得我啊！我已經對得住良心。」

老天保佑，酒店周圍風平浪靜，大堂也寂若無人，不知因甚麼事耽誤，那夥壞人還沒過來。

一回房間，匆匆一瞥，瑪雅歪頭靠著椅背半睡半醒，安吉正乖乖坐著等待，兩人都相安無事，仍不知危險正在逐步逼近。史提芬拉起了昏昏欲睡的瑪雅，朝安吉大聲呼喝：「快起來！我們要立刻離開！里奧斯那個混蛋不守信用，他們很快就會過來，抓妳回去！」

安吉一臉懵然，史提芬這才想起，她聽不懂英語。瑪雅揉了揉眼，由半睡半醒中驚醒過來，惶惑地問：「爲甚麼？他們可是收了錢啊！」

史提芬來不及解釋，就拉著兩人離開房間，按下電梯按鈕，才說：「這件事很複雜，上了車，我才有時間解釋。現在，我們的處境十分危險！」當他看著電梯升上來的發光數字，有股不祥預感，小心爲上，便做出一個手勢，指示瑪雅和安吉跟他跑樓梯下去。

噩夢一般的樓梯迴廊重複閃過眼前，三人踉蹌掠過各層，轉瞬來到了底層，指示牌顯示左邊的門直達停車場出口。

夜空中，彷彿颳起一陣急風，將他們捲到車子邊。史提芬率先坐上駕駛座，插入鑰匙，發動引擎。未等瑪雅和安吉關好後座的門，車子已向前衝。史提芬打開車頭燈，心想不對勁，又熄滅了車頭燈，猶如在深海潛行一樣，駛離了停車場。

路上，夜闌人靜，街燈黃光照上柏油路，沿著明暗不定的大道，車子漫無方向地急馳直行。

「甚麼都不管啦！先駛上高速公路，再做打算！」

史提芬一心多用，一面開車，一面思慮，一面對著後照鏡裡的瑪雅，簡述了里奧斯和兩個黑衣人的對談。要不是命運之神好心相助，他們至今仍被蒙在鼓裡，受難了也不自知。瑪雅向安吉轉告了一切，安吉驚愕得不知所措，毫不理解那些人出爾反爾的行爲。

「妳有沒有惹上一個瘋狂愛上妳的『客人』？這傢伙又很有錢，不惜一切都要得到妳……」

瑪雅如實口譯史提芬的問題，安吉聽了，悶不吭聲，只是一臉尷尬地搖頭。

送佛送到西，好心好到底，事情發展到這地步，史提芬把心一橫，只好當上這趟逃亡之旅的主謀。

兩個黑衣人葫蘆裡賣甚麼藥，再瞎猜也是沒用，史提芬將車停在隱蔽的路旁，頭上的樹蔭像魔爪一樣籠罩。窗口吹入的風把頭髮吹得亂七八糟，史提芬喘一口氣，便拿出地圖冊，和瑪雅商量逃出生天的路線。

向南，可以通往墨西哥城，返回瑪雅和安吉的家鄉，就是不知要耗多少時間，相信一天以上跑不掉。

向北，就是美國邊境，由於安吉沒有護照和簽證，看來不是好選擇。

「毫無疑問，我們只有一個選擇，就是向南出發！」

史提芬很快下了決定，用螢光筆在地圖冊上畫出該走的高速公路。瑪雅心中有種奇怪的預感，一時之間卻說不出來。

天黑就是最好的掩護，離天亮還有大約兩個小時。

一路上有驚無險，沒有遇上阻礙，順利上了高速公路。史提芬總算鬆了口氣，一邊用紙巾抹乾方向盤上的手汗，同時亮起了車頭燈，光暈映照前方，彷彿在陰暗的路面鑿出一條光的隧道。

瑪雅和安吉睜著眼瞪著前車窗，遙望吉凶未卜的未來。瑪雅側目一瞥，發現安吉的手在顫抖，便用左手握緊她的右手，輕聲唸出一段祈禱文。安吉報以一笑，然後閉上了眼睛，朱唇初啓，卻聲不可聞，默唸著旁人聽不見的願望。哪怕這心願是多麼地卑微，哪怕自身是帶罪之軀，只盼天父會傾聽。她聽了瑪雅寫出劇本的奇蹟，知道了他的預知夢能力，就有了信心，重新相信上主。

天地悠悠，窗外的風景不是荒野，就是沉默的叢林，黑壓壓的不見盡頭。

如入無人之境，公路上沒有其他車輛。

遠處兩排路燈的燈光疊映成一團，使路的盡頭顯得迷濛不清。

史提芬開上高速公路沒多久，不到五分鐘已經覺得睏倦。他心想，早該買一杯特濃咖啡，可是連行李也來不及收拾，又哪來這樣的閒暇？他打了個呵欠，繼續踩油門，望著車燈照著的前方，本來平坦無阻的直路上，突然有一團黑影由旁邊的樹林闖出——

那是一頭像貓的野生動物，卻比貓大得多，奔跑矯捷，橫過高速公路。牠在奔騰期間，還有餘暇側首盯了一眼過來，嚇得史提芬不知所措，心跳在剎那間飆得比車子更快。

車子左搖右擺，輪胎打滑，在這差點釀成車禍的關頭，史提芬尖叫的瞬間，終究握緊了方向盤，將車子扭回正軌。

剛剛看見的東西彷彿只是一場幻象，在後照鏡裡消失得不見蹤影。

史提芬駛到了路肩停下，待心情平復才再上路。

「那是甚麼東西？」

瑪雅剛剛也目睹了一切，駭然地嘀咕道：「Pantera……美洲豹……」

兩人同時望向安吉，安吉卻搖了搖頭，原來她剛才閉著眼，沒有看見發生甚麼事。

史提芬回想之下，亦覺得那動物是豹，可是仍感到難以置信。雖然在公路上撞見野生動物是等閒事，可是撞見野豹卻是前所未聞，怎會有這麼離奇的遭遇？會不會只是一隻野貓，在牠瞳孔放大時顯得特別大？

瑪雅想起了那個夢，心念一轉，便說出霎時冒出的想法：「美洲豹是來警告我們，走這條路有危險……」

史提芬焦躁起來，激動得破口大罵：「除了這條他媽的路，還有別的路嗎？我們別無選擇！沒有退路！他媽的……咦，慢著……」

當史提芬靜心一想，思緒就在死胡同裡鑽出一條出路，碰上之前忽略了的靈感。

「天呀！我竟然想出這樣的辦法……向北的話，安吉或許可以偷渡去美國……我認識一個朋友，就是搞這樣的生意。只要成功過了邊境，他們就很難抓到她了。這或許可行……」

雖然瑪雅只是個孩子，但由他解讀的徵兆不可不信。既然他們曾經認定只能往南逃，里奧斯那夥人也必然想到這一點。就算安吉能成功回家，日後還不是要東躲西藏？去美國開始新的生活，才是一勞永逸的選擇。史提芬讀過《孫子兵法》，出奇制勝，不就是兵法的原則嗎？

「我要等到早上，才能打電話問我那個朋友……我真的累得不行了。媽的！我的腦塞住了，只想好好睡一覺！醒來才做決定！」

儘管史提芬嘴裡這麼說，卻暗暗依照違背常理的直覺行動，開車駛離了高速公路，迴轉掉頭，改向北行。他竭力撐開眼皮，罔顧速度限制，趕在黑夜將盡之前，有多遠就駛多遠……

月亮低懸在天邊。

天亮時，又是新的一天，這一天將會危機四伏。

21

上下兩層的汽車旅館外面，停車格裡停著一輛紅色的休旅車。這種汽車旅館俗稱「摩鐵（Motel）」，在某些人眼中是低檔次的旅館，在另一些人眼中則是適合偷情的好地方。

上層的走道與半空隔著棗紅色的欄柵，樓下的前庭就是停車場。底層有二十間房間，二十道棗紅色的門，其中一扇門掀開，史提芬蓬頭垢面走了出來。他鬼鬼祟祟地東張西望，儘管沉沉睡了四個小時，臉上的疲態尚未褪去。普照的陽光灑下來，史提芬沐了一會日光浴，總算稍微清醒一點。

時近中午，陣陣大風，揚起了旅館四周的黃土。史提芬也不知這裡是哪兒，瞥見地名，卻不會唸，昨天累得跟驢子一樣，見到有床倒頭就睡，連洗澡的力氣也沒有。

當瑪雅和安吉仍在床上熟睡，史提芬已打出了一通電話，聯絡那個專門做「人蛇生意」的朋友。這麼瘋狂的主意，真虧自己想得出來，史提芬覺得可笑至極，但更可笑的是他蹚下這渾水，認真要協助安吉偷渡過境。

在電話裡，那朋友很快答應幫忙，一副「萬事ＯＫ」的口吻，把偷渡說得好像划船過河一樣簡單。史提芬等了一會兒，再打電話過去，那朋友就說已聯絡上墨西哥當地的「蛇頭」，吩咐史提芬沿著邊境行駛，前往西北面的某個地址，找一間叫「瑪麗尋夢路」的移民顧問公司。

錢方面，倒不是太大的問題，史提芬聽了數目後，還覺得比想像中便宜。史提芬捫心自問，自己確實有私心，只盼瑪雅記得這份恩情，等他長大了，更能活用預知能力後，到時就幫忙賺進大把大把的鈔票。

兩個孩子還躺在床上，半張棉被垂在地上。

史提芬看著安吉豐腴的身材，就知道她開始成熟了，瑪雅在這個年紀也差不多進入曖昧的發育階段。

臨睡前，安吉已打了電話通知家人，得知里奧斯正在搜尋自己的事，證明了史提芬昨晚的說法。這一次，安吉終於爲了自己的人生出聲，哭哭啼啼，說自己很想離開那個鬼地方，說自己闖禍了，勸說家人暫避風頭，有個大金主——即是史提芬——保證不用擔心錢的問題。

此地距離華雷斯城只有兩小時車程，畢竟還不是安全地帶，三人吃了一些水果當早餐，刻不容緩，上車啓程。

瑪雅留意到安吉擔憂的神態。

「安吉，妳這一去美國，如果以後都不能回來墨西哥……妳怕不怕？」

鄰座的安吉聽了瑪雅的問題，顯得猶豫不決，答案已寫在臉上。

「妳不要怕，我答應妳，我會求媽媽讓我過去美國唸書，這樣的話，我就可以陪妳，妳不會沒有朋友。」

安吉聽了這番天真的承諾，忍不住笑了，所有憂慮彷彿一掃而空。

昨晚，瑪雅聽過安吉傾訴的遭遇，得知她過去數個月的生活慘無人道，在黑幫的就職訓練營，她要接受「揍與被揍」的課程，背上都是紅灼灼的鞭痕。那裡簡直就是人間煉獄，安吉寧死也不願回去，現在惹怒了里奧斯，回去更是送死。

史提芬正要右轉駛出大馬路，左方就有一台黑色轎車駛進停車場。在迎頭交錯的一刻，史提芬發現對方掛的也是美國車牌，前窗玻璃出現兩個白人男人的臉——史提芬心中猛然一懍，認出就是昨晚窺見的黑衣人！

史提芬無法迴避，對方眼角餘光已像禿鷹一樣盯上來。不管這兩個壞人怎麼尋到這裡，史提芬只知道非逃不可，盡量把握對方倒車回頭的空檔，用力踩盡油門，飆升車速直衝到底。

「瑪雅！剛剛那兩個白鬼，就是要抓安吉回去的壞人！」

瑪雅回頭瞧了一眼，暫時還沒看見那黑色轎車的蹤影。

恰巧右邊的車道直通高速公路，史提芬超車趕前，切入匝道，繼續橫衝直闖，視交通規則於無物。至今他仍搞不懂，自己一生安安穩穩，怎會惹上這樣的麻煩，一個不好隨時客死異鄉。

「該死！」

史提芬才開始飆沒多久，就遇上公路大塞車，車子大排長龍，蠕蠕而動，行駛速度比走路還慢。史提芬心急火燎，不住回頭往後面望，後方也排滿了車，堵成一片車海，這樣看來對方也無法即時追上來。

忽聞一陣刺耳的警車鳴笛聲，後方車海緩緩分隔兩邊，紛紛讓道給一台黑色轎車——此車副駕駛座上的男人將閃爍的警車燈置於車頂。

史提芬目瞪口呆，想不到會有這一招，眼前已無可以前駛的車縫，實在是走投無路的絕境！

「史提芬，請你之後打電話給我的媽媽！」

情急之下，瑪雅打開了車門，拉著安吉就跑，越過公路旁的泥路，跑向崎嶇不平的草坪，草坪後方是一片叢林。

黑色轎車來狠的，直接駛離了車道，穿越了泥路，在草坪上軋壓出兩條綿延的輪胎痕，像長蛇般，愈來愈逼近瑪雅和安吉。

大晴天下，樹影陰翳，卻無藏身之處。瑪雅一不小心失足絆倒，鮮血由膝蓋一絲一絲滲出。他也不清楚對方怎麼追上來的，總之有一雙粗壯的手臂擒過來，卯勁掙扎也動彈不得。

瑪雅的頭轉了半圈，看到了一張圓闊大臉。這個人頭大，卻長得不高，瑪雅的目光穿過他的肩頭，就看見遠遠停在草坪上的車，同時也看到了另一個高瘦的黑衣男人抓住了安吉。

矮子的力氣很大，提起了瑪雅。

「你叫甚麼名字？」

瑪雅感覺喉嚨一鬆，終於可以喊話：「你們是甚麼人？你們是不是找錯人了？我的名字叫詹士，詹士邦！」

矮黑衣人與高黑衣人打了個眼色，就從身上取出一柄手槍，故意向臂彎裡的瑪雅亮了亮槍。其實他並無傷人的意思，這樣做只是省工夫，盡快叫這個小朋友說眞話，免得他胡扯一通。

「小子，你的生日是哪一天？」

瑪雅此時終於察覺，黑衣人的目標是自己，而不是安吉。但瑪雅感到困惑，對方幹嘛問起自己的生日？

矮黑衣人用槍頭指向安吉，虛聲恫嚇：「你敢說謊的話，我就一槍轟爆她的頭！」

「十二月十七日！」

「哪一年？」

「我不知道！」

瑪雅如實說出自己的出生年份。

矮黑衣人面露得色，又問：「你的出生地點呢？」

「你怎會不知道？」

「我眞的不知道！我媽媽不肯告訴我。」

那高黑衣人終於發言：「雖然地點不確定，但日期吻合……先帶他回去吧。」

回去？回去哪裡？這兩個壞人究竟有何目的？

瑪雅恐怕他們會傷害安吉，緊張兮兮地問：「你們會怎麼對待安吉？」

「我們會送她回華雷斯城，之後就不管她的死活。」

說者無心，聽者有意，瑪雅以爲這兩個壞蛋心懷不軌，要送安吉回去那個恐怖的地方。瑪雅立時想到，安吉這一回去，下場一定不堪設想，將會受到重罰，永遠再也逃不出那種痛苦的生活。

矮黑衣人顧著和同伴說話，不把瑪雅放在眼內。瑪雅乘著對方不備，狠狠咬了架住自己脖子的臂彎。

「呀！」

兩個黑衣人絕對沒想到，瑪雅貌似孱弱無能，竟然做出這麼大膽的行動。瑪雅掙脫了之後，當下拔足狂奔，豁命地向前逃逸。

砰！

槍聲彷彿和疾風一樣，由耳邊呼嘯而過。

瑪雅不顧一切，跑向密林深處，跨過了橫生的樹根後，回頭一看，那兩個壞人果然窮追不捨，像惡犬般跑在後頭。

瑪雅這樣做的意義當然是爲了幫安吉逃脫，他下定決心時，已向安吉遞眼色，就是不知她有沒有會意過來。不管如何，瑪雅敢冒這個險，就是深信自己不會死——除非他看見的未來都是假的。

大人的腳程畢竟比較快，兩個黑衣人漸漸追上瑪雅，既然槍聲起不了震懾作用，就只好生擒活捉。

小孩跑不過大人，這是常識，瑪雅多希望可以擺脫地心引力飛起來，可是他的鞋底黏著泥地，愈來愈窒礙難行。他心裡明白，這樣做並不是白費力氣，拖延得一時是一時，爭取得一秒是一秒。

來到一片較爲寬敞的綠地，瑪雅再也跑不動了。

儘管汗水蒙著雙眼，他看見了——

一頭美洲豹。

眼窩突起的豹眼散發出野性的威嚴，金黃色的軀體跧伏在枯黃的土丘，遍體緊密的圓環黑斑，紋理美麗得好像細工巧織的布料。

瑪雅想起了那個夢，與美洲豹目光相對的瞬間，終於弄清楚了那股模糊的感覺——牠是來救他的！

兩個一高一矮的大人，一前一後到達，看見美洲豹的一刻，均驚愕得無法相信自己的眼睛。他倆當下停步，任何人遇上這頭突然出現的猛獸，都不敢輕舉妄動。可是，瑪雅竟然毫不猶豫，筆直跑向美洲豹。

伴著一聲響徹雲霄的咆哮，美洲豹向前疾撲。

半空中林鳥亂飛，枝梢撲撲簌簌，這些雜聲仍蓋不住轟轟的槍聲。

美洲豹何其迅捷，矮黑衣人臨危中難以瞄準，靠著運氣亂射，打出的子彈都像只打中空氣一樣，有的子彈砸中石塊，迸出了肉眼可見的火光。

頃刻間，林間迴盪著一聲淒厲的慘叫，美洲豹此起彼落，後肢急縱，前爪著地，嘴裡咬著一隻勾著手槍的斷掌，四散的血花濺紅了嫩綠的草坪。

美洲豹側身眈眈逼視著兩人。

鮮艷的血液像顏料一樣流出，矮子痛得面容扭曲，用左手箍緊染紅了的右袖子，瞪著美洲豹的目光中溢滿懼意，沒了武器，腳底抹油，便和高個子一同逃跑。

美洲豹文風不動，只瞪著兩人狼狽的身影。

瑪雅站在另一邊，看得見在牠背上的血洞，血水漸漸湧出來——牠受傷了，而且是致命傷。

寂靜的天空無聲哭泣，強風吹得無花果的寬葉顫抖。瑪雅邁出了身子，默默地走向美洲豹，目光中既是感激又是垂憐。美洲豹也使盡最後一口氣，腳步歪歪斜斜，隨即支持不住，仆倒在瑪雅身上。

瑪雅默默抱住美洲豹，默默地揉著牠的茸毛，默默地按著牠的面頰，感受慢慢逝去的體溫。那隻充滿靈性的眼睛盯了瑪雅一眼，便倏地閉上，眼皮將永遠不再張開，就像深沉海底的貝蚌。

茂葉之間灑下一場燦白的光雨。

一剎那，白茫茫一片，時空變幻——

一五一九年

一四九二年，哥倫布發現新大陸。
那時還沒有美洲這個名稱，
火刑柱的烈焰亦未在此盛燃。
《*Chilam Balam*》是碩果僅存的瑪雅古籍，
直譯是「預言者」和「美洲豹」的意思。
美洲豹是瑪雅神祇的神祕化身，
祭司能與神溝通，將神諭傳給人民。
在這些崇拜羽蛇神的異族眼中，
看見了比惡魔更像惡魔的侵略者……

22

目光越過蕩漾的碧波，來到了綠油油的對岸。

天與海之間，有一片銜接海洋邊緣的陸地，叢林貼著海岸線蜿蜒，深深不見盡頭。彷彿近在咫尺的岸邊，竟然有一隻滿身斑紋的豹，搭伏在盤根錯節的樹幹上，正在往這邊窺頭探腦。

這隻新奇的野獸惹來了船員的注目，當船上的人看見這片樹林茂密的海岸，個個都發出震天價響的歡呼和吶喊。十一艘大型帆船，船頭都向著同一方向，順著風，破浪前進。浪頭不時將船拋高，猶如將所有人拋向巨蛇之口，一直等到黑夜的盡頭，破曉的陽光驅走了陰霾，日以繼夜，連朝接夕，如此經歷了數十個晝夜，好不容易終於來到了目的地。

二十七年前，哥倫布在西班牙天主教君主的贊助下，發現了這片在大西洋彼端的大陸。它的廣袤，遠遠超過每個歐洲人的想像；它的富饒，引來貪婪膽大的征服者。西班牙王朝從中獲利，一步步建立殖民地。事實證明統治者只要有眼光，做對了一些決策，就可以令國家轉舵駛向繁榮的航道。

一五一九年，四月。

西班牙探險家科爾特斯由古巴起航，率領五百多人的船隊，向著傳聞中的阿茲特克帝國前進，輾輾轉轉經過兩個多月，終於抵達墨西哥灣的內側。

他們之中，有的是大海的男兒，無懼波濤洶湧的大海。他們之中，有的是遠離故鄉的士兵，豁出生命深入祕境。

五百個士兵。一百一十個水手。

三十二張石弓。十六匹馬。十三柄火槍。十門重炮。

在前首領航的三桅帆船上，有個眼窩深陷的男人收斂起笑容，一板一眼地站在領航員身旁，不厭其煩交代一些細節。

蘭達是科爾特斯的得力助手，也是專業的航海員。他識字，懂得書寫，這在當時是很難得的才能。他是早期由西班牙來到新世界的船員，一晃眼已經十五載，由於經年累月飽受日曬風吹，他的臉皮粗糙乾癟，眼角的皺紋深深刻劃。

蘭達至今仍然常常想起，十五年前，第一次遠航來到這片新大陸的時候，糧盡水缺，他和夥伴差點死掉。幸好他們在密林裡走了不久，就遇見了一個在山中打獵的土著。那個土著幾乎衣不蔽體，只有一條遮羞布，腳穿麻鞋，用的是落後的木弓。彼此好奇地注視著對方，比手畫腳之後，土著給了蘭達他們飲用水，還帶這幾個歐洲人到他的村落。

第一次的接觸是美好的，那些土著彷彿是未受濁世污染的人種，毫無邪念，對外來者很友善。雙方甚至交換禮物，那時候蘭達的心中充滿感激之情，多虧這些土著，他才撿回了性命。

如今，他們變成了侵略者。

蘭達昂首，看著烈日當空的藍天，強光映襯著一個高瘦的身影，出現在船上最高的船桅中間。

此人本來站在桅頂的高台上遠眺，他似乎要指揮大伙兒幹活，匆匆順著杆梯爬下來，離地兩公尺就鬆手跳到甲板上。

「喲！」

他大喝一聲，腳踢靴子內側，引來眾人的目光。

接著，他聲如洪鐘，發表豪氣激昂的演說：「各位兄弟！我看見了！我剛剛看見了蘊藏寶藏的陸地！我知道，那裡有一個國王用大桶裝著黃金，並且還有很多很多、數之不盡的黃金！本人科爾特斯向大家保證，我們來的時候是窮光蛋，但當我們離開的時候，我們就是富翁！」

慢慢靠攏的人群振臂高呼，吆喝著宣洩興奮情緒的口號，士氣非常高漲。

眾人之中，竟有一個國色天姿的年輕女人。她的皮膚是紅棕色的，如雲般的直髮，穿著一條寬鬆的直筒裙，領口有簡單的繡樣。本來掛在她鼻上的黃金環，現在已經不戴了，鼻上的細洞仍無損她的美貌。

「瑪芮娜！」

科爾特斯抱起了她，在眾目睽睽之下親吻她的臉頰。

蘭達每次看見兩人親暱的行徑，都會覺得這個老大眞會征服女人，當船隊在中途停泊的時候，才幾天工夫，搶掠了土著的村莊，又將其女人據爲己有。女人啊！天性就是愛慕強大的男人。科爾特斯雄風赳赳，儘管有口臭，他的男性魅力還是勢不可擋，迷得瑪芮娜死心塌地，整天一有空就對他撒嬌撒痴。還好船隊上另有十多個擄回來的女人，否則其他兄弟一定徹夜難熬，恨得牙癢癢的。

這女人跟了科爾特斯之後，也歸信了基督，瑪芮娜就是她受洗後的名字。由於她會說兩種土著語，包括最普遍的納瓦特爾語，於是成為他寵幸的翻譯，而她天資聰穎，學得很快，現在已經會說一點西班牙語。

科爾特斯意氣風發，邁步來到蘭達面前，單手按在羅盤上。

「還有多久？」

蘭達拿起一個扁平的小盒子，掀開摺疊起來的平蓋，水平的一面就是日晷。在烈日下，蘭達瞥了一眼，便回答：「如無意外，再過一個小時，正午之前可以登陸。」

科爾特斯興奮不已，「啪」的一聲，拍了一下響掌，隨即向蘭達下令：「請你到船艙一趟，叫亞基拉神父出來，由他來帶領我們祈禱。」

空氣中瀰漫著口氣的惡臭，蘭達早已習慣這種生活，依言去做，雙腳輕輕踩著吱吱作響的木條，順著階級向下，走入下層較為昏暗的船艙。他來到一扇隔間的木門前，敲了一敲，等一等，又敲了一下，隔了半晌，還是無人應門。

正當蘭達要打開門，就有人從裡面拉開了門，此人正是亞基拉神父。看來神父才剛醒不久，眼角有一大坨眼屎，只穿著一套縐巴巴的內衣褲。雖然身子是瘦削的，但軀體尚未衰老，大病初癒後，面色亦愈來愈好。

「蘭達先生，早安。」

「早安。抱歉打擾你休息。」

「沒關係。有甚麼事嗎？」

「船快到岸了。登陸之後，我們就要向阿茲特克帝國進發。」

亞基拉神父突然恍神，目光惘然，喃喃自語：「阿茲特克帝國……整片大陸最大的帝國……終於到了……一定是神的旨意。」

蘭達扯回了正題，道：「科爾特斯先生需要你的祝禱。請你上去一趟。」

「好的。我整裝之後就會上去，帶著聖經……蘭達先生，謝謝你借聖經給我。我足足有八年沒讀過聖經上的經文，我能活下來，眞的是奇蹟……全蒙神的恩寵。」

蘭達欣然點頭，深表同意。

一個方濟會的年輕神父，遭遇了海難，又落入島上的土著手中，淪爲奴隸，被囚禁了八年這麼久，居然還大難不死——這還不是奇蹟嗎？

神的考驗、神的拯救、神的使命……

蘭達和他的家族都是虔誠的信徒，亦對西班牙國王誓死效忠。過去十五年，他往返西班牙和古巴兩地，身無長物，最重視的是一卷羊皮紙的新約聖經。

兩個月前，科爾特斯的船隊經過一座半島，由土著手上救回神父。神父上船後，害了一場大病，身子十分虛弱。蘭達在旁照料，久而久之，兩人也成爲交心的朋友，敘了年庚，原來神父只三十歲。科爾特斯亦對神父敬重厚待，除了因爲神父是個好人，也因爲神父在過去八年學會了瑪雅語，是個很有利用價值的通譯員。

蘭達眞的不明白，一個養尊處優的神父，怎麼會冒險來到異邦傳教？蘭達曾趁著神父熟睡時，搜過神父的行囊，其中竟有一封很神祕的信，封口押著火漆的封蠟。神父總是小心翼翼看管自己的行囊，此舉加深了蘭達的疑惑。

航程中，蘭達慢慢想通了，心想：「我記得，封蠟有兩層重疊的顏色。如果我沒猜錯，神父已經讀過信上的內容，但爲了防範我們偷看，所以才再封蠟。眞奇怪！在這種狗不拉屎的地方，到底有甚麼好値得隱瞞的？」

蘭達一邊走，一邊細想，不知不覺已回到了船頭。不單是他，船上的水手和士兵都已聚集在科爾特斯身邊。科爾特斯聽完蘭達的回報，沒回話，也沒抬頭，繼續專心擦拭佩劍。

他忽然環顧四周，向眾人問：「你們記得今天是甚麼日子嗎？」

眾人面面相覷，只有蘭達懂得回答：「今天是主耶穌基督的受難日。」

科爾特斯點了點頭，欣然道：「嗯。今天是主耶穌基督的受難日，也是我們成功登陸的紀念日。我們的上帝一定會保佑我們成功。過一會兒，就由亞基拉神父帶我們一同禱告，祈求上帝賜予力量，來完成祂託付在我們身上的使命！榮耀歸於上主！西班牙萬歲！」

科爾特斯舉起出鞘的利劍，狂傲地直指岸林的方向。

就在此時，色彩斑斕的飛禽由林間飛出，彷佛受了驚嚇般，連群朝天翱翔，然後漸漸隱沒在天際盡頭。

23

科爾特斯等人登陸的地點，就是日後的維拉克魯茲（Veracruz）。

上岸後不久，大伙兒就和當地的土著發生了戰鬥，以兵刃相見。

那些矮小粗壯的土著第一次看見馬，第一次看見盔甲，也第一次看見大炮。當炮彈落地時，他們看見一顆類似石球般的東西從內部竄出，火焰四散。他們只會形容，那些敵人騎在「像屋頂一樣高」的「鹿」上。

他們奮起抵抗，可是他們的武器只有石器，哪鬥得過削鐵如泥的利劍？火槍的威力，在他們眼中就是震怒的雷電，可以在一瞬間勾魂奪魄，取走人的性命。

炮火轟鳴，猶如天神施威，在這些全副武裝的侵略者面前，他們浴血抵抗，儘管力量懸殊，明知毫無希望，他們還是不顧一切地抵抗。要是他們不吭聲，他們曉得命運會無情地踐踏在他們身上，使他們失去家園、失去親人、失去尊嚴、失去靈魂……即使倖存下來，他們的後代亦會世世代代為奴，要舔著強權的鞋底苟且求活。

所以，他們連命也不要，妄圖一命換一命，負隅頑抗。

他們祈求，但他們的神靈沒有顯靈。

直到最後一聲咆哮隨著嗚咽而結束，整個民族慘被屠殺，女人帶著小孩上吊自殺。

雖然軍隊在武力上佔著絕對的優勢，但由於人員不足，蘭達也要跟著隊友上戰場。他在山路上受到一個土著男人的偷襲，兩人滾下了山坡，爬起來之後，在一片樹林下廝殺。

土著一心要搶走他的劍，卻被砍斷了右臂，斷臂帶著血絲在半空紛飛，染紅了污泥和嫩草。

蘭達殺了人，第一次殺了人。

當那土著自知死亡在即，痛得扭曲的面容中，竟露出了無畏而且清澄無比的眼神。那對眸子是多麼的純樸和無辜，就和蘭達第一次遇見的土著一樣，本來就是善良的靈魂，毫無魔鬼的恚恨。

——有罪的不是他們。有罪的是我們。

昔日清澈透明的海洋、綠色的風景、清新的空氣、善良的眼睛……全部，統統，都在一剎那粉碎，化爲腥風血雨的刃光，刺穿了一個活人的咽喉，令他淒慘地斃命。

血和鐵的味道是一樣的。

一具具屍體曝曬在荒野，殺雞儆猴之後，這些白人就像神的使者，展現壓倒性的力量。一傳十，十傳百，事蹟漸漸傳了開去，其他部落的首領深感不敵，紛紛選擇了投降。

恐懼是惡勢力最有力的武器，而且可以傳染。當弱者看見挺身而出的弱者遭殃，都會心生恐懼，而當恐懼愈滾愈大，這些可憐人的靈魂就會墮落，徹徹底底攀附強權，成爲強權的幫凶。

亞基拉神父說，他遭遇船難的時候，本來有十一個同伴，其中有幾個逃走時被殺，有幾個被土著送上祭壇，被剜出心臟來祭祀偶像。

科爾特斯常常引用這件事向大伙兒喊話：「他們根本不是人類，他們是惡魔的化身！他們是撒旦的後裔，所以死不足惜！我們乃奉上帝之名，來替天行道，淨化這個新世界！」

十誡之一是「不可殺人」。

所以，不把他們當成人就好了，他們只是「畜牲」。

蘭達始終耿耿於懷，不時為了曾經殺人的事，向亞基拉神父懺悔和告解。這一晚，營火照得蘭達的白臉如同石灰一樣，毫無血色。他一直在作噩夢，愧疚感就像腦子裡的蛆蟲，不停啖噬他的靈魂。

「我要買贖罪券……回去祖國後，我要買很多很多贖罪券……」

神父聽完他的懺悔，也只能安慰道：「我知道哪裡買得到有教宗加持的『全大赦贖罪券』……你要買的時候，別忘了問我。你也不必太難過！上帝寬容大量，一定會原諒你的罪過。」

火堆的紅光照出一道長影，蘭達和神父回頭，科爾特斯突然出現。他聽到了兩人的對話，按著蘭達的肩膀，低聲道：「你這麼想就對了。誰擁有黃金，誰就可以在世上隨心所欲，甚至可以使有罪的靈魂進入天堂。」

蘭達沒有回答，想不到科爾特斯尚未就寢，還穿著白麻衫和半長褲，和白天時衣著一模一樣。

科爾特斯靠近神父，感謝道：「親愛的神父，多虧你的幫忙，我才可以和這些奇怪的土著談判。」

神父黯然道：「我只是竭盡己能……談判成功，就可以停止戰爭，雙方就不再有人傷亡。」

瑪芮娜的西班牙語還不行，非要靠神父傳譯不可。神父應該是知曉最多內情的人，甚至看穿了科爾特斯的不軌之心，但他很會裝聾作啞，隨聲附和，以沉默來應付。蘭達暗暗覺得，眞正最會隱藏意圖的人，其實是神父。

「神父，請原諒我的質疑。內陸的阿茲特克帝國眞的有三十萬人口嗎？」

「我可以發誓是眞的。這些土著的文明雖然落後，但他們懂數學，這點一定不會有錯。不過，我要澄清，三十萬人口只是最低的估算，實際數字可能更多。」

科爾特斯皺眉的樣子很滑稽，但蘭達根本笑不出來。

三十萬人？以五百兵力，即使個個神勇蓋世，砍到劍鋒生鏽，也必然殺不盡這麼多人。亞基拉神父曾向蘭達透露，阿茲特克是個強盛的帝國，比起海岸這邊的蠻族部落，簡直有如天壤之別。即使是西班牙最大的城市，人口也只不過是三萬左右，三十萬是何等龐大的數目！如此一個帝國，一定有正式的軍隊，絕非五百人的雜牌軍能征服得了的，如果蘭達是司令官，早就決定撤退。

沒想到科爾特斯仍不死心，滿腦子都在盤算，竟然有了歪主意，向神父慫恿道：「以我所見，這邊的部落都對國王懷著很深的恨意……說不定我們可以利用這一點，煽動他們造反，加入我們的軍隊……美味的肥肉就在嘴邊，不吃怎麼行？我爲了這次遠征，已押上了全部財產，不可回頭的了……」

蘭達差點想罵：「你瘋了！」

但他還是沒說出口，硬生生吞了這口氣。

神父猶豫不決，沉吟以對，就在此時，馬蹄聲由遠而至，竟然有個輕裝士兵神色慌張地趕來，勒停了馬，就在馬上直接向科爾特斯報信道：「不好了！海邊出現火炬的光！我看見我們的船沉沒了！」

蘭達聞言，未待科爾特斯下令，立刻上馬策騎。他的騎術精湛，一眨眼就將科爾特斯等人甩在後面。肩帶上的火槍不受控制地搖曳，韁繩亦紊亂地旋繞擺動，只有馬匹依照蘭達的心思奔向海岸。

烏天黑地，樹影若隱若現，如魔爪一般的伸延，但黑暗總有盡頭。蘭達心中掠過了無數念頭，事實擺在眼前，這一定是土著的復仇。他們表面示好，披著羊皮，底下卻藏著險惡的陰謀。科爾特斯被騙了，所有人都疏忽了，沒防範這一著，現在可慘了。

如果船隻全部沉沒，蘭達等人就要困在這片森林，望著茫茫大海，沒有任何退路，不知何年何日才能回國……他心想，一定要快，哪怕是以寡敵眾，只要他抓緊了槍柄，就一定不會手下留情。

來不及了。

當蘭達趕到時，十一艘木船都已盡毀，悉數往下沉，檣櫓搖搖晃晃，猶如斜斜崩落的十字架，黑森森的海面頓成一片波濤亂葬的墳塚。

敵人呢？

蘭達舉目遍視，沒有發現土著的蹤跡，卻在岸灘上發現將領阿瓦拉多的小隊。啪！啪！蘭達鞭策汗水淋漓的戰馬，繼續衝刺，同時想道：「他們先到了，搶救了船上的物資……」但是，當他愈來愈接近，看見了堆疊整齊的大量物資，暗暗感到不對勁，道：「奇怪！他們怎麼做到的？在這麼短的時間內，搬運一切物資上岸？」隨即，一個令人毛骨悚然的念頭在腦際間閃過。

難道是……

科爾特斯也來了，他的後方跟著兩名下屬。同在坐騎上，高度一致，再加上四周一團團橘色火光，蘭達瞧得十分清楚，科爾特斯的眉宇間竟然有喜悅之色，沉船在他眼中似乎是意料中的事故。

果然……

科爾特斯只瞪了蘭達一眼，便筆直往阿瓦拉多那邊過去，一下勒停了馬步。阿瓦拉多和他說了一些話，但有點距離，蘭達聽不見，他全副心神都在瞪著科爾特斯，由駿馬延伸到地上的影子彷彿是魔鬼的形象。

有一種人，不擇手段，爲求得到自己想要的一切，即使犧牲別人也在所不惜。蘭達總算見識到了，原來權力和黃金可以使人出賣靈魂，變得比魔鬼更像魔鬼。

蘭達第一次向科爾特斯發洩他的暴怒，道：「是你指使阿瓦拉多的嗎？」

科爾特斯直認不諱：「蘭達，希望你明白我的苦衷。你要知道，我所做的一切都是爲了國家。只要西班牙王國富裕和強大，你和你的家人才會有平安，喜悅只會降臨在強國的領土。」

——然後，你就可以受封爲這裡的領主，當你的小國王吧？

不管蘭達怎麼想，科爾特斯心情激昂地大喊：「黃金只會贈予敢於冒險的人！要嘛奪取勝利，要嘛死在異地，我們再無任何退路！戰鬥、戰鬥、戰鬥！」

阿瓦拉多和其他人一同附和，蘭達只看見一個喪心病狂的暴君。

那一晚，船沉了，人心也沉淪了。

所有人已經別無選擇，唯有跟著他一同前進到底，一同屠殺，一同墮落……

揮之不去的黑暗即將籠罩這片大陸。

24

科爾特斯在海濱逗留了一段時日，搜集和打探阿茲特克人的情報，果然證實了他的想法——其他部落都對這個強大的帝國懷有嫉妒和恨意。

陰謀就像藏匿在草叢裡的毒蛇，科爾特斯深知自己兵力薄弱，爲了打敗強敵，就要使出挑撥離間的手段。例如，他會誇談佔領後瓜分的好處，聽得族長心動神往。先威逼，後利誘，蠱惑同族的土著來倒戈相向，令他們自相殘殺，種下深深的仇恨。

自古以來，獨裁統治，韜略詭計，暗鬥爭權，玩的都是同一式套路，而人性的弱點千載不滅，所以萬試萬靈。

土著加入之後，人丁翻倍，高舉西班牙旗幟的隊伍浩蕩出發。命運以蹂躪的腳步前進，他們越過了山嶽，穿過重重密林，嘗過炎熱的高溫，也挨過雷雨和冰雹，寒慄以殘暴的手段偷襲。他們指著粗糙的羊皮紙地圖認路，尋找古老棲息的靈魂，櫛風沐雨，草行露宿，在荒野遺下黃金夢。噩夢正在無聲地咆哮，他們把土著當奴役差使，搬挪物資和炮台，戰馬上的盔甲騎士叱罵，矛頭所向之處，莫有人敢違抗。

前進，前進，時間狂野地衝鋒，踏破馬蹄，又征服了兩大部落，兵隊終於來到了內陸的盆地，雲端的下方就是傳說的阿茲特克帝國。

一五一九年，十一月。

比起西班牙的冬天，這裡的冬天不冷。

眾人難免會思鄉，少壯離家，半年的跋涉，早已令他們身心交瘁。但終點在望，滿布血絲的眼睛又恢復了飢渴的慾望。

生也好，死也好，他們只想盡快作戰，然後瘋狂地搶掠，收集代表戰功的頭顱。

先鋒部隊曾到山上俯瞰帝國的首都，只見群山環抱的一塊盆地，竟然塞滿一座巨大的人工島城市。浩淼的湖泊中央，城殿和民宅就建在一座座島嶼上，水道和橋梁串接小島和湖岸，四通八達，網路交織，宛如一片漂浮的大陸，最外圍有三條又寬又長的堤道與外陸相連，環繞城都的大湖乃是渾然天成的護城河。

首都的名字是特諾奇提特蘭（Tenochtitlan）。

當科爾特斯帶著小隊進城勘察，穿過護城渠，一條筆直寬敞的堤道展開，像長橋一樣，橫跨一座座浮島平台，盡頭直達正中央的王宮廣場，遠遠可見金字塔形的建築物排列成方陣。

城都規模之大，人口之多，遠遠超過這班歐洲人去過的任何大城。沿途看見的神殿和石金字塔，雄奇壯觀，宏偉魔幻，簡直是巨人的傑作，鬼斧神工的石雕都是怪異的人臉圖案，只用石器就堆砌出空前絕後的文明。

阿茲特克帝國的強盛和繁榮，大大超出科爾特斯的想像和預料。城內歌舞昇平，一片太平盛世，通都大邑，比肩繼踵，民風樸素，毫無半點頹亡的徵象。此仗可有勝算？三十萬這數字可能眞的低估了，就是說有一百萬人口，也一點不覺誇張。

科爾特斯一干人隨著使者來到宮廷的方形廣場，遠遠就看見正殿前的人叢。國王蒙特蘇瑪二世佇立在床頂簾幕似的遮陽棚下，頂幕的四根柱子由四名侍從撐住。沿途所見的平民幾乎全都衣著簡陋，只穿著遮羞布和涼鞋，但眼前的國王和他周遭的男人，裝扮就千姿百變，寶石、玉塊、金銀飾品，還有羽毛、染料、獸皮及動物骷髏，華服的刺繡極盡精美，一看就曉得這些人是有頭有臉的權貴。

「臉上塗成紅、黑的是武士，塗藍色的是祭司……」

亞基拉神父擔當翻譯，向眾人解說。

國王是高個子，臉型長，膚色不算很黑，體態均勻，戴著鮮艷的羽製王冠，令他看來高了幾寸。他就是蒙特蘇瑪二世，沒有霸王的氣勢，卻有一雙清澈的眼睛，一看見這些滿臉鬍子的白人，竟然喜不自勝，紆尊降貴，捧著鮮花，主動上前相迎。科爾特斯不禁疑心起來，但還是與蒙特蘇瑪擁抱了一下。國王的喜色絲毫不像作假，他比手畫腳，向科爾特斯說了一串話。

「他說了甚麼？」

科爾特斯心急不已，催促傳話。

「他說……我們就是羽蛇神……他的祖先曾留下預言，羽蛇神會回來的，徵兆一一顯現，而我們的長相就和他祖先所說的一樣……」

亞基拉神父亦滿臉疑惑。

「羽蛇神？」

「就是他們最尊敬的神明。」

儘管科爾特斯還是摸不著頭腦，但這樣的友善正中下懷，蘭達等隨從都看得出來，他言笑晏晏，虛情假意，就是在取得國王的信任。

眾人邁入最高的正殿，氣象恢宏的大石塊構成了王宮，牆壁和柱子上的雕刻圖案都像蘊藏獸魂一樣。在宮廷裡，就算是個低三下四的僕役，也戴著金銀飾品，穿著色彩多樣的服裝，國王身邊的寵妃更是不消多說。

科爾特斯說了很多西班牙的事，蒙特蘇瑪聽得嘖嘖稱奇，並盼望兩國之間能建立和睦的邦交。

「你們由遠方來到這裡，一定很疲累吧？我已爲你們準備了地方，你們可以住在王宮裡。」

科爾特斯大感驚詫，卻不露聲色。

他叫亞基拉神父傳話，就說城外有三千多人，故意誇大了數目。

「哈哈，放心，王宮的地方夠大！」

科爾特斯鑒貌辨色，唯恐當中有詐，但見國王身邊的祭司皆露出微驚之態，便知國王的待客之道大有可能是眞心眞意。

蒙特蘇瑪問：「你們想要甚麼禮物？」

科爾特斯直截了當回答：「黃金！」

此話經由亞基拉神父之口傳譯，蒙特珠瑪聞言，不假思索，慷慨應允。

這個國王究竟是眞傻還是假傻？他竟然款待這一幫侵略者，將他們帶去王宮深處的藏寶庫。

當科爾特斯等人進入珍寶之間，就好像抵達了天堂一樣。數之不盡的金器、鑲滿寶石的飾品……金光閃閃，琳琅滿目，即使是西班牙的國庫，藏金量也萬萬及不上這裡。這幫白人瞪著驚喜的眼睛，不禁流露出一副副垂涎相，用手觸摸和捧起沉甸甸的金飾，方始盡信眼前夢幻的一切。

蒙特蘇瑪只想以和平的手段，來平息一場紛爭，或是一場戰爭。

他以爲一個人的臂彎有限，就算再貪心，拿得走的東西亦有限，極其量也只是個小數目。他卻錯了，大錯特錯，因爲人的貪慾是永無極限的。

他們要的是全部。

既然這裡已經有這麼多黃金，埋在地底的黃金也許更多。那一刻，科爾特斯就打定了主意，他要征服整片領土。他先是滿顏堆笑，恭敬下跪，感謝國王的賞賜，感謝國王允許露宿在野外的同伴住進宮廷。

六天後，科爾特斯果斷行動，逮著機會偷襲，亮劍幹掉了侍衛，劫持了毫無機心的國王。這隻送上門的大肥羊，不幸，實在太對不住自己了。

好心沒好報，似乎是可悲的宿命。

邪惡太了解善良，而善良的人不了解邪惡。

之後半年的光陰，蒙特蘇瑪受盡煎熬，他失去了權威，也失去了自由，稍微風吹草動，就會有長矛架在他的面前。冬去春來，宮殿一如往昔，只是不再由他作主。宮內那些卑鄙的白人准許他和妻妾行房，卻派人圍住屏風站崗，肆無忌憚地發出咯咯的嘲笑聲。有幾個妃嬪受到污辱和群凌，不堪地死去，是自殺，也是他殺。悲慟之情痛心入骨，國王終於覺醒了，不過爲時已晚，只能爲自己的懦弱、愚昧和天眞揹負罪孽。

城裡的民眾當然知道宮中的巨變，但科爾特斯挾持國王，他們也不敢輕舉妄動，無可奈何之下，只好繼續平常的生活。王宮裡，西班牙人只想帶著黃金離城，但未必過得了城外駐兵那一關，他們心知肚明，街巷戰不利騎兵和大炮。

僵局由十一月維持到六月，科爾特斯頭上多了不少白髮，蘭達陪伴在側，天天都感受到他的焦慮。

「坐困愁城這麼久，再下去也不是辦法。大伙兒開始沉不住氣，遲早會爆發。不如……」

無論蘭達說出甚麼意見，科爾特斯都聽不進耳裡。

「夠了！你說的，我豈會沒想過？我收到消息，他們的軍隊要攻進來了，很有可能就是這幾天。可惡！我才不會就此完蛋！」

科爾特斯咬牙切齒地說。

兩名士兵將蒙特蘇瑪押了進來。

這裡本來是國王的寢室，科爾特斯叫人將他反綁在椅子上，隨即急躁走近，狠狠摑了無力反抗的國王一巴掌。

國王的脖子轉回來，目光中是滿溢的恨意。

過去半年生不如死的生活，令蒙特蘇瑪性情大變，在抑鬱中領悟眞理——對心存惡念的人來說，良善不是一種美德，而是一種過失。

亞基拉神父也進來了，當蒙特蘇瑪看見他，就發出野獸般嘶吼的聲音，嘴裡叫著同樣的話。

「他在說甚麼？」

「殺了我！」

科爾特斯聽完神父的口譯，眉宇間展現不悅。

「你幫我跟他談判，立刻下令叫外面的軍隊撤退！否則，我就在他面前拽著他的兒女，一個一個地殺！」

神父猶豫片刻，最後還是幫忙傳話。蒙特蘇瑪聽了，發瘋般地向前撲起，努牙突嘴地對著科爾特斯，但就是掙不脫繩索，只弄得椅腳咯咯亂磕。兩名士兵舉起了火槍，神父卻立在中間，好言相勸道：「出去、出去……出去！科爾特斯先生，國王的情緒很激動，他說很討厭你，不想看見你……不如這樣吧，我建議你先出去外面，由我留在這裡跟他談……我會盡力說服他的。」

眼見科爾特斯皺著眉頭，顯然心存疑慮，但神父爲了使他安心，忙不迭補上一句道：「如果你不放心的話，可以叫蘭達先生留下來陪我。」

剛好有部下進來稟報，科爾特斯便有事離去。等到房間只剩下兩人，亞基拉神父突然半跪下來，用顫抖的雙手包住蘭達的掌心。蘭達大感愕然，他從神父的雙眼中看見了懇求的目光。

「蘭達先生，我剛剛撒了謊，我懇求你幫忙隱瞞，接下來看見的一切，請你不要告訴任何人……誰是虔誠的基督徒，誰是虛僞的基督徒，我都看得出來……」

蘭達未見過神父這樣子，當下心軟答應，並發了一個誓。

只見神父有備而來，從身上取出一個信封，那就是蘭達見過的密函。神父從中取出一張羊皮紙，拿到蒙特蘇瑪面前展示。蘭達瞥了一眼，只見紙上畫了一幀手繪圖，圖中之物像個方形的盒子，雖然畫工精細，但根本看不出是甚麼材質。除了圖畫，還有兩段密密麻麻的小字，對蘭達來說是難解的陌生語言。

神父連問了兩次道：「你見過這東西嗎？」

這一刻，蘭達恍然大悟，神父涉險遠赴異邦，原來就是爲了尋找此物。瑪芮娜的西班牙語愈來愈好，他不快點行動，機會就會轉瞬即逝。

蒙特蘇瑪情溢於表，露出驚訝的神色，這個眼神的答案很明顯。

神父大喜過望，急嚷道：「你知道！你見過這東西，對不對？」

兩人又嘰哩咕嚕，說了一些蘭達聽不懂的話。由於神父太過激動，所以忽視了蒙特蘇瑪眼中那抹狡猾的眼神。蒙特蘇瑪說要用筆寫字，神父亦不疑有詐，解開縛住他的繩子。蘭達在旁監視，有恃無恐，心想外面守衛森嚴，根本不可能逃得出去。

蒙特蘇瑪突然發難，推倒了神父，惡狠狠地瞪著蘭達，滿眼血絲快要綻破似的。

「嗆」的一聲，亮錚錚的長劍離鞘而出。

經過這一年的磨練，蘭達已是一名處變不驚的戰士，有信心可以擋下對方赤手空拳的突襲。

蒙特蘇瑪直衝過來。

蘭達持劍向前。

他萬萬沒想到，蒙特蘇瑪竟然視死如歸，用胸口對準劍尖，根本沒想過要停步，直撞上劍尖。

嚓！

劍尖透胸而過，目光隔著倏然凝止的軀體，越過輕抖的肩膀，可見沾著血絲的鋒芒。

終於，死了。

蒙特蘇瑪最後的表情是微笑。

他得償所願地死了。

25

沒有人按照當地的習俗，為國王舉辦喪禮，只有亞基拉神父為他禱告，然後由蘭達負責焚燒這具新鮮的遺體。

點火之前，神父將一根羽毛丟進土坑，那根藍綠相間的尾翎來自國王的頭飾。

「這是克沙爾鳥的羽毛。這種鳥生性剛烈，寧可死去，也不願被囚禁在籠裡。」

神父感慨地說。

「他死得很有尊嚴。」

儘管科爾特斯暴跳如雷，由於外頭局勢動盪不安，他沒有閒暇嚴懲蘭達和神父。要發生的還是會發生，過去數週，風聲鶴唳，貴族和祭司在王宮外增兵，伺機進攻。蒙特蘇瑪二世的死訊瞞得一時是一時，但到了六月的尾聲，紙包不住火——國王是被暴民用石頭扔死的，國王是跌死的，國王縱慾過度……訛傳的理由應有盡有，不管宮外民眾是否相信，他們眼中已有深深的怒火，打算大開殺戒，清算國王的血債。

雖然西班牙人佔領了王宮，無奈此地四面環湖，只宜防守，要逃出城外可不是易事。都城與外陸隔著湖泊，土人已拆走了跨湖堤道間的橋梁，動機不言而喻，就是要他們這群白人活活困死。

「今晚午夜，我們一出王宮，就衝向西面的堤道。蘭達先生，請你跟著我的部隊。」

阿瓦拉多轉傳軍令，撤退是意料中事，令人意外的是如此突然。

蘭達心想，科爾特斯這樣安排，無非是不想走漏風聲，軍中陸續出現了不滿他的怨言。蘭達分得到的黃金已夠他富貴快活一輩子，他現在只擔心昨天才匆匆趕製的木橋管不管用。都城連接外陸的堤道只有三條，每條都寬闊得可以橫排八匹馬，而土人拆走的是中段的橋梁。

那是個滂沱大雨的晚上，在狂風亂竄的雨簾下，這些搶掠者帶著戰利品，有的騎著戰馬，有的穿著盔甲，有的搬運木橋，有的推著有輪的大炮，分隊由王宮擁出。多虧了這場大雨，沖淡了腳步聲，他們根本不在乎全身濕透，但求悄悄離去，翌日當這些純樸的土人醒來，就會訝異他們消失得無影無蹤。

但他們錯了，即使是膽怯溫順的弱者，被欺壓得久了，被傷害了尊嚴，這些民眾都會起來反抗，在黑暗中變成不懼死的戰士。

號角響起。

「不行！巷裡有埋伏！」

號角的聲音穿透了雨簾，愈來愈嘹亮。

巷子裡的呼救聲卻愈來愈微弱。

很快，就有血水摻著雨水，在街道的石縫之間流溢。

以牙還牙，以眼還眼，黑曜石的箭矢在黑暗中疾飛，嚓嚓嚓數聲齊發，貫穿了異邦人的軀體。

一箭又一箭鋪天蓋地，士兵掩著傷口逃亡，已分不清暴雨中的身影是敵是友？眼前的路是活路還是絕路？

閃電交加之際，阿瓦拉多的部隊殺出一條血路，來到了堤道。

眾人搶前在堤道上行進。

「橋呢？」

當阿瓦拉多一馬當先來到堤道中段，才驚覺先前搭好的木橋已斷成數截，漂浮在湖面。他再細看，湖面一團團模糊的黑影，原來是自己人的屍體，少說也有二十多具，看來是負責守橋的同僚。

死神的號角在此時響起，埋伏在湖畔蔭下的土人划著獨木舟，向他們逼近夾攻；而堤道起點那頭，亦奔來一隊袒胸露膊的敵兵，個個殺氣騰騰，臉上的顏料溶化成更加凶神惡煞的圖騰。

無路可走！無計可施！

前方是斷路，後方滿是源源不絕的敵兵，呼吸聲愈來愈沉重，蘭達雙眼在雨水中幾乎睜不開。

除了死，還有其他選擇嗎？

就在千鈞一髮之際，阿瓦拉多突然下馬，放棄了繫在馬鞍上的珠寶和黃金，一邊脫下鎧甲，一邊衝向斷橋，乘勢跨躍到空中。這邊距離對面大約有半艘大船的長度，水流湍急，照理說要游過去並不可行，移動緩慢的上身很容易被箭矢射中。

但阿瓦拉多不是急得慌了，原來這一帶的水位比想像中要淺，夏天一直乾旱，直到當晚才下雨。阿瓦拉多目光敏銳，看見擱淺的浮屍，才發現了這件事，於是就有了一線生機。蘭達緊隨在後，一瞧見阿瓦拉多已走了半程，當下依樣畫葫蘆，拋掉行囊，跳到下面，踐踏著湖裡的屍體前進。靴子有時沉進水裡，水位有時漲到腰的高度，但蘭達還是做到了，成功抵達對面，攀上對面的堤道。

蘭達慶幸之際，一回頭，就看見後方的同伴由於不肯捨棄沉重的戰利品，所以拖泥帶水，腳步蹣跚，就被從後追上的土著用矛刺穿背部斃命。

阿瓦拉多和蘭達繼續逃命，一直逃，逃到叢林裡，發現了馬蹄印，一路追蹤，終於遇見了科爾特斯的先鋒部隊，總算暫時脫離險境。亞基拉神父也在部隊中，他首先過來向蘭達問好，而阿瓦拉多來不及整理狼狽相，就向科爾特斯報告軍情。

「中段出發的隊伍也死了大半，後來出發的隊伍豈不是死定了？」

阿瓦拉多不敢回答。

前路茫茫，損失大半兵力，科爾特斯遭此大敗，沉思間一言不發，呆望著眼前一株形狀魔幻的大樹，悲從中來，突然抱頭崩潰大哭。

「主啊！你爲甚麼不幫我！你爲甚麼要懲罰我？」

鴉叫的聲音難聽，科爾特斯的聲音更難聽。

冰冷雨水澆熄眾人鬥志，大家皆萌生退意，想起遙遠的故鄉和親人。蘭達亦感到心灰意懶，管他有多少黃金，沒命享受也是沒用。只見科爾特斯大哭一場後，抹走了眼淚，忽然仰頭高舉佩劍，向天立誓：「他們是魔鬼！他們是撒旦！我的戰友不會枉死的！我要替他們報復，血債血償！」

眾員在困境中抖擻精神，帶著殘餘的物資撤退，走向死氣沉沉的幽谷和荒野。徹夜急行之後，科爾特斯來到一片地形宜守的草坪，才安排這隊一千多人的哀兵紮營。幸虧阿茲特克人的軍隊不諳兵法，並無乘勝追擊，才讓西班牙的軍隊苟延殘喘。

再之後，有許多個夜晚，同一片營地上閃爍著連綿不斷的營火，猶如一條盤纏在山脈上的火蛇。科爾特斯再去請求援兵，可是番邦的首領皆已意興闌珊。蘭達一一看在眼內，嘴巴不說，心裡卻一清二楚，此仗的勝算近乎絕望。

如此耗了兩個多月，士氣低落，軍中開始有人造船，人人都想盡快離開這個鬼地方。

「運氣幫助膽大的人！就此回去，你們甘心嗎？」

科爾特斯死心不息。

只有傻子才會再聽他的命令。

人人都覺得科爾特斯完了，這一下回國，休提捲土重來，恐怕是永無立錐之地。有甚麼比一無所有更可憐？就是英名盡喪，終身活在恥辱之中。

眾人略有所聞，科爾特斯本來捲入權力鬥爭之中，曾淪為通緝犯，要不是他寫給西班牙國王的信充滿誘惑，才不會得到特赦呢！這個老大不是不回去，而是回不去了，才慫恿全員留下，跟他同生共死。但一個有頭腦的成年人，都不會跟著他陪葬。

大概由痛哭的那一晚開始，科爾特斯天天纏著神父，求神父開解，請神父賜福，然後每一晚這個彪形大漢都會雙膝跪地，低頭合手，閉著眼，叨叨絮絮……他是蘭達見過最虔誠的禱告者。

除非奇蹟出現，否則人人看不見勝算，都不願意再攻城。

科爾特斯搜索枯腸，想方設法，還是苦無任何良策。到了十月初，他在戰略會議中徹底失勢，不得不接受撤兵的決定。

這片營火持續了三個多月，終於要熄滅了。

夜空可見雙魚座的星群，翌日就要遠行，蘭達睡不著，坐在石頭上，和亞基拉神父在外面聊天，因爲離別而愁緒如麻。

「你眞的不走嗎？」

「我會留下。」

蘭達看得出來，神父心意已決。

他和神父已是莫逆之交，這一別可能分隔天涯。到了最後一刻，蘭達很想知道眞相，忍不住再問一遍，道：「你要找的……那到底是甚麼東西？」

神父苦笑了下，沉聲道：「很抱歉，我曾經在主面前發誓，不得向別人透露這個祕密。我時常在想，同伴都蒙難了，爲甚麼我還沒死？我知道，上主給我的使命就在這裡。」

「甚麼使命？」

「我眞的不能說。請饒了我吧！」

靜默了一會兒，神父不禁嘆息道：「我的使命太過艱鉅……我未必能夠完成。但我知道，就算我做不到，也一定會有人繼續我的遺志……上主會做出最好的安排。」

蘭達心裡壓著很多話，卻說不出來。

此時，科爾特斯出來了，他走過來，整個人失魂落魄，形容枯槁。他的目光都在神父身上，原來他抱著即將破滅的希望，請求神父再陪他禱告。神父不忍拒絕，便跟著他回去帳篷。

科爾特斯和蘭達的帳篷相鄰，蘭達總是看見映照在帳面上的影子，那就是科爾特斯禱告時的樣子——他歇斯底里地祈禱，他麻木不仁地祈禱，他絕望自欺地祈禱……不管他如何祈禱，都好像沒有用，沒有得到神的憐憫。

這晚的星空森羅萬象，彷彿串連了百世紀的時空。

蘭達不知自己有沒有睡著，迷迷糊糊地躺下，昏昏沉沉地醒來，天空微亮，天色有點詭異。蘭達經過科爾特斯的帳篷，窺見他仍保持同樣的姿勢，跪著，唸著，眼睛閉著，身子微微發抖，就像個面臨處決的死囚一樣。

完了，眞的完了。

蘭達一邊對著大樹撒尿，一邊看著漸漸變亮的樹林，百感交集，想了很多事情。

忽然間，突如其來的馬嘯聲掩過了清晨的鳥鳴，由遠方奔來了一匹戰馬，蘭達認得馬上的騎兵是偵察隊的隊長。

科爾特斯蓬頭垢面，由帳篷出來，快馬亦在他面前停下。

「城裡……城裡……爆發了瘟疫！死了很多人！」

這是科爾特斯一輩子聽過最棒的佳音。

他先是一臉驚愕，然後瞪大雙眼，揚眉奮髯。

眞的，是眞的……他一再確定之後，不禁大喜若狂，雙手掩面，雙膝跪地，仰望上蒼，熱淚盈眶地說：「禱告眞的有用……奇蹟……奇蹟！他們的神是假的！我們的上帝戰勝了！榮耀歸於上主！哈利路亞！哈利路亞！」

26

很多年——數百年——以後，世人依然留下記憶，在這片受過詛咒的土地上，曾經發生史上最爲慘烈、最爲殘酷的戰爭。

八月是不寒而慄的炎夏。

整片包圍都城的大湖染滿了血水，鮮豔奪目的紅色久久沒有褪去。

城市終於淪陷，長達一年的瘟疫，早已奪走大半數人命。有些病懨懨的男人不想等死，冒險渡湖出城，結果走不過山頭，就被全身盔甲的騎士追剿，死於迅雷不及掩耳的衝刺，肋骨爆碎，開膛破肚，腸子都流出來。

決戰日到了，一聲令下，數百名先鋒各持不同武器，聽著指揮，波瀾壯闊，個個血脈賁張，即將演出的曲目是阿茲特克人的受難曲、劊子手的讚美歌和生靈塗炭的交響樂。

幕簾徐徐拉開，聚光燈般的日光打在廣場上，這裡擠滿了絕望的民眾。無力箭雨落下，嘶叫戰馬登場，頭盔與銀甲錚錚鏦鏦，然後合奏的旋律一齊激揚，騎士和勇士們向前衝鋒，提著磨亮的刀劍在人肉堆裡瘋狂砍殺。

一劍刺出，一條人命……

一下槍聲，一縷怨魂……

他們積壓太久，終於殺紅了眼，像宰羊一樣宰人，逐街逐巷，挨家挨戶，老人、婦女、孩子……總之見人就殺，從母親手裡奪過嬰孩，直接將他的頭顱砸個稀巴爛，杜絕後代冤冤相報的復仇記。

他們本來是人，但今天他們變成披著人皮的野獸，從頭到尾都沾附著凝固的血塊。

由日出殺到黃昏，由日落殺到天明，直到手上的劍鈍了，他們才殺夠了。這是罪行嗎？當然不是，因爲他們所殺的是崇拜偶像的惡魔信徒。盛宴結束後，他們一起愉快地鼓掌，欣喜地唱著聖詩，內心洋溢著潔淨的成功感。

曾經輝煌的古城滅亡了。

這條街到處都是成堆的頭顱和手腳，大路上滿是折斷的箭鏃，連頭皮撕出來的頭髮散落各處，油漆一般的血跡染紅了牆壁，房子的屋頂沒了，家園化爲灰燼……往後很多年，城內的屍臭味依然吹之不散。

時間卒然換幕，同一條街道，四十年後有了嶄新的風貌。四周舊建築已被夷平，殘垣敗壁正好用來塡湖，昔日的屍骸彷彿都變成了磚塊，如今，重建新城，西班牙式的建築美輪美奐，林立在街道兩側。這個都市的舊稱是特諾奇提特蘭，現在，它的名字是新西班牙（Nueva España）。

街道鋪滿了凹凸不平的石子，有一座頂豎十字架的教堂，拱頂上有許多裝飾華麗的拱架及浮雕。時近黃昏，有個黑髮禿頂的男人穿過莊嚴大門，由教堂走出來。他身穿黑袍，十字架的墜子懸在胸前，閃著白銀的光輝。此人就是方濟會出身、隸屬羅馬天主教會的主教——狄亞哥．蘭達。

蘭達睜著黑眼圈，和身旁的僧侶說話：「四十年前，我父親是親征這裡的勇士之一。他回去西班牙後，開了一間往來新大陸的貿易公司，主運玉米、木薯、辣椒、菸草……我父親把財富捐給教堂，捐給國家，功高望重，受封爲貴族。我從小就經常聽他談到當年的奇蹟，全靠主的恩典，西班牙軍隊才能反敗爲勝，只憑數千人，戰勝信奉邪教的帝國！多麼奇妙啊！只有我們的神才是真正的神！我受了父親的影響，自小決志信主；成爲主教後，我就接受了使命，到異邦傳教……我來到父親踏過的土地，感受到他當時的心情。」

每當蘭達轉述父親的見證，都說得繪聲繪色，其他人聽了，無不深受感動，心中像有一團火在燒，煨熱他們的靈魂。

「蘭達神父，你來到新大陸多久？」

「我記得，我在一五四九年過來。今年是一五六一年，嘿，你算一算吧……」

「十二年呢！好久！」

三位年輕的僧侶驚嘆不已。

「我一直住在猶加敦地區的伊薩馬爾，那邊比這邊荒蕪多了！」

蘭達來到大城市也大開眼界，西班牙人將蓋房子的那一套，完完全全搬來這裡了。傳說中四面環湖的都市，現在四周都是平地。這裡的聖母像和歐洲的不同，還有個「瓜達露佩」的名字，外來的文化和本地的風俗揉合，水乳交融，不斷演進。好色的白人亦在這裡留下了子嗣，不是錯覺，街上所見，白人與黃種人的混血兒的確多了。

玻璃花窗外的街景變成一團漆黑。

入夜，蘭達用完晚餐，就一直逗留在教堂的法衣室。蘭達暫居期間，這間收藏聖器、餐具和雜物的法衣室就是他的寢室。年輕僧侶依照吩咐送來一桶鹿皮卷。在熒熒燭光前，蘭達瞇著眼，翻閱攤開的鹿皮卷。這些鹿皮卷就是土著祖先留下的古籍，全以瑪雅文書寫，猶如一個個怪臉圖像，蘊藏深不可測的祕密。

「蘭達神父，你都讀得懂嗎？」

「當然。」

蘭達懶得抬頭，正眼不瞧旁邊的僧侶。

聖職人員的生活很悠閒，但這位神父異於尋常，由早忙到晚，一股腦兒埋首在這些奇書怪卷之中，就是不知他在瞎忙甚麼。他們的主教特別叮嚀，要照應蘭達神父的要求，他要甚麼，就給他甚麼。但僧侶都覺得奇怪：「他大老遠來到這裡，就是爲了看書？」

整夜，接二連三的晚上，法衣室的燭光一直亮著。

蘭達的眼睛愈來愈差，他終於站了起來，雙腿卻因爲坐得太久，麻痺劇痛，要是一般人早就哇哇大叫，但他卻闔上眼忍耐，承受這種肉體上的痛楚。

當痛楚漸漸減緩，蘭達嘴角揚起了一絲微笑，但一想到整夜徒勞無功，又令他感到相當沮喪。

「十年……不，快十二年了，我自二十五歲離鄉背井，學習異族的文化和語言，已經過了十二個寒暑！這些年來，我耗盡心力鑽研，自問已經通透了這些瑪雅人的學問，比他們的祭司更懂他們的歷史……可是，我還是找不到那東西！爲甚麼？上帝啊！求求祢可憐我，指引我明確的路！」

蘭達記憶猶新，當天他在修道院接受傳召，而召見他的大人物竟然是教宗。

他始終回憶不起當初是怎麼走進梵蒂岡的大殿，他只記得不停提醒自己，這趟行程是這輩子最大的機密。他小時候看教堂的彩色花窗畫，就知道聖人的頭上有光環。他在教宗的頭上也看見這樣的光環，也許是錯覺。他糊裡糊塗地行禮，恐怕做了失禮的舉動，但教宗毫不在意，一臉和藹可親，談吐不疾不徐。當教宗用雙手緊握住自己的手，蘭達簡直無法置信，接觸的手心就像火燒過一樣，有一股熱流沿著臂彎傳到心坎裡。

教宗託付一件超乎蘭達理解的使命。

直到他讀完亞基拉神父留下的筆記，才明白了一切。

這是多麼大的榮耀，又是多麼艱鉅的使命！

蘭達繼承了神父的遺志，循著他昔日走過的路線，在新大陸尋找一個神祕的盒子。蘭達更走入瑪雅人的部落，幫這些土著治病，帶來歐洲最先進的文明，教他們西班牙語，宣揚偉大的福音……聽信的人有福了！對這些土著來說，蘭達簡直和神一樣。

傳教的使命略有小成，可是，尋物才是最大的使命，手上的線索少得可憐，到目前爲止，幾乎毫無進展。

盒子裡有甚麼？

哪怕是割斷舌頭，蘭達也要守住這個祕密。

「當我們第一次和國王見面，他把我們當成了羽蛇神……爲甚麼？莫非羽蛇神的外貌，和我們長得相像？難道……」

在亞基拉神父留下來的筆記裡，他曾推斷羽蛇神的身分，其可信度相當之高。蘭達接受了這一套說法，他在這裡找到的瑪雅古文獻，亦成了佐證。

羽蛇神是……

蘭達想到這裡，內心溢出了恨意，氣得咬牙切齒。

早生華髮，皺紋也不少，但他依然夙夜匪懈，以致形疲神困，外貌比遲暮的老人更加憔悴。

在新西班牙城的這一晚，有一隻飛蛾飛了進來，繞著燈盞盤旋。飛蛾很美，斑紋和美洲豹的豹紋一樣。蘭達盯著牠一會兒，然後掀大了窗縫，想把牠趕出去。有時有螻蟻爬過桌面，他也不會捏死。

不料飛蛾不肯離開，翩翩落在一本攤開的本子上。蘭達小心翼翼捧起了本子，伸出了窗縫外，輕輕抖了一下，飛蛾就在黑暗中展翅飛走。蘭達目光低垂，看了看手上的本子，才發覺是亞基拉神父的筆記，上面的字跡有點發霉。

映入眼簾的一頁，記述神父淪爲俘虜那八年的經歷，他的日子苦極了，曾經想過自行了斷，但在快要撐不下去的時候，睡夢中出現一個神聖的聲音……他確信是神的聲音。那聲音鼓勵他，叫他不要放棄，會有人來救他……結果他真的得救了，往後的事就和蘭達父親所說的不謀而合。

猶加敦半島——

這本筆記蘭達已翻閱不下百次，甚至因爲神父的隻字片語，連年來在猶加敦一帶搜索，重蹈故人的覆轍，結果仍是一樣，枉費心機，一無所獲。

多年前，猶加敦的土人暴亂，幸好總算是鎮壓下來。這一晚，蘭達偶然重讀筆記的那一頁，竟然受到了啓發，不停反覆推敲：「根據亞基拉神父的記述，如果蒙特蘇瑪二世眞的見過那盒子，那盒子爲甚麼不見了？一定是有人偷走了。我看，西班牙人眼中只有黃金，未必會搶那平平無奇的盒子……反而，同樣崇拜羽蛇神的人，才會知道那盒子的價值……一般民眾不識字，識字的只有祭司和貴族……」

由深夜到清晨，由早上到正午，蘭達睜著滿布血絲的眼睛，在亂中有序的書堆中摸索，終於找到了那一卷看過的鹿皮卷。

卷上的文字記載了某一年，猶加敦的使者來訪，然後王宮的寶庫失竊了。

至於失竊的是甚麼，則沒有寫清楚。

「猶加敦的祭司一定知情……這下好辦了。」

蘭達只不過把這個發現寫在密函裡，委託可靠的人送到梵蒂岡。

過了不久，他就收到西班牙王室的回信。

信上有一道諭旨，直接任命他爲猶加敦地區的大主教和最高行政官。

27

火刑柱上縛著一個人，他五短身材，看起來很骯髒可憐，但他曾是地位崇高的祭司。

蘭達單手托腮，坐在刑柱附近的審判台，向那兩個站在柴堆旁的男人點頭示意。

火炬引火後，枯枝柴堆熊熊燃起，畢畢剝剝地冒出煙來，火勢迅速向中間蔓延，如千百條小蛇般撲噬火刑柱上的男人，咬他的腿，啖他的破衣，吞沒他的血肉……整個人不久後就置身於一片火海，炙熱的蒸氣中只見一張痛苦扭曲的面龐。

在場的人都清楚地聽到淒厲的叫聲，那是發自靈魂深處的怒喊。

蘭達卻面無表情，側過頭，瞪著審判台前的老人。

老人本來膚色蠟黃，這時目睹同僚遭受火刑，面色倏地煞白，默然噙著淚，由喉頭深處發出深深的嘆息。老人頸上套著鐵環，雙手和雙腳上都有鐐銬，衣衫已襤褸不堪，露出的體膚亦有多處破皮和傷疤。

「這個法庭專爲執行上帝的意旨而立，在此地的公職人員皆是上帝在塵世的代表，本人榮任審判官，更是神聖教宗的代言人。此地乃由全能的上帝直接管轄……」

蘭達以流利的瑪雅語朗讀，那老人聽在耳裡，卻毫不理睬。蘭達唸完誓詞後，忽然繞過了審判台，來到老人身旁，在他的耳邊低語：「你崇拜邪魔，本來罪無可恕……我憐憫你，現在給你一個贖罪的機會。你當年出使特諾奇提特蘭偷回來的聖物……到底在哪裡？」

老人面露不屑之色，漠然道：「我不知道。」

蘭達忽然大聲恫嚇：「我會燒死你的兒女！還有你兒女的兒女！我有這個權力！」

老人神色駭然，喉頭裡發出奇怪的聲響，彷彿是動物垂死時的乾嚎。

火刑柱上的男人終於不支，頭顱癱軟地垂在胸前，生命恍若一根快要熄滅的蠟燭，在濃煙中熒熒發亮，最後隨著熱空氣飄向上空。

「你很快就可以嘗嘗歐洲最流行的死刑。我沒有歧視你的種族，宗教裁判所對待魔女、異教徒……都是判處火刑這種死法。你和他們都犯了一樣的罪，罪名就是沒有敬畏上主。」

蘭達的威脅沒用，只見老人不言不語，拖著蹣跚的腳步，緩緩走向另一根火刑柱，那裡就是他的葬身之所。

刑場外來了一輛馬車，下車的人是提督先生。他走入刑場，看著火刑柱上的老人，又看著蘭達，不禁皺起了眉頭。他跟蘭達打招呼之後，婉轉地說：「我收到風聲，有人向教廷告密，說你做得太過火……世道險惡，你還是收斂一下比較好。」

蘭達無懼地說：「我不怕。」

誰也不知他何來的自信——難道是他握著的權力？

提督先生曾聽人說過：「第一次殺人，會睡不著；第二次殺人，沒甚麼大不了；往後殺人，就會上癮了。」

看來這位大主教已經上癮了。

火刑柱上的老人突然大喊，喊出一句話，提督聽不懂，衛兵聽不懂，只有蘭達聽得懂。

「他在喊甚麼？」

「父啊！赦免他們，因爲他們所做的，他們不曉得……這廝在侮辱耶穌！」

原來老人引用了聖經的話，來揶揄蘭達的所作所爲。這番話奏效了，蘭達受到激怒，面色變得很難看，眼中湧現悻悻的殺意。

老人露出得勝的笑容，痛快地大罵：「你們這些人自以爲是神的使者，其實只是惡魔！你們不是人，你們只是惡魔！你們虛僞，假仁假義！地獄裡最可怕的地方，等著你們前往！哈哈！」

蘭達冷眼瞪著老人，突然向柴堆旁邊的衛兵下令：「放他下來。」

兩名衛兵還以爲聽錯了，有點錯愕。

「不能讓這個邪惡的人死得太快。」

蘭達博學多才，又是個經驗豐富的審判官，他知道怎麼做可以延長痛苦，怎麼做可以快速解決。他的藏書中有一本《酷刑手冊》，以前覺得有趣，現在覺得有用，綜合人類殘害人類的經驗，活用在褻瀆上帝的罪犯身上。譬如，用尾端纏著骨頭的皮鞭抽打，每一下砸擊，都會造成重創，直傷皮下的內臟。

異教徒的悲慘正可證明蘭達信奉的眞理。

那種洗清罪惡的感覺，簡直痛快淋漓。

蘭達愈是深入了解瑪雅人的經書，愈是覺得驚訝和恐懼。他們的曆法無比精確，根據歐洲權威大學的學者回函，竟比教會認可的格雷戈里公曆還要高明得多。而且瑪雅的祖先有很奇特的宇宙觀，竟然以爲太陽是一切星體的中心，而地球只是環繞它運行的一顆星球……簡直一派胡言！蘭達實在無法原諒，世上竟然有這種邪惡的知識，違背了上帝的《創世紀》。

瑪雅人會將俘獲的西班牙人祭祀，剜出活人的心臟送上祭壇。

他們根本不是人！

他們是魔鬼的化身，是撒旦的遺根！

「飛行馬車」的構造圖、切鑿和搬運巨大石塊的起重設備、完美的天文觀測台和望遠鏡……還有一些超越蘭達理解的知識。這些停留在石器時代的蠻族，怎會有這樣的智慧？後來，蘭達在歷史書上找到答案：都是羽蛇神教他們的。

蘭達愈是恐懼，就愈明白自己的責任和使命。

他燒燬了不堪入目的典籍，砸碎了無數神像和祭壇，逮捕了有能力讀寫古文的祭司，使這一切葬身於熊熊烈焰之中。

蘭達在日記上寫道：「我們搜查到大批書籍，記載的全是迷信的玩意和撒旦的謊言，我們乾脆放一把火把它們燒掉。」

有著近三千年歷史的瑪雅文明，就在火海中化爲灰燼。

無人責怪蘭達，因爲他的辯護振振有詞：「歷史是由勝利者書寫的，只要等老一代死光，下一代都會把我們當成恩人。」

不知由何時開始，蘭達總是睡不好，有了腰痛的毛病，更會作噩夢。老人在火刑柱上罵的話，至今仍在他的腦裡揮之不去，老人的鬼影亦在夢中出現，但這回輪到他站在柴堆外，看著蘭達被密不透風的大火吞噬。

老人死了，寧死不屈。

未幾，蘭達在傍晚醒來時，聽到了好消息——老人的兒子爲了活命，一五一十都說出來了。

搖晃不定的火光中，蘭達來到陰沉地牢，紅光掠影，照出了一張血痕斑駁的臉。他就是老人的兒子，頭上套著鐵罩，手臂和雙腳都與高背椅牢牢鍊在一起，身上散發出一陣令人掩鼻的尿糞味。

兒子說，他父親在受難前，曾交給他一卷鹿皮書，並囑咐一定要燒掉。但他沒有依言去做，反而留住了，數小時前供出了藏書地點，就由吏員取了過來。

蘭達瞇著眼讀完，全身興奮得不住顫抖，隨即讚道：「你做對了！感謝主！我代上帝赦免你所犯的罪……如果這是眞的話，我不但放過你，還會保證你一家人可以享福！」

原來森林中的金字塔暗藏祕道，通往中心的密室。

地圖標示了金字塔的位置。

星光突出，月影流離，蟲聲哀鳴。

蘭達心中焦急如焚，無法等到天亮，提著油燈，帶著一干隨從策馬趕行。一行人穿過茂密的樹林，在破曉前的晦暝時分，終於來到一片蓬蒿滿徑的荒冷之地，如石巨人般巍然屹立的金字塔就在眼前。

「奇琴伊察……卡斯蒂略金字塔……」

蘭達曉得，金字塔四面各有九十一階，頂部的神廟也算成一階，所以總共有三百六十五階；石階以外，金字塔總共有九層，九段層層疊上的梯層，與瑪雅人的宇宙觀相同。蘭達曾來過此地考察，卻萬萬想不到金字塔內有玄機。

眾人下馬，燃起火炬、油燈，跟著蘭達繞著金字塔的矩形基座打轉。眼前這麼一片密密匝匝的石壁，千絲萬縷的縫隙，眾人看得糊塗，唯獨蘭達理出頭緒，指著其中一條石階旁側的一面斜牆。

蘭達是正確的，一如他所料，有一堆砌牆的石塊不是嵌死的，合眾人之力可以搬開。

神祕的入口是個黑色的洞口。

大約正常人高度，每次只容一人通過。

蘭達帶著兩個人，闖進了狹窄的洞口，油燈的光驅不走全部黑暗，隱約可以看見一條一路往上的祕道，一級級平整的石階，很明顯經過人工開鑿。

「就是這條石階……通向金字塔的中心……」

蘭達在心中低喃。

他窮耗心血探究的眞相、教宗親口囑託的使命……那東西到底在不在裡面，一切答案，都會在祕道的盡頭揭曉。

蹬蹬，蹬蹬，蘭達摸著冰冷的石壁，走上黑漫漫的石階。他沒有一刻，他沉醉在狂喜之中，如果他成功了，甚有可能名垂千古，成爲宗教史上的偉人。他沒妄想受封爲聖人，也沒妄想要坐教宗的位子，但這一切皆有可能成眞……如果他是上帝選中的人。

咚咚，咚咚，蘭達撫著心口，整個胸口的血液都在翻騰。

不知道祕道有多深有多長，但這段步行的距離，蘭達覺得有半輩子那麼漫長。然後，他終於走到了最後一級石階，出口是一間較爲寬敞的祕室。

祕室正中央，有一尊半躺仰臥的人形雕像，雕像頭部向側瞧著蘭達。它的造型就像一張供桌，雕像後方的矩形門檻後面，好像俯伏著一頭紅色的猛獸，油燈光芒徐徐移向裡面，內室的石壁頓時泛起詭異的翠綠色。蘭達一看之下，才發現原來是一張紅色的豹形供桌，豹的背部就是平坦桌面，全身的斑點都是大顆的翡翠，一映照就發出異光。

石軀的中間有個放置祭品的地方。

一個銅盒就在豹形供桌上。

蘭達屏住了呼吸，血液湧向大腦，幾欲暈倒。他先支使兩個隨從出去，等到稍微冷靜下來，就將油燈伸向前面，一小步一小步走向簡陋的內室。他想起了潘朵拉打開盒子的神話，但他要做的事不是釋放邪惡，而是拯救人類的未來。

那是一只破爛的銅盒，表面只有簡單的鏤飾，正面有個生鏽的徽紋。

「天呀！和文獻描述的一樣，這就是……」

擱下油燈，誠心祈禱……

蘭達輕輕掀開了銅盒。

他整個人愣住了。

「怎會這樣！怎會的！」

盒子裡甚麼都沒有。

蘭達無法置信，忙不迭拿起了銅盒，放近油燈映照，甚至伸入手指，摸遍了盒內各角，還是甚麼都沒有，看不見任何實物。

盒內底部，只有一行鏤刻的文字：

יהושע

沒錯的了。

這一定是他要找的盒子，卻空無一物。

「爲甚麼！爲甚麼！爲甚麼！」

蘭達雙手抓臉，痛苦地跪了下來，地板明明冷冰冰的，卻彷彿有股無形之火在吞噬他的軀體。

他以神之名，誅滅了祭司，屠殺了異族，焚燬了古老的文獻……

這罪人直到死的一刻都沒有懺悔，也不知道自己做了多麼愚蠢的事……

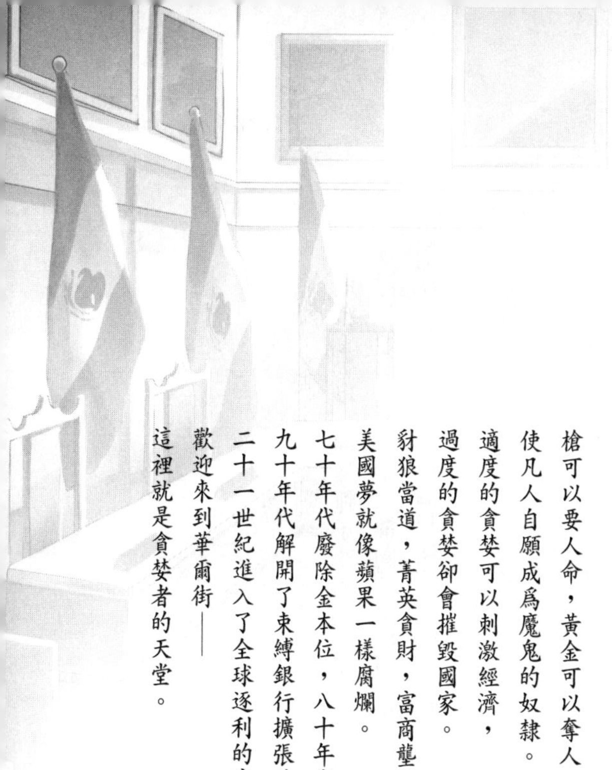

二〇〇〇年

槍可以要人命，黃金可以奪人心，
使凡人自願成爲魔鬼的奴隸。
適度的貪婪可以刺激經濟，
過度的貪婪卻會摧毀國家。
豺狼當道，菁英貪財，富商壟斷，
美國夢就像蘋果一樣腐爛。
七十年代廢除金本位，八十年代金融自由化，
九十年代解開了束縛銀行擴張的法案，
二十一世紀進入了全球逐利的瘋狂時代。
歡迎來到華爾街——
這裡就是貪婪者的天堂。

28

這次的夢，很久，很久……

鬧鐘響起時，晨光還沒完全滲透窗簾。

瑪雅感覺自己好像睡了好久，經歷了幾百年前的事，但現實裡的時間只過了五小時。單人床旁的淺棕色地毯上，有一本攤開朝下的書，書脊上有圖書館的索書號標籤。瑪雅惺忪間盯了一眼，心想都怪自己睡前讀了科爾特斯的傳記，所以才作了那樣的怪夢。

יהושע

瑪雅又在夢中看見了那五個神祕的字符。

隔了這麼多年，他本來已遺忘了此事，但這個早上又勾起沉澱的回憶。他現在已是成年人，有了方便的網路，要查出那是甚麼文字應該不難，但他可能很快就會忘記這件小事。

這是獨幢的二樓，瑪雅住在分租的套房。

窗框和樹頂在同一高度，偶爾會有一對松鼠在樹梢間跳來跳去。

這房間的布置就和瑪雅小時候作夢看過的一模一樣，格局方正，單人床，菱格條紋的朱紅色床單，窗框下是暖氣出風口。工作站式書桌是某連鎖居家用品店的陳列品，促銷折扣很高，瑪雅用螺絲起子組裝了一個晚上。牆上貼了兩張電影海報，一張是他很喜歡的電影，每半年更換一次，另一張就是當年由他當編劇的電影。

這部電影由大明星主演，票房相當理想，製片商找過史提芬好幾次，史提芬都只是支吾以對，總是說靈感未到。那次的創作絕對是一個奇蹟，瑪雅就像那種只有一部成名作的作家，一剎光輝之後沉寂，再也交不出新的劇本。不過，這部電影竟然入選二十世紀百大電影，瑪雅本人也感到不可思議，他亦成爲電影史上最神祕的劇作者。

這八年間，史提芬靠股票賺了不少錢。就單一事件而言，瑪雅的預知夢未必準確，但只要同樣的事物重複出現，關於未來的趨勢大致上八九不離十。史提芬掌握了這個竅門後，透過瑪雅的敘述，抽絲剝繭，知道個人電腦將會大行其道，視窗系統壟斷市場，於是他大手筆買入微軟等科技公司的股票，結果大賺了一筆。

可是，用這樣的方法投資，回報來得很慢，史提芬只能當是額外收入。而且，瑪雅能預見的未來，始終沒超過二〇一二年。不知爲甚麼，隨著瑪雅日漸長大，預知夢出現的次數反而愈來愈少，夢境變得像一片混沌的濁水。

史提芬曾想出這樣的解釋：「上了中學後，你的大腦接收大量知識，擾亂了你靈魂裡的信息系統。就像是……受到干擾的廣播頻道。說起來眞的很諷刺，當我們變得愈理性的同時，竟然反被理性的框架所限。」

換句話說，當一個人的頭腦成熟之後，就會接受現實的束縛，思想潛移默化，成爲世俗的一分子。童年時作過的夢，亦漸漸離我們遠去。

書桌最頂的一層是書架，夾層豎起五個相框。

由左手邊開始，第一個相框是他與媽媽、外婆的合照，當時的他是個青春期的少年。

第二個相框的照片攝於麥可．傑克森的演唱會，照片中人是瑪雅、安吉和史提芬……那是五年前的回憶，當天眞的很高興。其時，瑪雅已長得比安吉高，臉上是青澀的笑容。

旁側的相框鑲著瑪雅穿著球衣的照片，當時他在綠草如茵的足球場上盤球。不過，美國人最愛的四大運動，乃美式足球、籃球、棒球和冰上曲棍球。與中南美洲大相徑庭，足球在美國不算太受歡迎，遷到康乃狄克州之後，瑪雅找不到球友，已經很久沒踢足球了。

每隔四年到了世界盃的時候，望見插著小國旗的車子，西班牙、義大利……瑪雅就會猜想，車主是祖籍歐洲的移民，正如他自己，以前住宿舍時，也會在窗口掛上墨西哥的國旗。

第四個相框裡是瑪雅和中學同學的合照，攝於中學畢業舞會。來到美國東岸之前，他一直在西岸的舊金山唸書，入住寄宿學校。

還有……

最右邊的相框是瑪雅和安吉的合照，男的玉樹臨風，女的百媚千嬌，頭上是一片明澈的藍天。由於當天陽光充沛，拍出來的照片顏色鮮明，連寶藍色西裝和婚紗的線條都是亮灼灼的。

兩年前，瑪雅參加史提芬和安吉的婚禮。當天，安吉穿起婚紗的樣子很美，扯著瑪雅拍了很多合照，這就是其中一張。不明就裡的人看了這照片，都會誤會瑪雅和安吉是一對璧人，瑪雅曾爲此澄清了好幾次。

書桌上的手提電腦徹夜未關，螢幕的桌面背景是一幀虛幻的風景照，有綠色的小山丘及漫布藍天的白雲。

書桌旁擱著一個打開的小行李箱。

在剛剛結束的復活節假期，瑪雅回去了家鄉一趟，昨天才回來，還沒收拾好行李。瑪雅在老家的睡房找到了童年時的筆記本，覺得很有紀念價值，就順便帶了回來。因爲昨晚的夢，他一起床，撿起了筆記本來看，自自然然，就翻到寫著神祕字符的頁面。

全因爲十一歲時那個夢，他才會和史提芬相遇，繼而打開一扇扇命運之門……若當晚他沒有離開家門，現在就不會置身美國吧？

瑪雅一想起此事，就覺得好笑。

他瞥了電腦螢幕一眼，驚覺時間快到早上六時，趕緊到廁所洗臉刷牙，隨便刮鬍子，撥一撥剛好遮過耳朵的頭髮。他匆匆下樓，慢慢推開門，跨過了門前的小台階，沿著兩邊綠樹密布的街道奔跑。

清晨的冷風吹得樹葉索索，街道上都是土色的古老建築，蕭條寂靜的早上，店舖尚未營業，路人不多，有時只剩鳥兒陪伴在四周。

瑪雅穿著防風外套，肩掛橘色的螢光背心，拿著大掃帚，正是清道夫的標準打扮。瑪雅中學畢業後就開始了打工的生活，現在他負責掃走街上的垃圾，比起鏟走積雪，這樣的任務可輕鬆多了。

第一次看見雪的時候，瑪雅樂透了，他和安吉堆雪人、扔雪球……現在，他看見漫天飛雪，談不上厭倦，但總會懷念暖和的南方氣候。

雪融化了，樹梢長出新芽，稚嫩的小草也開始由土堆裡冒出來，這些都是春天到來的徵兆。

當地的人民質素很高，瑪雅很少會掃到狗大便，垃圾也不多，就是偶爾會有嘔吐物。這份工作的好處，就是夠孤獨，瑪雅可以有很多寧靜的時間，思考各種各樣的問題。正如今天，瑪雅就在思考自己的前途。

該回去墨西哥？還是留在美國？

美國是個文化大熔爐，但在這裡討生活也不容易。

這個國家的人都說，美國是個充滿機會的地方，人人都可以擁有屬於自己的美國夢。瑪雅的夢想是甚麼？他還沒有明確的目標，現在只是千篇一律重複一樣的動作，掃走地上的枯枝和落葉。

眼前出現一道長長的影子，影子的腳與皮鞋重疊。

他是個眉清目秀的年輕帥哥，白皙的膚色，深邃的眼窩，黑髮的劉海略微凌亂，兩側髮尾遮住了耳朵。

「尼爾，早安。」

瑪雅向這個熟悉的面孔打招呼。

「早安。瑪雅，有時我真的不明白，你幹嘛要做這種工作？」

尼爾有雙灰色的眼珠，如玻璃彈珠般透澈，他身上亦散發著貴家子弟的氣質，戴著灰色的圍巾，翻領條紋針織衫和直筒長褲都是名牌貨。

其實他和瑪雅一樣，都是墨西哥人。

「因爲這份工作的時薪眞的很高。」

「坦白說，你也長得滿帥的，只是比我遜色一點……你需要的話，我可以教你從女人身上賺錢的方法，只要有富婆包養你，保證時薪更高。」

瑪雅失笑一聲，揮拳打了尼爾一下，彼此相視而笑。

尼爾揚了揚手上厚重的教科書，提點一聲，道：「好了！代表耶魯大學來掃街的高材生，我們是時候回去大學上課了！」

29

耶魯大學位於康乃狄克州，距離紐約市約一個半小時車程，不僅是美國第三古老的常春藤名校，更是全球首屈一指的頂級學府，出了五名美國總統。

當初瑪雅貿然到美國升學，只是爲了陪伴安吉，一晃眼已邁向第十年。

美國的生活費昂貴，瑪雅不想花光媽媽的積蓄，升上大學後，都靠自己的勞力賺學費。一九九四年，墨西哥的貨幣嚴重貶値，市場瘋狂拋售，國家經濟近乎崩潰，幸好瑪雅提早叮囑媽媽將披索換成美金，才避過了那一次金融風暴。

天外有天，人外有人，瑪雅來到耶魯才大開眼界，周遭的同學都是最優秀的人才，有的甚至是萬中無一的天才。有人是某國總理的女兒，有人是某項國際大賽的全球冠軍，有人是紐約某大家族的後人……瑪雅的好朋友尼爾，在學術能力測驗SAT取得滿分，現正就讀耶魯最有名的法律系。

四年的大學生活轉眼已到第三年，春季的學期快將結束，瑪雅亦開始爲前程煩惱。儘管耶魯是一塊金漆招牌，他的工作經驗卻上不了履歷表，難道他要寫自己當過清道夫嗎？

除了早上的工作，瑪雅下午還會到咖啡店兼差。

這咖啡店位於校園一幢僻靜的校舍，鄰近訪客停車場，由於地點不太理想，老鬼學生也未必知道有這間咖啡店。瑪雅就是貪這裡客人少，工作輕鬆，甚至有閒暇讀書，只是他常常有股預感，這間店會在他畢業前倒閉。

今天，咖啡店來了一位特別的老人，雖然他穿著整套西裝，但瑪雅覺得他不是大學裡的教授。老人戴著眼鏡，有深邃專注的眼神，一邊咬著吸管，啜飲鋁罐裡的可樂，一邊細看鋪滿大半張桌的文件。左看看，右翻翻，都是一堆難以看懂的股票圖表，而那老人面前除了打開的手提電腦，還有三本筆記本，準備了至少四種顏色的筆。老人就像個下課後勤奮用功的學生，在整理資料，在解題。

咖啡店在地面一樓，雅座不多，高窗外綠樹成蔭，未到下午六時，天色已經灰沉沉的，有點像大學廁所裡提供的灰色擦手紙。

店裡只有老人一個客人。

老人露出放鬆的笑容，好像終於忙完了，吁出一口氣。接著，他從公事包拿出一個魚排漢堡，看起來已經冷卻，不怎麼好吃。

六時正就是打烊的時間，瑪雅開始清洗咖啡機，盯著收銀機旁的水果籃，忍不住拿起一顆蘋果，用清水洗滌了下，裹著餐巾紙，遞到老人面前。

「不好意思打擾……這是請你吃的。」

老人怔怔地抬頭，盯著瑪雅。

瑪雅竟向一個老人說教起來：「我看你吃的東西都很不健康，欠缺纖維素，就想請你吃蘋果。多吃蔬果，這是我給你的健康忠告。」

老人莞爾笑了笑，接過蘋果，藹然可親地說：「謝謝。哈哈，通常都是我給別人忠告，很少有人給我忠告。」

瑪雅帶歉意地說：「對不起，這裡六點打烊，不過這裡的門不上鎖，你想留多久都可以。」

「不要緊，我也完成了手頭的工作。」

老人收拾桌面的文件，瑪雅好奇地盯著，繼續攀談：「你是個很會買賣股票的投資人嗎？」

乍聞此言，老人露出有點詫然的表情，然後瞇著笑眼，點了點頭。

老人依然坐著，向站著的瑪雅問：「你也有買股票嗎？」

「唔……可以這麼說。我把股票當成一場遊戲。上個月我在股市賺了一筆錢，但全數捐出，只買了一盒巧克力獎勵自己。錢來得太容易的話，我怕會迷失自我……所以我發過誓，一定不能靠股票賺錢，自己的生活費要靠勞力換取。」

「上個月？你買了哪一檔股票？」

「由前年開始，我和朋友合夥買納斯達克綜合指數，賭它會升……然後在三月十日那天，全數賣出。」

老人發出「哦」的一聲，打量著瑪雅。

「你為甚麼要賣出？」

「因為……我認為科網公司都是泡沫。」

「你眞幸運，三月十日是納斯達克指數的歷史高點，五千一百三十二點。」

「對啊……我只是純粹幸運。」

瑪雅自覺太過得意忘形，暗裡提醒自己要懂得收斂。同時，他亦驚嘆老人對數字有驚人的記憶力，竟然記得那麼準確的數值。

老人眼珠兒骨碌碌地轉著，指著兩張併桌上的東西，有心要試驗瑪雅，出了一道考題，道：

「假設桌上的品牌都是不同的公司，你要投資的話，會選擇哪一間？」

這是一條奇怪至極的問題，弄得瑪雅一時不知如何回應。

桌上的東西有麥當勞的魚排漢堡，有可口可樂的鋁罐，手提電腦的品牌是IBM，此外還有諾基亞的手機。經老人一問，瑪雅才發覺品牌徽標可謂無處不在，滲透到每個人的生活裡。整張桌上只有蘋果沒有品牌徽標。

要是瑪雅沒有理解錯誤，老人是想聽一聽他對這幾間大企業的看法。瑪雅偏偏像個愛鬥氣的小孩，露出頑皮的眼神，指著桌上的蘋果，出其不意地說：「我選這個。蘋果。」

老人揚了揚眉，睜著眼問：「爲甚麼？」

「因爲它最便宜……哈哈，不好意思，其實我剛剛想到的，是一間叫蘋果的公司。」

「請繼續說。」

「賈伯斯先生是個眞正的天才。他回去蘋果之後，將會推出史上最成功的隨身聽，領導蘋果重生……」

「蘋果會推出隨身聽？這件事你怎會知道？」

瑪雅不小心說溜了嘴，頓時感到語塞。

這番分析根本不是分析，而是直接將未來的事說出來。雖然瑪雅上過股票技術分析的課，但在眞正的股市上，他只是個門外漢，連怎麼下單買股票都不會。

「我作夢的時候，曾經去過未來，所以知道未來發生的事。你就當我隨口亂說好了。哈哈。」

瑪雅的語氣只像是開玩笑。

世人都不會相信沒有科學根據的事，往往一笑置之，瑪雅就可以蒙混過去，就算之後說中了，別人都只會當成巧合。

老人的瞳孔裡閃出一絲獨特的光芒。

他沒有追問下去，只是舉起左手，露出老舊的金錶，看了看時間，笑咪咪地問：「你是不是下班了？可否帶我去一個地方？」

30

老人要去的地方是全校最大的演講會堂。

「你唸甚麼學系？」

「我主修經濟學。」

「快畢業了？」

「還有一年。我現在大學第三年。」

瑪雅和老人信步於校園時，其他學生紛紛投來奇異的目光。瑪雅初時不以爲意，漸漸地走到人多的地方後，四周的目光已強烈到無法迴避的程度。瑪雅知道即使自己裸奔，也不能成爲這麼多雙眼睛的焦點，眞相顯而易見，他終於意識到身旁老人是個非凡的人物。

當來到會堂入口，瑪雅聽到熱烈的掌聲，不由得大爲驚嘆——原來老人是今天的演講嘉賓，連校長都親自來迎接他。

宏偉的演講會堂高朋滿座，有些遲來的學生擠著靠邊站，難忘的傍晚，這裡彷彿變成了古希臘時期的論壇，老人以哲人之姿，在台上談吐風生，偶爾露出老頑童般的笑容。

今晚的演講極爲精彩，場內經常出現排山倒海的掌聲。

前面第一排，瑪雅靠牆站著。尼爾也來湊熱鬧，右手掛著大衣，站在瑪雅上一階的位置。尼爾剛進場時眞的感到意外，竟然在這裡碰見了瑪雅。當他聽了瑪雅敘述剛剛發生的事，更是拚命忍著笑。

「天呀！你竟然不認識巴先生？」

「我最近睡眠嚴重不足，眼睛有點瞎……我承認，我認人方面有點障礙。如果是女明星的話，我一定認得出來……」

瑪雅有眼不識泰山，認不出這位在金融界超有名的名人，鬧出了天大的笑話。

巴先生爲人低調，近年才不停在媒體亮相，媒體曾給他至高無上的讚譽：「本世紀最偉大的投資家」。

瑪雅羞愧得無地自容，想起對談時說過的傻話，面色一度漲紅。他向尼爾坦承自己的糗事，又喁喁唸道：「我竟然大言不慚，向他推薦股票……還問他是不是很會買股票……眞是糗死了。」

尼爾不禁失笑，讚道：「你這傢伙太妙了！」

雖然瑪雅如此無禮，巴先生演講完畢，下台時與他照面，還是不忘道謝：「要不是你，我又會迷路了。我眞的不知如何感謝你……」這番言辭令瑪雅受寵若驚，神情尷尬不已，光張著嘴，說不出話來。

尼爾從旁插話道：「他需要一份暑期工。巴先生，請你給他介紹一份暑期的實習工作。他這個人吃得了苦，不介意當清潔工……」

瑪雅暗暗吃了一驚，正想道歉之際，巴先生卻微笑著問：「可以給我你的電話號碼嗎？」

瑪雅徬徨無主，找不到紙，便將電話和姓名寫在口袋裡的餐巾紙上。雖然他好像做了一件很丟臉的事，好在動作俐落，成功將餐巾紙交到巴先生的手上。再遲上半秒，圍攏而上的學生就會將他擠出外面。

眼見索取簽名的人愈來愈多，巴先生分身不暇，瑪雅和尼爾便跟著往外的人潮，由其中一個出口離開。尼爾自覺促成了一件美事，摟著瑪雅的肩膀，討功勞道：「哈，你欠我一個人情，請我吃大餐吧！」

瑪雅不討厭金融業，但也沒有多大的興趣。他不抱任何期望，心想巴先生只是隨便問一問，到了第二天就會忘得一乾二淨。瑪雅只是個不起眼的人物，在大學裡是個無名之輩。他感激尼爾的好意，便掏出了皮夾，說要請這位好哥們到運動酒吧吃烤雞翅。

「你等我。我要上廁所。」

人有三急，尼爾走進了男廁。

瑪雅在外面等待時，目光晃來晃去，周圍人影紛紛攘攘，一件件色彩紛呈的衣物映入視野。瑪雅本來心神恍惚，突然間，似曾相識的神祕字符出現在眼前，灼爍雙目，令他身子倏地一震。

來不及多想，瑪雅大步追上前，叫停剛剛經過眼前的兩個男人。瑪雅上下打量，看他倆青澀的模樣，應該是比自己小的學弟，兩張面孔有點像中東地區的人種。

兩人惑然回過身，直瞪著瑪雅。

瑪雅顧不得唐突，指著其中一人棉衣上的圖案，激動地問：「請問你棉衣上的是甚麼文字？」

這一次看得清楚，瑪雅非常肯定，深藍色長袖棉衣上的文字，與他在夢中看過的五個神祕字符十分相像，很大可能系出同一種語言！

「希伯來文。」

「希伯來文？」

大學裡多的是菁英，也多的是怪人，那個身穿棉衣的男人不以爲奇，低頭看了一眼，不假思索就說出這個答案。瑪雅依稀記得，《舊約聖經》就是由希伯來文寫成，至於詳情就不曉得了。儘管如此，他得知夢中的神祕字符是希伯來文，已經是一大突破，相信再探究下去，就能解開這個困擾他已久的謎團。

瑪雅心急知道眞相，就拿出原子筆，在左臂上寫出夢中所見的神祕字符，向兩人問：「我曾經作過一個夢，在一片聖光中看見這五個希伯來文……這是甚麼意思？你們知道嗎？」

兩人面面相覷，然後穿棉衣的男人先問：「你是基督徒嗎？」

「是的。」

男人聞言後，露出不太友善的目光，向瑪雅道：「抱歉，我不想說。」

「爲甚麼不想說？」

「不想說就是不想說。」

兩人就像與瑪雅有甚麼芥蒂似的，充耳不聞，冷漠相待，頭也不回地往前直走，只留下滿臉疑惑的瑪雅。

「嗨！可以走啦！」

尼爾剛好由洗手間出來。

瑪雅不死心地問：「尼爾，你認不認識看得懂希伯來文的朋友？」

「我不曉得呢……或者，你可以問問神學院的學生。對了，你怎麼認識剛剛那兩個男人？」

「我只是隨便搭訕。你認識他倆嗎？」

「不算眞的認識。只是知道他倆是猶太人。」

「猶太人？」

瑪雅看著手臂上的字跡，可惜那年代還沒有無線上網，沒有智慧型手機，他無法即時上網搜尋答案。

不過，最大的難題是沒有手寫螢幕，他不知道如何輸入希伯來文。

31

這夜，瑪雅雙手插在大衣口袋，走過冷清的街道，在沒有燈光的小徑裡仰起頭，目光凌駕樹梢之上，看見了星空和銀河。

他喜歡獨思的時間。

「小時候，我嫌時間過得太慢，恨不得快點長大。當我回望過去，一眨眼，就已經過了二十年。時光其實像流水一樣快……如果我的人生只有三十多歲，已經過了一大半啦……」

纏綿多姿的綠樹之間，草坪上有條小徑，在這一排外牆相連的排屋中，其中一間就是瑪雅租住的公寓。瑪雅在大學的頭兩年，住在學院的宿舍，直到第三年才搬出來，同屋的兩名室友都是耶魯的大學生。

風清，月皎，在樹影映掩下，瑪雅忽然疑神疑鬼，豎起了耳朵。他未到二十一歲的合法買酒年齡，剛剛沒喝酒，意識依然相當清楚，突然冒出一種有人在盯著自己的感覺，可是舉目四盼，就是不見任何人影。自從童年遇過兩個黑衣人後，瑪雅心裡就有了陰影，落單時，總會特別提高警覺。

瑪雅走上門前的三級小石階。

門口壁燈照出黃澄澄的光，瑪雅拿出鑰匙的一刻，才有安心的感覺，忍不住打了個大呵欠。

客廳和飯廳的燈都沒亮，其他室友不是躲在房間，就是還沒回來。瑪雅一踏入昏暗的屋子，就猛然驚覺有人站在門口旁邊。

他一轉頭，瞥見正對自己太陽穴的槍口。

對方甚麼話也沒說，直接開槍了。

潑！

瑪雅嚇得彈跳起來，但躲不過槍口射出的水柱，濺得上身濕漉漉的。瑪雅按下電燈開關，生氣地瞧著燈光下的女人——

安吉正在大笑。

她的穿著相當時尚，低腰短裙，纖細的身段，模特兒般的長腿。一頭板栗色的頭髮垂在胸前，丰姿治麗，難怪有人說，哪怕是曾經很粗魯的女人，當她想談戀愛時，就會散發出誘人的魅力。

瑪雅捏起拳頭，作勢要打她，但還是揍不下手。安吉做了惡作劇，卻反過來責怪他，扠著腰抱怨道：「你這麼晚才回來，知不知道我等你很久啦？我可是大老遠由舊金山飛過來！」

瑪雅覺得她無理取鬧，哭笑不得地道：「妳沒通知我，我怎麼知道妳會突然來找我？」

「我想給你驚喜嘛！」

瑪雅聳了聳肩，一臉無奈，又問：「妳是怎麼進來的？」

「不告訴你。」

「一定是我的室友給妳開門……」

安吉吐了吐舌頭，默認即是承認。只是瑪雅還不知道，安吉哄騙了他的室友：「我是他的未婚妻。」她故意打扮得冶艷，就是希望鬧出一場緋聞風波，當兩名室友露出雙眼發亮的驚嘆表情，她就知道得逞了，沾沾自喜——房間又有瑪雅和她的甜蜜合照，這下就是用漂白水也洗不清了。

「妳會找到水槍……就是說……妳翻過我的東西？」

「我太無聊啦！誰教你不早一點回來！」

千萬不要跟女人講道理……

瑪雅懶得再追究下去，帶她過去公用的客廳，好好坐下來聊天。安吉熟知他胸襟寬宏，從來不記仇，所以自小常常作弄他。她可沒有看扁他的意思，反之，她相信他是個可以付託終身的男人。璞玉的光芒並非人人看得見，但她不僅看見他的光芒，而且比誰都更清楚，那股隱藏在溫柔背後的智慧和力量。

瑪雅由冰箱裡取出玻璃瓶，倒了兩杯米漿，一杯給她，一杯給自己。

安吉早就盤著腿，露出嬌嫩的腳丫兒，笑嘻嘻地坐在棕色的三人座沙發上。

「史提芬這個傢伙，聽你說過麥可．傑克森會英年早逝，現在就開始聯絡製衣廠，準備印製T恤……他想發死人財！」

瑪雅噗哧笑了出來，搖著頭問：「麥可．傑克森……不是他的偶像嗎？」

都怪瑪雅藏不住祕密，向史提芬透露了太多未來的事。瑪雅腦海浮現出一個畫面……每逢在電視上看見快要上天堂的明星，史提芬都會很期待。

瑪雅曾想過，要是寫信給麥可．傑克森，說不定可以改變未來……但這樣的一封信，別人很可能會當成恐嚇信。再者，他的預知夢未必成真，隨時都會弄巧成拙。成長過程中，瑪雅學會了人情世故，也學會了收斂之道，有些人畢竟不想知道未來，而他亦不想惹上一夕成名帶來的麻煩。

安吉嘴角露出笑意，繼續聊天：「史提芬最近很傷心，他開始禿頭了……他說中國現在開放了，他在想要不要當一隻海龜，回去中國發展……他還說，那邊表面是『一夫一妻制』，實際上只要有錢，就可以有很多個老婆，他們國家的傳統文化本來就是『一夫多妻制』。」

「哈，他這個人雖然好色和貪錢，心腸倒是不壞。」

「我知道啊！要不是他，我也不能來美國。」

「不過，當他的朋友就好了。他是個很好的朋友，卻是個很糟糕的情人。」

在美國當地，凡沒有居留身分，就不能找工作，一旦逾期居留，就有被驅逐出境之虞。無數人夢寐以求的綠卡，就是可以兌換居留證的金劵。安吉最初偷渡來美國，申請難民庇護，入學不成問題，可是到了成年之後，她要打工賺錢，又或者繼續在美國生活，就不得不領取一個合法身分。

眞多虧了史提芬夠朋友，願意和安吉「結婚」，幫她申請依親移民。這樣一來，她就可以一邊工作，一邊完成大學課程，還可以過境回去墨西哥探親。由於史提芬有繳稅，安吉以這樣的身分入學，亦能節省一筆鉅額學費，否則她負擔不起，一定放棄升學。現時，安吉寄宿在史提芬的老家，兩人雖有夫妻之名，並無夫妻之實，史提芬平時好色，對朋友卻是規規矩矩的。他這個人歪主意多，但始終很珍惜和瑪雅、安吉之間的友誼。

「妳現在上了大學，就要努力讀書啦！如果妳被當掉的話，我會看扁妳的。」

「哼！你別以爲自己很了不起！我沒你這麼聰明，十七歲就考上耶魯，但我就是夠美，長相的層次非你能比，追求我的富家子弟一大堆。」

「哈……妳爸爸最近怎樣啦？」

「他娶了老婆之後，整個人變得很積極。當初由於我，害他帶著弟妹跑到別的城鎮，卻全靠我，他才遠離損友，過起了全新的生活。」

瑪雅心想，人性眞是奇妙，一旦墮落可以無可救藥，但只要給他希望，整個人又可以洗心革面，活得有光采。

安吉呷了一口米漿，讚道：「這個很好喝呢！你在哪裡買的？」

「我自己做的。我在照顧媽媽時學會的。」

「眞厲害！伯母的情況還好吧？」

「手術很成功，切除了腫瘤，但之後還要接受藥物化療。」

阿隆娜不是缺錢，但瑪雅爲了減輕她的負擔，才身兼兩職，竭力賺足自己的學費和生活費。這一個月，瑪雅清瘦了不少，安吉看了就是心疼。瑪雅在母親住院期間，聽到關於自己身世的事，至今仍覺難以置信。他仍在猶豫要不要告訴安吉，對她，他總是沒有祕密，但現在好像不是時候。

安吉盯著桌上的數位座鐘，忽然坐正，十指扣起，催促著瑪雅，道：「十一點十一分！快許願！」

不知由何時開始，她有了這個莫名其妙的迷信，覺得「11」是個幸運的數字，每當出現這個時間，她都會誠心祈願。瑪雅起初不以為然，但久而久之受了她的影響，也有了一模一樣的習慣。

這一晚的十一點十一分，他默默許了個願：「希望媽媽盡快康復……雖然機會渺茫，請讓我找到父親……」

他的思緒，回到了在醫院陪伴阿隆娜的時空……

32

醫院內部的牆色有點老舊，但設施還過得去，至少瑪雅看得出來，某幾台是由美國引入的醫療儀器。自從墨西哥爆發金融危機後，政府削減公共開支，醫院要維持營運是件不容易的事。

瑪雅帶著盛滿米漿的保溫瓶來到母親所在的病房。他一連來了好幾天，病房護士都知道他是阿隆娜的兒子，甚至知道他是就讀於耶魯大學的單身男子。護士們私下在談論這個帥哥，要不是年紀有差距，她們之中的某幾個，早就爭相對他出手和拋媚眼。

一個冷顫傳遍瑪雅全身。

每次來到醫院，他都有種不舒服的感覺，當晚睡覺都會作一些怪夢。

坐輪椅是甚麼感覺？打點滴是甚麼感覺？

瑪雅並不清楚，因爲他從來沒住過醫院，所以無法體會病人的痛苦。他問過醫生：「你每天看著病人逝世，會不會很難過？」那醫生回答：「我每天看著病人死亡，也看著病人康復，和他們分享生命的喜悅。」這番話一直淡淡留在瑪雅心中。

那一天，正是阿隆娜動手術的前一天，瑪雅特地由美國回來，陪伴在床側。阿隆娜住的是雙人病房，但鄰床無人，整間房由她獨佔。瑪雅削蘋果的手法笨拙，阿隆娜看不過眼，就搶過水果刀，親自削出一條長長的果皮。

這是切除腫瘤的大手術，必然會有一定程度的風險。手術前夕，母子倆心情忐忑不安。阿隆娜說墨西哥市的空氣不好，有想過回去故鄉養病，那是一個叫馬康多的城鎮，雖然比墨西哥市落後一大截，但空氣好多了。

「這麼多年了，你也長得這麼高大，應該不怕了……」

「怕？怕甚麼？」

瑪雅臉上露出惑色。

阿隆娜一副欲言又止的模樣，猶豫不決地說：「沒甚麼……你就當我沒說過……」

瑪雅突然看透她的心思，便問：「妳想說的……莫非是關於我父親的事？」

看來這次是猜中了，阿隆娜不置可否，目光渙散，有所逃避地盯著窗外；隔了半晌，才直視著瑪雅說：「這件事我一直不敢告訴你，第一是怕你胡思亂想；第二是……說出來太令人難以置信……如果你想知道自己出生的經過，我願意告訴你……」

瑪雅過了青春期，知道男女之間的事，儘管已不像小時候那般執著，但他偶爾還是會想像生父是甚麼人。他照鏡子的時候，亦發現自己的五官比較深邃，有別於一般墨西哥人，很可能擁有混血兒的血統。

兩人必須結合，才能有下一代，瑪雅心裡明瞭，母親一定見過生父——就算母親真的做過荒淫的事，與很多男人發生關係，看了兒子的外貌特徵，也應該猜得出父親是誰。

只怕觸及阿隆娜的傷痕，瑪雅懂事以後就不再過問這方面的事。眼下可能是唯一解開自己身世之謎的機會，瑪雅沒有考慮太久，就向病床上的母親點頭，告訴她，他想知道自己的身世。

此時，窗外天空已拉開紫色夜幕。

病房裡只有兩人，氣氛很凝重。

瑪雅已有心理準備，就算自己的父親是個流浪漢，他也可以接受。可是，阿隆娜親述的眞相，竟然離奇到匪夷所思的地步，令他驚異萬分，卻又不得不信。

「年輕時，我也曾叛逆，離開了家人，到城市裡找工作……那是墨西哥經濟蓬勃的年代。但是，我當時過得很拮据，待了不久的公司倒閉了，漸漸花光儲蓄，快到繳不起房租的地步。我一個人在街道閒晃時，看見一張徵人啓事，那一刻，彷彿有個魔鬼的聲音在我耳邊慫恿，讓我受不住誘惑……」

「那是一則十分奇怪的徵人啓事，請人到某研究所參與實驗，只須一小時，報酬十分吸引人。我打電話查詢，接電話的人說尚未額滿，並跟我約好面談時間。我傻乎乎的，沒在怕，亦不擔心會遇上壞人，爲了突如其來的財運雀躍萬分……要是我沒上去的話，我的人生就會變得不一樣……人生哪！有些事就是命中註定。」

「研究所在一幢商業大廈裡，規模不是很大，但裡面的職員以白人居多，聽說是一間美國製藥廠的附屬機構，所以我很放心。除了我，還有其他參與實驗的人，等待室有四、五個人，我記得全都是女人。有人叫名，我走入房間，會面室裡坐著一個穿著白袍的男人。他態度親切，叫我在同意書上簽名，協助測試一款新藥。他向我保證，整個試藥實驗十分安全，絕對不會有後遺症，否則他們願意賠一幢洋房給我。不過，在試藥之前，他們要求抽取我的血液做檢驗，只有當我符合要求，才會進入試藥的階段。」

「當下他用熟練的手法，從我的上臂抽走一針筒的血。我後來看新聞，才知道有些壞醫院會與黑市串通，出賣病人的血液檔案，提供『四十八小時配對』的器官移植服務，真是人類最大的邪惡！我當時才二十出頭，沒想這麼多，就讓對方幫我抽血，現在回想真是愚蠢……沒過幾天，對方就打電話過來，通知我合格進入第二階段的實驗，說得我怦然心動，因爲酬金多了好幾倍！」

當瑪雅聽到這裡，愈來愈困惑，仍不知媽媽敘述的舊事究竟與自己的出生有何關係？難不成媽媽吃了藥，忽然之間就懷孕吧？但見媽媽一臉專注，理應沒有離題，他只好默不作聲，繼續聆聽。

「我再次去同一個地方，與上次不同的是，這次只有我一人。有個女士——她一頭金髮，年紀只比我大一點——吩咐我進去房間。那是間很乾淨的房間，豎起純白色的布簾屏風，中間有張單人座的青綠色小沙發椅。沙發椅的左側是個托手架……也可以說是連著椅身的木托盤，上面放了一杯水，還有一個小小迷你玻璃杯。」

「那女士手上拿著一塊寫字板，一邊幫我量血壓，一邊問起我的生活習慣。然後她指著托手架上的玻璃杯。我坐下來的那刻早就看見了，那只小杯底部有一顆紅色藥丸。」

「她對我說，吃完這顆藥，半個小時之後她會回來看我，再記錄我的血壓。我依言吞了藥丸，初時不覺異樣，一直盯著時鐘，好像受到催眠一樣，眼皮突然變得很沉重……然後，我就失去了知覺，不省人事……」

阿隆娜說到這裡，雙手用力捏拳，等到情緒平復了下來，才繼續說出當時的可怕經歷——

「昏睡時，我完全不知發生了甚麼事。我只知道，當我醒來的時候，已經躺在私立醫院的獨立病房。我覺得……身體……身體下面好痛，好像……好像有血流出來，又好像有火燒的感覺……」

瑪雅終於按捺不住，驚呼了出來，駭然問道：「所以……在妳昏迷的時候，有人……」

阿隆娜緊握瑪雅的手，又是歉疚，又是淒楚，眞情流露在一張蒼白的臉上。

「看來是的……我怕你受到傷害，所以才一直沒告訴你……希望你相信，我很感激上天將你賜給我，你一直都是我最疼愛的兒子……」

瑪雅回以一笑，衷心理解母親的苦衷，就算她是受害者，在世俗的眼光中，未婚懷孕是很不光彩的事。可想而知，這件不幸的事，一定成爲母親的心理陰影，難怪她亦避而不談。

「當我醒來後，大聲呼救，然後有護士進來。她安撫我，但無論我問甚麼，她都全不知情。過了一會兒，有個陌生男人走了進來，他穿著西裝，看來至少有四十歲，我很記得他有一雙很白的手，白得與膚色明顯不同，就像戴上了一對手套去曬太陽。他坐在床邊椅子上，我以爲他就是侵犯我的男人，便激動地瞪著他。」

「我沒記錯的話，他的名字叫卡斯帕。他非常誠懇地道歉，然後解釋一切，整個交談過程中，他的聲音非常嚴謹。他說：『我們之中有人犯了重大錯失……他偷偷換藥，趁女實驗對象昏迷時，對她們做了錯事，而妳是其中一個。妳可以告發我們，但我要代表公司向妳提出和解的條件。』他一說完，就打開不知哪來的手提箱，手提箱裡全是鈔票！」

「卡斯帕還告訴我，由於我正值排卵期，很有可能懷孕……由於侵犯我的人出身美國一個顯赫家族，他本身也是個很有名望的學者……所以，假如我眞的懷孕，對方願意負責，亦有意撫養出生的嬰兒，爲了隱瞞整件醜事，將會給我一筆鉅額賠償。賠償的金額我聽了之後，眞的吃了一驚——那是讓我立刻變成女富豪的鉅款！」

「在那間私立醫院住了半個月，就驗出我眞的懷孕了。年少的我無知，容易受到誘惑，因爲貪圖那筆財富，我就在協議書上簽了名。接著他們將我載到一所僻靜的別墅，要求我保密，在那裡待到嬰兒出生爲止。」

「我在別墅裡的生活，過得就像公主一樣，身邊總有專人侍候。只要等到嬰兒出生，我就會重獲自由，只用了九個月的時間，就賺到許多人一輩子也賺不到的財富……但是，我摸著一天天愈來愈大的肚子，感覺到體內的心跳，竟然深感後悔……我不想出賣我的孩子！」

「可是，那些人不准我反悔，以我已在協議書上簽名爲由，將我禁錮在別墅裡。我終於明白，這一切都是那個有錢人的計畫，他只是找我當孕母！卡斯帕每天都來當說客，但我每次都令他失望。」

「我以淚洗面，就在絕望之際，有一晚，來了一個我沒見過的男人，他很匆忙地拉起我，帶我逃出別墅，上了車……我至今仍不知道他爲甚麼要救我，他在車上叮囑我，嬰兒出生後，要虛報出生日期，千萬不能洩露關於我懷孕的經過……他給我一個皮包，又跟我說，雖然來不及拎走手提箱裡的鉅款，但皮包裡的錢夠我離開故鄉，到墨西哥城展開新的生活，在那種人口密集的大都會，我亦比較容易隱藏行蹤。」

「我趁著最後的機會，問他孩子的父親是甚麼人……他沉默了一會兒，只肯透露孩子的父親是個不得了的大人物，但他和妻子不孕，所以才找上我。他送我上了另一台車，那是早就安排好的計程車，他祝福我生出個健康的寶寶，就消失在我的視線裡，永遠消失……全靠他，我才逃得出來……他是我終生銘記的好人。」

接下來發生的事，就算阿隆娜不說，瑪雅也猜得出一二。難怪母親說不知道他的父親是誰……她眞的沒有說謊。

就這樣，她帶著年幼的瑪雅來到墨西哥城附近的小鎮，做起了小生意，獨自將他撫養成人。那些人也沒有再來打擾她，更大可能是根本找不到這對母子。瑪雅想起了小時候遇見的兩個壞人，覺得此事大有內情，卻又無法追查下去。

「所以，關於我父親的身分，可說是全無線索嗎？」

「是的。很抱歉。」

瑪雅沒有責怪阿隆娜的意思，但他悵然若失的模樣，令她看了很是難過。

「對了……我說過那個雙手很白的男人，卡斯帕，你記得嗎？這不知算不算是線索……他來探望我的時候，曾在沙發上留下一支鋼筆，我撿了起來……我猜筆上有他的指紋，所以一直把它當成證據，藏在我臥室的抽屜……」

在媽媽所說的抽屜裡，瑪雅找到了那支鋼筆。

鋼筆只是普通的鋼筆，頂蓋有個銅鑄的紀念章，形狀是一隻騎在頭盔上的雄鷹，那姿勢的模樣與墨西哥國旗上的圖案有點像。

雄鷹和頭盔——這是哪裡的徽章？

33

尼爾在圖書館碰見瑪雅時，笑嘻嘻地坐到他旁邊的空椅，用手肘撞了他一下，帶著幾分羨慕，低聲說話：「你這傢伙泡妞眞有一手！聽說你帶著火辣美女在校園裡到處炫耀。你不是忙得沒時間談戀愛嗎？」

瑪雅一聽，就知道尼爾說的是安吉。

他無奈地說：「我和她不是那種關係。」

坐在長桌對面的「鳥巢頭」是瑪雅的室友，忍不住插嘴點破瑪雅的隱私：「你和她睡在同一個房間！」

瑪雅漲紅了臉，竭力澄清道：「我和她由小學開始就是好朋友，自小就一起睡！她睡床，我睡地……」

可是尼爾和鳥巢頭一聽到「自小就一起睡」，就不禁假揍他一頓，後段的解釋沒聽進耳裡。和身材姣好的美女共處一室，甚麼也沒發生，這樣的事有違情理和生理，就算搬出「婚前不幹那回事」這樣的擋箭牌，也全然不管用了。

安吉的情意，瑪雅再遲鈍也不會毫無知覺。但他眞的看不見和安吉的未來，也從未看過二〇一二年以後的世界。他覺得自己可能是短命鬼，所以不敢貿然和她談戀愛，況且現在彼此分處異地，長距離的戀愛也難以維繫。

瑪雅轉頭使用手提電腦，瀏覽求職網頁。

尼爾一瞄見，便問：「怎麼了？你打工的咖啡店倒閉了啦？」當尼爾瞧見瑪雅沮喪的表情，就知道自己料事如神，這樣的遭遇已發生第三次了……誰教瑪雅總是愛到客人稀少的咖啡店打工，雖然有很多時間溫習，但那種咖啡店根本撐不下去。

「我需要錢！」

一聽見瑪雅的感言，鳥巢頭就將手提電腦的螢幕轉過來，興致勃勃地說：「瞧！這東西很酷！只要成功解讀這份手稿，就可以獲得耶魯大學的懸賞——十萬美金！」

瑪雅湊前去看，只見畫面中的書頁是一些奇特的圖文，文字怪不可言，井然有序，抄寫得一絲不苟，卻像一種複雜的祕文。單看插畫，還以爲是一本生物學相關繪本，畫了人體內臟，又有神奇的植物，甚至有星象圖和外星人一般的裸女。

「這份手稿目前在耶魯大學圖書館，由書商伏尼契在羅馬發現，所以名爲『伏尼契手稿』。有人推斷，作者是十三世紀英國方濟會的修士羅傑．培根，但沒有得到證實。由一九一二年發現手稿至今，尚未有人成功解讀手稿上的文字，語言學家試過，英美頂尖解碼專家試過，結果連一個字都破譯不了。」

「噢！我好像聽過『法櫃奇兵』這部電影，好像有提過這份手稿。」

瑪雅頗覺有趣，盯著螢幕仔細看了一會兒，心想耶魯大學將手稿放到網上，還開出高額懸賞，應該不是甚麼惡作劇或騙局。網上資料揭露，這份手稿符合語言的基本規律，以中世紀的技術，不太可能是騙子編造出來的假語言。

瑪雅看得累了，閉上眼睛，腦裡都是那些令人目眩的怪圖，恰似吸毒者在成仙時看見的異象。瑪雅不得不投降，自問憑何能耐，能解開難倒全球破譯專家和學者的神祕文字？他打消了賺獎金的念頭，再度埋首瀏覽求職網頁，卻在此時，褲袋裡的手機震動起來。

來電是個陌生的號碼，瑪雅跑到圖書館外。

「請問是華奎斯先生嗎？」

「我是。」

「我是代表金文的朱莉亞，請問你星期六早上十點有空嗎？我會來耶魯大學的就業輔導中心進行暑假實習的面試。」

金文？瑪雅寄出了幾封求職信，印象中沒這間公司。反正面試地點在大學校園，他也不問清楚，糊裡糊塗就答應了。

掛線後，瑪雅回去圖書館裡，談起這件事，問尼爾知不知道金文這間公司。

尼爾一臉錯愕地說：「天呀！金文是相當有名的投資銀行，你竟然不知道！你不認識這間公司，幹嘛亂投求職信？」

瑪雅懵然道：「我記得沒寄過求職信給金文。奇怪，對方叫得出我的名字。」

尼爾心念一動，便說：「一定是巴先生！他給你介紹暑期工。你這次發財了！」

又是一件命運的小事，改變了未來的人生。

瑪雅想不起說了哪句話令巴先生記得他這個微不足道的大學生。不管面試成不成功，他都打算寫一封感謝信給巴先生。瑪雅打開衣櫃，拿出唯一的一套西裝，打算穿著它來參加面試。

星期六早上，瑪雅準時來到就業輔導中心，金文的負責人是個金髮的中年女人，戴著斯文的眼鏡。

「很高興認識你，我叫朱莉亞。」

原來就是當天打電話給瑪雅的人。

朱莉亞沒有透露怎麼聯絡上瑪雅的，瑪雅也沒有多問，整個面試就在閒聊之中展開。瑪雅準備充分，朱莉亞問起金文的歷史，他都能對答如流。面試歷時半個鐘頭，想不到只是一份普通的暑期工，對方也這麼認真。

到了面試尾聲，朱莉亞竟問出一條怪到爆的考題：「你會怎麼用五塊餅和兩條魚，來滿足幾千人的食慾？」

瑪雅登時一愣。

五餅二魚？他早就聽過大公司的面試，有時會問一些奇特的難題，來試探應答者的急智。他聽過一些例子，譬如：塞滿一輛校車，需要多少顆高爾夫球？芝加哥有多少個鋼琴調音師？如何秤出你的頭有多重？諸如此類，思想呆板的人一定回答不了。

主耶穌用五餅二魚餵飽幾千人的神蹟，讀過「福音書」的人一定印象深刻。神蹟是當代科學解釋不了的事，瑪雅感到為難，差點就想反問：「那兩條魚是鯨魚嗎？」

亂答總比不答好，瑪雅尋思了一會兒，便說出一個天馬行空的賣餅計畫：「世上沒有免費的午餐。想吃餅，就要付錢。我首先會將餅賣給第一個願意付錢的人，當他開開心心地拆開包裝，正要吃餅時，就會發現那是塊壞餅，沾滿了大便……不，沾滿了細菌。他發覺上當了，一定會回來投訴，然後我會哄他，販售條款上寫明『開封後不退款』，他唯一能做的，就是將那塊壞餅轉售給別人，為了鼓勵他這麼做，我會說，如果他成功賣出，我就會給他一條魚作為獎賞……當然，這條魚是肥美的鮮魚，吃下肚不會拉肚子。」

朱莉亞忍住笑，顯然被逗樂了。

瑪雅更加放肆地說下去：「第一個買餅的人覺得有利可圖，就會幫我把餅推銷給別人——即是下一個受害者。對了！那塊餅包裝精美，由外表看不出是壞餅，但一打開，就會發出臭襪的氣味，很明顯吃一口就會猝死……第二個買餅的人也一定會回來找碴，賣餅的人就會有樣學樣，叫他找替死鬼，亦會承諾給他一條魚當作獎賞……實際上那條魚還未到手，只是一條口頭上的魚，用來引人上鉤。」

簡單來說，就是一個連鎖推銷的騙局。

「第三個、第四個……就這樣一個傳一個，那塊餅陸續經過這麼多人的手，沾滿了更多細菌，人人一看見就會反胃，立刻失去食慾，連昨晚吃的東西都吐出來……妳的題目是要求我滿足他們的食慾吧？就是這樣了。」

「可是，到了最後，總有人會發現啊！」

「妳以爲我會那麼笨，留在原地等著挨揍嗎？我當然早就帶錢溜跑啦！」

朱莉亞笑開了，就是不知這樣的答案能否滿足她的期望。這樣的面試也不會有即時結果，她感謝瑪雅一聲之後，兩人握手作別。

金文是投資銀行界的巨擘，只要暑期實習的表現理想，就等於一隻腳跨進了這間知名企業的門檻。瑪雅後來才知道，即使是暑期實習的工作，由於金文這個招牌，各大學的菁英人才都爭個你死我活，五十個應徵者中，通常只有一個幸運兒，成功率微乎其微。

瑪雅不敢抱太大期望，但他自小到大都有出人意表的好運。

隔天，他收到一則語音留言。

留言是個女聲，道賀般的語氣：「恭喜你通過了第一關。歡迎來到華爾街，參加我們下一輪的面試……」

34

地下列車駛過了黑漆漆的隧道，彷彿切換到另一個時空。

地鐵車廂裡飄浮著異味，座椅上都有怪漬。

瑪雅站著，瞧著車窗倒影裡的自己，西裝襯衫和長褲，與平日上班的衣著差不多，唯一的不同是沒有繫領帶。瑪雅解開了領口的鈕釦，好像鬆了口氣，由踏足華爾街的第一步開始，已經過了一年多，衣櫃裡多添了幾套新西裝。瑪雅直到現在仍難以置信，畢業之後竟然進入金融業。

現在是九月，他是在剛剛結束的夏天畢業的，學生時代無憂無慮的生活，感覺已經是很遙遠之前的時光。

瑪雅看著車窗的倒影，彷彿看見去年的自己，帶著一張青澀的稚臉，進入金文的交易廳實習。最初時，他連避險基金是甚麼都說不準，在每週的評核會議上出過醜，丟臉得無地自容。他不服氣，學得快，憑著一股傻勁苦讀惡補，也不介意當買餐的跑腿，終於在暑期實習的後半段，做出令人刮目相看的表現。

每個實習生都來自常春藤名校，但只有瑪雅能指出科網泡沫的爆破，結果他獲得推薦，成爲金文正式錄取的員工。

紐約華爾街的金融才俊，這是多麼令人羨慕的金飯碗！瑪雅一下子變成潛力極高的單身漢，但他依然單身，沒有談戀愛的打算。

由耶魯到華爾街只一個半小時的車程，但與純樸的鄉鎮風光相比，這裡好像屬於另一個世界，非常繁榮，無時無刻都有魔鬼的試探。在全國物價最高的大都會，錢賺得快，蒸發的速度也快。

在曼哈頓下城的公寓，瑪雅分租了其中一間套房，站在公寓客廳的露台上，四周高樓與以前在電影裡看過的一樣，鋪天蓋地，遮雲蔽日，玻璃幕牆與灰壁紅磚掩映生姿，街道上的黃色計程車擠得水泄不通。

瑪雅恰巧翻開《小王子》，讀到書中一段：「地球並不是一顆普通的行星。地球上有一百一十一位國王，七千位地理學家，九十萬實業家，七百五十萬酒鬼，三億一千一百萬愛慕虛榮的人……」

安吉得知瑪雅在紐約租了公寓，就嚷著要來玩。她比瑪雅遲了兩年入大學，仍然是個窮學生，花不起太多旅費，因爲撿到便宜機票，高興得要命。她趁著還沒開學，來到紐約找瑪雅，送他一個玻璃花瓶當作新居禮物，又幫忙到超市買了玫瑰和蘋果。

「我考一考你，紐約爲甚麼有『大蘋果』的別稱？」

安吉提出有趣的問題，但瑪雅只是敷衍應對。他埋首在眼前的模擬試題，準備明天的證券業執照考試。通過考試，他才能在華爾街執業，買賣證券和股票。

雖然安吉特地由舊金山過來，但來得不是時候，瑪雅必須硬嗑兩本電話簿那麼厚的教材，臨時抱佛腳，實在抽不出太多時間陪她。

這天早上，瑪雅送完安吉去機場，就回到市中心參加考試。他的視線離開了地鐵車窗的倒影，回到單手握住的筆記上。當他頭腦小歇時，想起了安吉生氣的樣子，就是不知她惱火的原因。

「昨天是她的生日，雖然我沒空陪她逛街，但我有好好請她吃晚餐……吃完晚餐，她就擺臭臉，爲甚麼呢？好在我上星期到芝加哥出差，想起了她的生日，買了手錶當禮物，否則她一定和我絕交……」

瑪雅是個感情遲鈍的傢伙，怎麼想也想不到，原來是昨晚的一段對答惹禍——

「今年生日，我送給自己一份生日禮物，你猜是甚麼？」

「饒了我吧……我猜不出來。」

「一套性感的內衣。」

「那很好啊。」

其時，瑪雅根本心不在焉，只專注在手上的筆記。雖然安吉只是隨便說笑，但看了他這副敷衍的模樣，心裡就是無名火起……她等了他這麼多年，這個笨蛋還是毫無表示！整個晚上，她對他不理不睬，不再撒嬌賣俏，免得自討沒趣。

「死定了……」

瑪雅很有考試運，但這次眞的信心不大，昨晚徹夜沒睡，做了兩次模擬考，測出來的成績都與合格分數有一段距離。他已經喝了兩杯濃縮咖啡，還是覺得很睏，忍不住打了個大呵欠。就在此時，手機震了震，響起短暫的一聲。

瑪雅拿出手機，黑白色的螢幕上，顯示安吉傳過來的短訊：「今天是十一號，『11』是幸運數字，你一定會合格的！十一點十一分的時候，我會幫你許願！」

看來她終於消氣了……這麼多年來，她仍然不改這個奇怪的迷信，瑪雅微微一笑，覺得她眞可愛。

他依然想不透：「爲甚麼看不見和她的未來？」

出了地鐵站，上方是水泥叢林般的摩天大樓，閃耀著金黃色的晨光，背後是絡繹不絕的車輛；過了馬路，再穿過旋轉玻璃門，樓上就是考試中心。

瑪雅走入電梯，十七樓的按鍵已亮燈，電梯內多數是年輕的面孔，這個時間上去，又露出緊張的神色，想必都是參加考試的金融業新兵。

果然，一到十七樓，幾乎全部人都擁出電梯，瑪雅不再看筆記，站近等候區的落地窗，一覽延伸到曼哈頓下城的風景。晨曦灼灼，照得一棟棟商業大樓閃閃發亮，其中最高的兩棟大樓就是臨河的世貿中心。

不安的感覺愈來愈強烈。

考試時間到了，瑪雅坐在密閉試場，對著電腦做了幾題便覺得頭痛，再做幾題又肚痛起來，非常難受。今天從早上醒來，他就很不舒服，在這人生的抉擇點上，他在心裡下了決定：「寧可考砸了，也不可在眾人面前拉肚子！金融業的圈子很小，這種天大的糗事傳到公司，我一定被炒……」

瑪雅簽名登記去洗手間，儘管合格希望渺茫，心中還是著緊，匆匆解決後，一邊繫好皮帶，一邊走出來。

「如果紐約市突然停電就好了，考試可以中止……」

連這種不切實際的想法都冒出來了，瑪雅感到相當可笑。

回去試場期間，他瞥了前方的落地窗一眼。

落地窗猶如電影院的大螢幕，映出超現實場景。

晴空下，一架民航客機急墜，呈大幅度傾斜，直撞向世貿中心右棟的摩天大樓，彷彿在寂靜中爆出轟隆巨響，窗戶和外牆破裂，撞出了一個巨大的洞。

瑪雅驚呆了，無法相信自己的眼睛。

遠處大樓一直冒出濃煙，熊熊狂焰上燃，污染了晴空。

當天是二〇〇一年，九月十一日，八時四十六分。

瑪雅在惶恐中想起——這個時間，安吉搭乘的飛機已經起飛，她有性命危險。

35

世貿中心素有「雙子塔」之稱，本來是紐約市最高的兩棟摩天大樓。

恐怖分子成功利用安全檢查的漏洞，將小刀和胡椒噴霧帶上了飛機，事發之後，世界各地的機場才加強規管，連一瓶水也不能帶過檢查關卡。

四架飛機遭到劫機，在九月十一日的早晨，分別撞向不同目標建築，機上乘客全數罹難。其中最成功的襲擊，便是大型客機撞向了世貿中心北塔，接著，九時三分，另一班機轟然撞向南塔，燃起了仇恨之火。燃油釋放出千噸炸藥等級的能量，高壓氣體劇烈膨脹，火焰熔化鋼材，轟鳴爆燃，兩座塔樓相繼倒塌，上層樓層砸向下方樓層，瞬息間粉碎，灰飛煙滅。

兩千多人來不及逃難，有人困在上層，不想被濃煙嗆死，就攀窗跳了出去，電視台拍得他們由萬丈高空墜下的畫面，殘酷得令人慘不忍睹，緊急求救熱線亦錄下了死者的遺言和絕望的啜泣聲。

世貿中心南塔在一瞬間崩坍！

灰塵暴起，死傷枕藉，屍首碎到難以辨認。

塌樓發生的一刻，瑪雅站在街道上，可以看見大半棟世貿中心，與那邊只相隔四個街區，感受到爆炸時吹來的熱風。一眨眼間，灰塵迅速掩至，路人甚至看不到一英寸前面的人臉。瑪雅親歷其境，才想起了兒時作過的夢，正因這樣的災難太像科幻電影場面，他一直只當成是妄想的夢，從來沒有當眞。

「安吉會不會在死亡班機上？不會的……」

瑪雅急得頭昏腦脹，雙腿又抖又軟，沒有跟著疏散的人潮，伸手扶著店面的櫥窗。他盯著自己的倒影，抓著頭，絞盡腦汁，竭力回想兒時作過的夢：「我記得……不止兩架飛機墜毀……總共有四架飛機遇劫，機上乘客無一生還……」

可惜安吉已經關機，電話打不通。換句話說，她很有可能已在飛機上，就看她是否幸運坐上安全的航班。

依照航空公司的應變方案，假如遇上劫機，機長和機艙人員都要配合劫機犯的要求。以往這種做法的確成功拯救許多人命，可是，如果遇上喪心病狂的恐怖分子，一心發動自殺式襲擊，這套就完全不管用了。

發生這樣的事，紐約市進入緊急狀態，鳴笛聲響徹四面八方，華爾街的金融市場也停市了。瑪雅從來沒有過如此焦心擔憂，也未曾如此失措和無助，偏偏又甚麼都做不了……光是憂急交煎，不如趕去機場那邊看一看。

路上，他胡思亂想：「不會的、不會的……我沒有看見和安吉的未來，難道不是因爲我早逝，而是她遭遇不測？天父啊！求求你，不要折磨我！」

在這節骨眼上，他的預知能力毫無用處，無法阻止一連串悲劇。生離死別，才令他意識到，安吉在他心中佔著多麼重要的位置。

瑪雅來到紐華克國際機場，這裡就是安吉出發之處。恐怖襲擊後，幾乎所有航班停飛，機場內一片混亂，人來人往都是黯然神傷的苦臉，滯留的旅客一同盯著電視螢幕播出的新聞畫面。

灰色濃煙密布曼哈頓下城的上空，如蕈狀雲般擴散，怨魂隨著膨脹的濃煙裊裊上升，兩棟高入雲霄的大樓相繼崩坍，剩下一片亂葬崗。這樣的畫面不停在電視上重播，政府還未判定肇禍原因，但很有可能是恐怖襲擊。

時間是十一點十一分。

瑪雅在心裡許願：「安吉平安、平安、平安……」

航空公司的櫃檯前擠得水洩不通，瑪雅沒找到鑽進去的空隙。機場內出現群情激憤的呼聲，瑪雅好奇之下，先過去掛著電視機的地方，怔怔立定，和群眾一同注視畫面。

突發新聞的主播強作鎮靜，報導又有兩架飛機受到劫持，一架撞向五角大廈，亦即國防部的重地。

另一架由紐華克國際機場飛往舊金山的飛機，亦已被證實於賓夕法尼亞州墜毀。

聯合航空93號航班，就是安吉登上的航班。

此新聞一播出，立時有人情緒崩潰，當場號啕大哭，連高大的男人都落淚，和身邊人一起抱頭痛哭。

瑪雅惘然若失，呆立原地，支撐心靈的柱子好像折斷成兩截，整個人墜向無底深淵。

他一度懷疑這是噩夢，一旦醒來就會結束。可是，他在反光柱面上，看見鏡像中的面容，就知道這不是夢，而是殘酷的現實。

儘管搜救隊已經出動，人人都知道飛機由雲霄直墜地面，除非有奇蹟發生，否則生存的機會微乎其微。

憤恨和悲慟交織，瑪雅感到靈魂在一剎那砸碎，變成一塊塊碎片，映現不同的時空，回憶中的安吉很愛笑，不同的年紀，不同的面貌，老是黏在他的身邊。那年冬天一起堆過的雪人，那年夏天在沙上踩踏的腳印，單車輾過了滿地的秋楓，每年生日的燭光，還有無數的笑聲，陣風吹散了落霞，並肩看過最美的日落……

時空交錯，花開花落，他對她沒有歪念，她默默等待，愛情總是擦肩而過，總是一年又一年地凋落……他看不見和她的未來，卻沒想過，相愛就是珍惜現在，哪管天塌下來，哪怕苦澀的結果。

如果上天再給他一次機會……

時間好像凍結了一樣，瑪雅眼眶泛紅，發呆了不知有多久，正要轉身走向廁所，竟在女廁外遇見那張千思萬想的臉——廁所門口是情人分開的地方，也是兩人重逢的地方。

安吉？

瑪雅還以爲自己在作夢，摑了自己一巴掌。

安吉也愕然，很快就想到是怎麼回事，曉得他這麼著緊自己，內心非常高興。

她一開口，先交代電話不通的原因：「我的手機沒電了。」

「爲甚麼……」

「我本來還想怪你，送我一只慢了一小時的錶，害我看錯時間，錯過了飛機……眞是超級好運！你又救了我一命，我眞想給你一個吻！」

這只錶是瑪雅在芝加哥出差時買的，當地與紐約有一小時的時差，送禮前忘了調校，沒想到因傻得福。雖然是誤打誤撞，他這次也算是間接救了安吉一命。

瑪雅如釋重負，跟她賭氣道：「妳自己在機場，不會看時間啊？」

「我就是太過相信你啊！信白痴會得救！」

未待她說完，他已緊緊摟抱著她，把手輕輕伸入她的秀髮之中。

外面是恍如末日的景象，世界翻天覆地巨變，而這裡有兩個人的心跳融合在一起，也許只有上帝才可以將這對男女拆開。

36

九一一之後，股市大跌，人心惶惶。

恐怖分子成功在美國煽起了恐慌，人人仍在震驚之中，甚至連電視都不敢打開。由於瑪雅租住的公寓在封鎖範圍內，暫時無法回去，但他才煩惱了半天，就接到公司倫敦分部打來的長途電話。原來金文已包下某大酒店的房間，提供受影響的員工住宿。

事隔兩週，瑪雅再次送安吉去機場，感覺經歷了劫後餘生的巨變，世界變得很不一樣，但最大的不同是兩人現時的關係——送機的路上，他都一直緊握住她的手。

分開沒多久，瑪雅就接到安吉的電話，熱戀中的情侶總是特別想念對方，有說不盡的話題。

「安吉，妳畢業之後，要不要來紐約？」

「好啊！不過……紐約的生活費這麼貴，我怎麼負擔得起？」

「我會照顧妳的。妳可以和我一起生活。」

這番話說得像求婚一樣，電話另一端傳來銀鈴般的笑聲。

「你別要騙我啊！」

「大前提是妳要順利畢業！」

偶爾作甜蜜的夢，偶爾作一作噩夢，人生就是這樣才有趣。

瑪雅獨個兒在公廁裡，洗完手，瞧著鏡中的自己，撥弄頭髮的時候，忽然想通了一件事，不禁傻笑起來。

當他作預知夢時，一旦看見自己的容顏，就會立刻醒過來。

有甚麼事會讓一個男人變得愛照鏡？

就是當他戀愛了的時候。

「難道是這原因，我才看不見和她的未來？老天！怎會是這麼蠢的理由？看得見未來也好，看不見未來也罷，管他的！」

曼哈頓的公寓已解除封鎖，瑪雅搬回去了；洗了個熱水澡，就要上床睡覺。股市暴跌了五至七個百分點，明天將會是繁忙的一天，他要幫忙應付客戶的電話。

——我知道這名字背後蘊藏的祕密。

當晚，凌晨時分，瑪雅由夢中驚醒，心緒不寧，再也睡不著。他隨便披上外套，摸黑外出，徒步十分鐘，便由公寓走到了世貿中心，遠遠已望見起重機和推土機，還有熬夜工作的人員。

世貿中心倒塌兩週後，殘跡仍在冒煙。

瑪雅站在封鎖線外，嗅得到令人噁心的氣味。那是摻雜著燒焦了的鋼筋、塑膠和屍體的惡臭。

災難發生至今，消防員一直駐守現場，在廢墟似的崩石塌礫中挖掘，由朝到晚，通宵達旦，噪音彷佛無盡無休。

人跡杳然的街上吹來酷熱的風。

瑪雅按著太陽穴，依然精神恍惚，有種時空錯亂的感覺。

剛剛的夢是怎麼一回事呢？

那不是預見未來的夢，反而像回溯過去的夢。瑪雅平時作的夢，視角都是主觀的，但這次是嶄新的體驗，竟是以第三者的視角去觀看全局，就像進入了別人的腦裡，看著別人的記憶重播。

夢境一開始，四周是一片陌生的風景，炎日曝曬，竟像置身在沙漠之中。路面崎嶇不平，卡車上的身影上下晃動。這些男子個個托著自動步槍，總共有五個人，都坐在卡車後面的車斗裡。他們穿白長袍，頭戴方巾，應該是中東人士的穿著。

瑪雅如同幽靈般，默默看著他們。一路上他們沉默寡言，就算偶爾噥噥喃喃，也是一種瑪雅聽不懂的陌生語言。

風沙中，呈現一片奇怪的地形，荒原中一座岩山拔地而起，酷似鬼斧神工的石雕。岩山不算很高，即使卡車駛到山底下，仰頭仍看得見半壁天空。

卡車煞停後，五人肩掛步槍，如戰士般下車，前方有個隱蔽的洞穴，走出三個年輕人，過來幫忙搬運車上的物資。這三個年輕人看來才剛開始發育，青春稚臉，卻已被風沙磨得粗獷。

瑪雅的視線跟著眾人移動，走入洞穴，繞過烏漆墨黑的隧道，在微弱的光線中，看見琳琅滿目的軍械。瑪雅心裡不禁一懍，便想到這些人都是武裝分子，這裡就是他們的祕密基地。

出了洞口，瑪雅嘖嘖稱奇，驚異眼前別有洞天，四周籠蓋環狀的峽谷，如同坐井觀天一樣，上方是充沛的陽光。瑪雅自知置身在剛剛看見的岩山之中，山壁內搭起了毗連一排軍旅帳篷，就像一個聚居的小部落。瑪雅暗暗納罕：「他們到底是甚麼人？他們躲在這裡幹嘛？」縱使滿腹狐疑，他在夢中卻發不出半點聲音。

眾人在沙地上留下凌亂腳印，來到一頂半開半掩的帳篷前。有個滿臉鬍子的大叔迎臉而來，講了幾句話，五個持槍男人就在帳篷外並肩列隊，排成一直線，佇足靜候。目光一窺，只見帳篷裡坐著兩個男人，在彩色條紋的布幔下，竟有一橫一豎兩張簡陋的長沙發，由長條塊狀的布墊堆疊而成，裡面就像個小客廳。

那兩個男人，一個身穿長白袍，滿臉山羊鬍，長到遮住脖子，令他的面目更具威嚴，這架子有點像族中的長老。至於另一個男人，有一張輪廓截然不同的面龐，黑髮細眼，很有可能是中國人——當然也有可能是日本人或韓國人，說實話，瑪雅無法分辨出來，尤其是當這個人只穿著毫無特色的長袖黑色內衣。

篷內的兩個男人似在密談，隱約傳來話音，時大聲時小聲，由於他倆說的是英語，瑪雅自然聽得懂。

「你肯定嗎？那東西在美國人手上？」

「十分肯定。美國成為世界第一霸權，國家如此繁榮，就是因為有了它的庇佑。正如你們祖先的文獻提及，那東西的重大意義，你應該再清楚不過吧？」

「太可惡了！那些狗雜種搶走我們祖先的聖物！我要血債血償！我要詛咒所有美國人！我要他們永遠活在恐懼之中！」

震怒的罵聲出自那個白衣「長老」——瑪雅不知道他的名字，只好這樣稱呼他。過了一會兒，長老帶著那男人出來，駐足於眾人面前。面對面，瑪雅終於看清楚了，那男人的一雙瞳孔像蛇眼般閃爍，散發出陰邪的氣質。這時候他似乎要離開，披上了一件黑得反光的有帽斗篷，遮住了上半身，外形有點像中世紀的鍊金術士。

斗篷襟口有個圖徽，既像蛇，又像中國的龍。

長老用陌生的語言說了一些話。

站在瑪雅旁邊的壯漢繃著臉，忽然朝那個外來的男人講出生澀的英語：「你憑甚麼叫我們相信你？我們賭上的是我們的性命！」

長者喝罵此人一聲，與此同時，亦露出了試探的眼神，牢牢盯著那男人，彷彿部下正好問出了他藏在心裡的疑問。

那男人從容不迫，逐字逐句，咬字清晰：「在聖戰中殉道的戰士，可以得到眞主的賞賜，在天堂享用七十二個處女……眞正的幸福是在來生。我保證，眞的有來生，你們的犧牲不會白費。我知道你們祖先留下的重大祕密——你可以把長槍借給我嗎？我現在就證明給你看。」

瑪雅身旁的人遲疑不決，直到長老向他點頭，他才將長槍借給對方。

那男人帶著詭異的微笑，轉身背對眾人，上前幾步，竟然以槍代筆，在前方那片空蕩蕩的沙地上畫出線條。

黑色的斗篷飄逸輕揚，由右邊走到左邊，那男人就像完成了一件傑作，回身期待眾人的讚許。

「你們的祖先留下密令，一代傳一代，要你們尋找聖物，聖物上會有這個名字——我知道這名字背後蘊藏的祕密——只要破解了這名字，就可以得到神的力量！」

沙上赫然留下一行字跡。

瑪雅不可能忘記，一眼就看出來了——

這五個神祕字符，夢魘般地一再出現。

儘管夢境到這裡就結束了，但瑪雅知道一切尚未結束，但想來想去也無法理解：「神的力量？聖物又是甚麼東西？這個夢是眞的嗎？」

他站在街角獨思，這一次終於下定決心，要認眞解開這五個字符的含義。

37

柵門後面，就是神學院的主樓。

瑪雅大步橫越草坪，走向目光盡頭那幢白色筒頂的紅磚建築。晴天的陽光照得中庭的四棵橡樹綠茸茸的，四周亦滿枝綠葉，令人很想在這裡午睡。瑪雅小時候聽過這樣的道理：「上帝別具匠心，顧及我們的眼睛，讓所有的樹和草都這麼綠。」他在大學上邏輯課的時候，看著窗外，發出這樣的感慨，卻有同學如此辯駁道：「植物本來都是綠色的，我們看得舒服，因爲在進化的過程中，我們的眼睛適應了綠色。」

那個與恐怖分子有關的夢，可能只是單純的夢，但瑪雅就是無法置之不理，總覺得事關重大。雖然無憑無據，他就是隱隱覺得，夢中重現的記憶很有可能是眞的。

——神祕字符一定有非同小可的意義。

瑪雅與馬丁神父通電話，談及那個夢，馬丁靜心聆聽，顯得非常感興趣。瑪雅問馬丁懂不懂希伯來文，馬丁想了一想，就說：「神學院的鮑爾院長是我的老同學，你不妨去拜訪他。他是希伯來文的專家。」

神學院離群獨立，孤高地聳立在大學的一隅。

院長室的天花板挑高，約有兩層樓高，門口附近開闊空曠，內側圍滿了書櫃，從地板到上層平台，層架塞滿了浩瀚書籍，全是暗色系的木質裝潢。有條旋轉小樓梯連接上下兩層，下層正中央的書架之間，掛起一面可上下滑動的大黑板，刷不淨的粉筆痕有白有紅，像一團團散開的花簇。

鮑爾院長站在大書桌旁，他鼻子紅紅的，童顏鶴髮，穿著端莊的西裝，目光透過款式老舊的眼鏡框，笑咪咪地盯著瑪雅。院長上前，完全沒有架子，用雙手握著瑪雅的手，顯得非常歡迎他的到來。

一番問候後，鮑爾首先開腔：「你在九一一之後作的夢，還有在夢中看見的希伯來文，電郵裡都寫得很清楚。不過，我想了解清楚，才邀請你過來一趟。」

「院長，你肯接見我，已經是我莫大的榮幸。」

「別這麼說。你的經歷也引起我的好奇。」

大書桌上準備了兩杯紅茶，鮑爾請瑪雅坐下詳談。瑪雅瞥見桌上有份文件，正是他寄給院長的電郵列印，附件是他用「小畫家」軟體寫出來的希伯來文。

「在解釋這五個希伯來文的意思之前，我想了解一下，你對希伯來文的認識有多深？」

面對突如其來的考題，瑪雅照實回答：「以我所知，希伯來文是一種古老語言，聖經就是用希伯來文寫成的。對猶太人來說，希伯來文是由神傳給他們的語言。以色列復國後，就以希伯來文作爲國家的官方語言。」

鮑爾滿意地笑了，但還是不忘糾正道：「你說的大致上正確，不過嚴格來說，聖經只有舊約是用希伯來文寫成，新約卻是用希臘文寫成。舊約全書本來是猶太教的經典，即是《妥拉》

（Torah），有時又稱爲《摩西五經》，再加上『先知書』等著作，後來在基督教發展初期，都一同列入正典。也就是說，這些猶太人祖先的作品，除了成了今日猶太教的《希伯來聖經》，同時也是基督教正典的舊約。你知道猶太教和基督教的分別嗎？」

瑪雅從來沒接觸過猶太教，只好坦白承認道：「抱歉，我不知道。」

鮑爾就像講學一樣，給瑪雅上了一課：「最大的差別在於猶太教並不認同耶穌就是彌賽亞，也就是不承認新約的內容。《希伯來聖經》確實預言彌賽亞的出現，但猶太教認爲耶穌並非經書中所描繪的救世主……耶穌就是被猶太祭司誣告害死的，很多基督徒因此恨猶太人，雙方積怨日深，直到現在仍是水火不容。」

「所以，猶太教信奉的上帝只有一個，他們不相信耶穌是上帝的兒子？」

「你說的沒錯。三位一體的觀點，在猶太教信徒眼中是錯的。基督教——這個本來只是一小撮人相信的宗教，在公元三二五年由君士坦丁大帝宣布合法，之後衍成羅馬帝國的國教，漸漸傳遍歐洲，現在更是世界三大宗教之一。基督教和猶太教一樣，都是『經書的宗教』，一本聖經，在教徒的生活扮演最核心的角色。瑪雅，你是教徒嗎？」

瑪雅毫不猶疑，回答：「是的。」

「你相信聖經是全然無誤的嗎？」

瑪雅委決不下，點頭不是，搖頭又不是。

鮑爾並非故意爲難他，用專家的口吻說下去，道：「神學院裡，有門叫『經文鑑別學』的課，每位主修的同學，都是對他們信仰的一大考驗。這門課開宗明義就提到，我們根本沒有《新約》的原稿，更甚者，上百份希臘文手抄本之間，經文都有差異，互相有矛盾和謬誤。要知道在古代，民眾的教育程度不高，九成以上都是文盲，哪怕聖經是上帝啓示的文字，人為的錯誤亦在所難免。」

鮑爾翻開書桌上的一冊大書，指著頁面的古抄本複印圖。瑪雅目光溜來溜去，唯一看得懂的只有圖片下的說明：四世紀梵蒂岡抄本。

「你發現了嗎？古老的希臘文本沒有標點符號，也沒有區分大小寫，但最令人頭痛的是——字與字之間沒有空白間隔！這種『連寫字』令人難以閱讀，簡直是抄寫者的噩夢。你玩過一種叫以訛傳訛的遊戲嗎？第一份手抄本一旦抄錯，第二份抄本也會把錯誤照抄下去，如此經過一千多年，直到印刷術發明前，你猜錯誤有多少？這樣的手抄本翻譯成其他語言，又扭曲了多少原意？」

瑪雅深感震撼，想到了一個重點，便打岔問：「只要找到最原始的版本，不就可以解決問題嗎？」

「你這麼說沒錯，但問題是聖經的原稿已經失傳，我們手頭上，別說是第一份手抄本，甚至連手抄本的抄本的抄本也沒有……別忘了，在君士坦丁大帝支持基督教之前，基督教只是受到壓迫的小宗教，欠缺專業的抄寫員。現在最古老的抄本只能追溯到公元第二世紀，而且只剩碎片。《舊約》也有同樣的問題，不過《死海古卷》出土後，就證實了舊約聖經的眞確性，抄寫者的細心和準確程度令人難以置信。」

鮑爾稍微停頓，為先前的話做個總結：「我說了這麼多，並不是要你質疑你的信仰，而是讓你明白，經文鑑別學的研究宗旨，就是盡量還原聖經的原貌。有時候，在翻譯之後，有些原意會消失。所以，每個研修的學生都必須學習希臘文和希伯來文，只有閱讀原文，我們才不會曲解上帝的話語。」

瑪雅早就了解，聖經是不同時代、姓名不詳的作者寫成的作品，這部經書的意義無比重大，構建了整個西方世界的信念和道德觀。

聖經是眾書之書，無數學者竭盡一生，都是爲了窮究其中的經文——揭開生命的奧祕，尋找上帝留給世人的隱祕信息。

「抱歉，我愛長篇大論的毛病就是改不了。很多古老語言已經消失，變成死語言，但因爲希伯來文的重要性，至今仍是有人使用的語言……甚至有人認爲是上帝的語言。你在夢中看見的名字，就是希伯來文。希伯來文共有二十二個字母，都是輔音，元音另外用加在字母上的符號標示。其中六個字母屬於雙音字母，即是可以有兩種發音，一輕一重，其實在古希伯來語中，捲舌音『R』也有兩種發音。」

鮑爾緩緩站起，走向黑板，手執粉筆，寫上一行白字：

יהושע

瑪雅當下就說：「我試過用希伯來文的拼音表，查出這五個字的讀音。可是我在網上搜尋，完全查不出有甚麼含義。」

鮑爾吩咐道：「你試試唸給我聽。」

瑪雅信心不大，胡亂唸出：「應該是類似AYIN-SHIN-VAV-HE……」

鮑爾哈哈大笑，一聽便知是怎麼回事，隨即解釋：「你弄錯了！希伯來文是由右至左書寫的文字，你完全倒過來唸了。而且，你唸的不是這些字的真正讀音。」

瑪雅暗自感到慚愧，自小學過的西班牙語和英語，都是由左至右書寫的文字，他當真不知世上有由右至左書寫的文字——傳統漢字也是由右至左書寫，但自從簡體化之後，再加上網頁的閱讀習慣，漢字的編排方向就變得和西方文字一樣。所以，即使瑪雅翻過朋友史提芬的簡體字中文書，仍不知這樣的事。

鮑爾在黑板上，寫出一個正確的發音：

YEHOSHUA

瑪雅立刻問道：「這是甚麼意思？」

鮑爾收起笑臉，忽然嚴肅地說：「這是宗教史上最神祕的名字。」

終於入正題了，瑪雅感到胸口灼熱，有股奇妙的感覺，忍不住追問下去，道：「最神祕的名字？誰的名字？」

院長室內泛起了凝重的氣氛。

鮑爾絲毫不像在開玩笑，用力咬字地說：「神、的、名、字！」

38

「不好意思……我不太明白。你指的是哪一個神？」

「當然是聖經裡的神。」

瑪雅非常愕然，不禁又問：「原來上帝也有名字的嗎？」

鮑爾點了點頭，指著黑板上的希伯來文，澄清一點，道：「你在夢中看見的名字，其實是主耶穌基督的聖名。」

這番話有違一般人的常識，瑪雅愈聽愈糊塗，道出心中最大的疑問：「耶穌不就是祂的名字嗎？」

「要讓你透徹明白，首先要解釋上帝的名字……這兩者之間有莫大的關聯。」

鮑爾偏離了主題，轉身在黑板上寫上四個大字，全部都是希伯來文，隨即在三個字下面畫了條底線，又一氣呵成在下面寫出對應的英文字母。

看起來就是：

יהוה
HWHY

「HWHY?」

「你忘了嗎?希伯來文是由右至左的，所以應該是『YHWH』。」

鮑爾又在黑板上寫下一個專有名詞：「Tetragrammaton」

瑪雅不認識這個生字，只看得出「Tetra-」這個詞根，蘊含「四」的意思。

「這就是聖經裡最神祕的名字。神學上有個專有學名，稱爲『四字神名』。摩西帶領族人逃出埃及的故事，你應該聽過吧?摩西運用神力，舉起手杖，紅海就分開兩邊。之後上帝授予摩西《十誡》。當時，摩西想知道上帝的身分，曾問過：『祢叫甚麼名字呢?』上帝的答案是：『我是自有永有的。』上帝沒有眞正說出祂的名字，但《希伯來聖經》以四字神名尊稱祂，轉寫成拉丁字母就是『YHWH』，也就是『Yahweh（雅威）』，之後因拼寫錯誤就變成『Jehovah（耶和華）』。」

「呃，奇怪，我讀聖經，怎麼沒發現這樣的事?」

「因爲在所有英語翻譯本中，『YHWH』都一律以『Lord（主）』代替。所以，除非閱讀希伯來文的聖經，否則也不會知道這樣的事。」

瑪雅盯著黑板上的四字神名，若有所思地說：「所以，『YHWH』就是上帝的名字?」

「應該這麼說，猶太人因《十誡》中有『不可妄稱你神的名』，所以在整本《舊約》，凡出現神的名字，均不標示元音，只寫四個輔音字母，因此我們始終不知眞正的發音。『雅威』和『耶和華』，都只是假設的讀音。對猶太人來說，名字一定有重大的意義，絕不會是隨機的音節組合。即使到了今日，猶太人仍然禁止直呼上帝的名諱，只會用『Adonai（主）』這個稱謂。」

話到這裡，瑪雅終於能夠理解，上帝在聖經中出現的名字，為何會是宗教史上最大的謎團。

鮑爾將黑板稍微拉下，用粉筆指著「יהושע」，側首向著瑪雅。離題這麼久，終於要回到原點。

「雖然我們不知道上帝的名字，但我們知道耶穌的眞名。根據考究，暫時最有力的證據指出，耶穌的眞名是『YEHOSHUA（約書亞）』。這是個摩西時代已存在的古老名字，後來受了希臘文化的影響，有了『YESHUA』的縮寫，正如『Matt』是『Matthew』的縮寫一樣。此外，『YEHOSHUA』這名字在希伯來文，有『雅威是救贖』的意思。」

鮑爾停頓了下，又接著解釋：「新約乃用希臘文寫成，傳到使用拉丁文的國家，耶穌的名字變成了『IESUS』。大約在十一世紀，諾曼人入侵英國，同時將『J』這個字母帶到英國。後來『J』這個音，漸漸取代以『I』和『Y』爲首的男性名，因爲唸起來比較陽剛。當聖經由拉丁文譯成英文，『IESUS』這名字，就演變成『JESUS』。」

言畢，鮑爾又回頭，面向黑板，換了紅色的粉筆，用力畫出一條底線。他這個舉動明顯有其深意，畫在希伯來文字母下方的底線，似乎在揭示甚麼奧祕：

יהושע

יהוה

「你注意到了嗎？耶穌與上帝的名字，有何共通點？」

未待鮑爾問完，瑪雅已驚呼出來，叫嚷道：「最後……不，最前的三個字母都一樣！」

鮑爾欣然點頭，微笑道：「正是如此！四字神名有四個字母，其中的『H』是重複的，實際只有三個字母，分別是『Y』、『H』和『W』。自古以來，猶太人就相信，這個神名蘊含不可思議的力量，具有非比尋常的意義。也許，你在夢中聽到的話是真的，只要誰解開了神名的祕密，就可以獲得神的力量。」

瑪雅一臉迷惑。

他只感到難以置信，單憑這麼短的名字，竟然藏著人人夢寐以求的力量？難不成是一句咒語？怎麼想，都有違科學和常理，聽起來簡直是天方夜譚。他不由得又感到好奇：神的力量是怎麼樣的力量？難道就和耶穌行過的神蹟一樣——使瞎子看見，瘸子行走，長大痲瘋的潔淨，聾子聽見，死人復活？

當天他向兩個猶太人學生問及這個名字，難怪對方會有那樣的反應，猶太教信徒不承認耶穌是神的身分，於是對方誤會瑪雅是故意找碴。

鮑爾踱步回到座位上，態度相當誠摯，目不轉睛望著瑪雅，說道：「這世上仍有很多事是現今科學解釋不了的，我不排除有超能力這回事。我聽說有種超能力，可以接收死者殘留的記憶，就像你本人的例子。馬丁跟我說過你是個怎樣的人，我願意相信你。假如你沒學過希伯來文，又寫得出耶穌的本名，這就證明這是神的啓示——也許，在你的記憶之中埋藏著一些線索，可以解開這個千古之謎。」

瑪雅實在沒想過，院長竟對自己說出這樣的話，實在有點不知所措。他心中的疑團反而愈來愈多，想起一事，便問：「謝謝你的信任。但我不明白，那些恐怖分子談到『那東西』……又是怎麼一回事？和耶穌的名字有甚麼關係？」

鮑爾輕嘆一聲，說出驚人的事：「坦白說，幾年前有政府人員約我訪談，問的正是我對『YEHOSHUA』這名字的理解。雖然對方沒表明身分，但我直覺認爲，對方是來自國家情報機關的調查員。『那東西』是甚麼，我這局外人只怕抓破頭腦也想不出來。但有一點可以肯定，倘若恐怖分子奪得了這東西，又解開了上帝名字之謎，將會是全體人類的大災難。」

這番話說得言之鑿鑿，鮑爾又目光炯炯看過來，霎時，瑪雅覺得有股沉重的責任壓在肩上。

「但是……我只是個普通人，又做得了甚麼？」

「你並不平凡，你會作一些奇妙的夢。假如有一天你成功捕捉夢中的靈感，也許你就可以得到神的力量。我衷心希望，你可以用這種力量來改變世界。」

瑪雅覺得此言太過言重，尷尬地笑了笑，隨口許諾道：「好啊！如果有一天我在夢中知道答案，一定會善用這股力量。我也會通知你，和你分享這個祕密。」

鮑爾眞情流露，聲音顫抖地說：「太感謝了……如果這樣的事成眞，我也死而無憾了！猶太教和基督教最大的爭議，就在耶穌的身分。如果可以證明耶穌是神的兒子，就是宗教上的一大突破！」

當天的談話帶來了極大啓蒙，至少知道了神祕字符的字面解釋，但瑪雅知道到了這一步，已難以再深究下去。他心想：「無數神學博士都解不開的難題，我又怎會解得開？」坦白說，他根本就不相信一個名字會有神的力量。

時候也差不多了。

瑪雅喝完最後一口茶，起身告辭，向鮑爾院長表示謝意。

鮑爾送人到門外，目送這個年輕人離去。他還故意走上二樓，在窗邊注視瑪雅在庭院行走的身影。然後，他彷彿在遮掩甚麼祕密，連腳步也靜悄悄的，回到了院長室，鎖上門，打了通電話。

他的嘴巴湊近話筒，吐出悄悄話：「他來了……」

39

瑪雅見過鮑爾博士後，便沒有再糾結於夢中見過的名字。

四字神名的眞相，除非上帝在夢中給他啓示，否則想再多也是沒用。凡夫俗子豈能妄想成爲上帝？瑪雅心想：「我只是個平凡人，買了一張普通席的車票，與其他人擠在同一節車廂，沿著相同的人生軌跡前往未來。」

就這樣又過了兩年。

置身在嘈雜緊張的交易廳，盯著螢幕上錙銖必較的價格，瑪雅常常忙得憋尿，日子也在每天的收市指數中消逝。股票、股票……每個人每天都在談論代號和數值，再來是不停大漲的房地產。

每當瑪雅看著銀行戶頭的存款變多，心情的確愉快，卻有一種說不出來的空虛感，就像吃得很飽卻很不舒服。這樣的空虛感，是不是要用更多錢來填補？到底要多少的錢才夠？瑪雅想起以前讀書時，戶頭常常有歸零的危機，但他無憂無慮，站在街燈下，看著打工賺的那一點錢，已經夠他樂透，作個甜蜜的美夢。

瑪雅本來想做的職業，是一些可以改變世界的工作。

可是，他選擇了一份純爲賺錢的工作。

有多久沒再作預知夢呢？

已經久到想不起來了。

瑪雅感到失落，他失去了上帝給他的能力。

這一晚，在辦公大樓天台的翼廊，瑪雅看著紐約市繁華的夜景，一幢幢山一般高的華廈萬燈盛放，一個個十字路口虹光溢流，彷彿聽見百老匯那邊傳來的歌聲。瑪雅感到迷惘，心想：「我做這個工作，除了令自己過得更好，還會不會令世界變好？還是，我在令這個世界變得更糟糕？」

金文的客戶都是各國的鉅富，或者是國際大企業的投資人。服務這些客戶，就等於瓜分了世上最大的繁華。既然是這麼好的差事，他們這些投資理財專家還有甚麼好抱怨的？瑪雅卻想起第一次上來天台，有同事說過，曾經有一位資深的前輩由這裡跳了下去。

「他慘賠了一大筆嗎？」

「不是。他的業績非常好，毫無理由就跳了下去。也許是患了憂鬱症。」

如果有錢就買得到快樂，爲甚麼會做出這樣的傻事？瑪雅知道公司有看精神科醫生的津貼，但他的同事總是笑說：「找精神科醫生？不如拿津貼去找甜心妹妹好了！」

全球股市空前繁榮，公司利潤大增，各大指數屢創新高。瑪雅入行以來，發覺以前在大學所學的金融課都只是紙上談兵。現實情況複雜很多，人心也充滿了詭詐，回購協議、影子銀行……都是書上沒教的財技，企業家和投資人爲了賺錢，想出了眾多鑽漏洞的花樣。

有一種人叫計量專家，他們使用艱深的運算公式，設計出非常複雜的結構型商品，爲投資銀行帶來了數以億計的營收。那些金融產品的複雜程度，根本連專業的投資人也無法理解。反正，正常人很少會細究金融產品的細節，他們只在乎評級，是「AAA」，還是「AA」？

總之，在華爾街甚麼都可以賣，石頭可以變成黃金。

瑪雅桌上放著一份文件，就是這份文件，令他整整一個月陷入苦惱中。這份文件關於公司最新推出的金融商品，這商品內含一個叫「CDO」的投資項目。

「CDO」！

瑪雅一看見這個關鍵詞就曉得是怎麼回事，童年時作過的夢境，就有好幾個夢關於二〇〇八年發生的金融海嘯。「CDO」的全寫是「Collateral Debt Obligation（債務擔保證券）」，就是興風作浪的源頭，名字愈難懂愈好，說穿了，就是將一堆垃圾級別的貸款包裝成投資產品。五餅二魚。

三年前，瑪雅接受面試時，提出了一個搞笑的騙局主意。現在，投資銀行將垃圾包裝成商品出售，這樣的做法不就是詐騙嗎？瑪雅心中有股強烈的正義感，促使他向高層報告。

瑪雅到廁所洗了把臉，然後敲門進入上司辦公室。

上司穿著價值不菲的西裝，看著瑪雅，有點詫異。瑪雅知道上司時間寶貴，直截了當地說：「我發現公司正在銷售有問題的產品。」

正當瑪雅開始解釋，才說了個開頭，上司就擺出不耐煩的臭臉，打斷道：「管他有沒有問題！只要有三條A的評級就能賣！」

「可是我們這麼做，將會導致災難性的後果。」

「嘿！你怎麼知道？難道你能預知未來嗎？除非你能預知未來，否則給我閉嘴！」

瑪雅目光不屈，心念一動，說出了一個比喻，道：「有一晚，有個男人帶著女人逛珠寶店，看中了一條鑽石項鍊，價值十萬元。可是，他只帶了支票簿，所以簽了一張十萬元的支票。雖然男人是老客戶，但珠寶店的店長懷疑是空頭支票，男人便提出一個方案，對店長說：『不如這樣吧，我把支票放在這裡，你幫我預留這條項鍊。等到明天成功兌現，這位女士就直接來取。』店長想到了豐厚的佣金，當然答應……」

「你想表達甚麼？我可沒空聽你鬼扯！」

面對上司暴躁的情緒，瑪雅毫不退讓，說下去道：「結果，支票眞的是空頭支票！店長打電話找那個男的。男人高興道謝：『謝謝你們的合作。我已經和那個女人上了床。反正你們也沒有損失，有甚麼好計較的？我之前也給你們賺了不少佣金啊！』」

上司頭腦轉得快，立刻明白這故事的含義。

「你是暗示……我們就是珠寶店嗎？珠寶店也是受騙的一方呀！」

「哪有店家會接受支票？我們卻接受這麼荒謬的事。CDO就是這樣的騙局，利用一些空頭承諾的收益，來欺騙無知的人上當。我們不能成爲共犯，不能將垃圾賣給客戶。」

沒想到上司聽完，只是一臉不屑，蔑視著瑪雅。

「那又怎樣？只要可以幫客戶賺錢，我們就是沒錯。」

瑪雅愕然之後，爭辯得面紅耳赤，道：「泡沫終有一天會爆破！他們就會慘賠！」

「不會的。你根本不懂。在投資界，你只是個菜鳥。如果眞的發生股災，國家一定不會袖手旁觀，財長一定動用國庫的錢來救經濟。」

此話說得信心十足，上司自以爲可以將瑪雅打發走，卻沒想到這個臭小子大聲反駁道：「國庫的錢？不就是人民的稅金嗎？那些州政府、退休基金……別人信任我們的專業，把財富交給我們管理，可是我們所做的，卻是剝奪他們的財富，教唆他們做高風險的投資，只爲了賺取佣金……這樣的做法合乎道德嗎？」

「你別跟我說他媽的道德！這裡是金融業，不是慈善事業！公司的營運就是爲了追求最高利益！我們只須向我們的股東交代！」

那一刻，瑪雅露出可憐的目光盯著眼前的上司。這個年薪數百萬美元的有錢人，絲毫得不到他的尊敬。

假如人人只能活一輩子，人人當然自求多福，在資本主義的社會，榨取最大的財富，反正無須顧忌後果——瑪雅多麼盼望死後最好有另一個世界，或者有來生也好，否則對善良的靈魂來說實在不公平。

犧牲人民的未來，來幫做錯事的銀行家收拾爛攤子，瑪雅無論如何也難以接受，不管怎樣也有愧於心。儘管他可以從中獲利，成爲這個菁英圈子的一分子，但他還是抗拒了魔鬼的誘惑。

「我做不到……」

「你做不到的話，就給我滾！」

瑪雅無奈笑了一笑，他真的做不到。

既然無法適應這個世界，只好及早離去。

他立刻辭職。

對不起……

我們在紐約生活的計畫可能要泡湯了……

這件事很複雜，見面時我跟妳解釋。

同一晚，瑪雅按下發送鍵，向安吉傳出簡訊。

「敬你一杯！」

兩名同事過來吧檯這邊向瑪雅灌酒。瑪雅這個人不介意吃虧，經常幫同事買咖啡，所以在公司人緣不錯。每逢星期五晚上，大伙兒都愛舉辦派對，當眾人知道瑪雅離職的消息，都過來跟他聊天，舉杯消愁。

「我不能喝太多呢……我的女友來紐約找我，明天早上我要去接機。」

「說甚麼傻話！不醉不歸！」

瑪雅當晚失意，又不忍拒絕別人，一不小心喝得爛醉。他深愛著安吉，曾想過在她畢業典禮時，想個好主意向她求婚。可是他失去了工作，恐怕要害她一直以來的期待落空。她還沒考完期末考，就買好了機票，今天一考完最後一科，就準備搭乘明天的早機過來，可見她有多想和他在紐約生活。

同事拎來一個小酒杯，大約一盎司的容量，瑪雅想也不想，一口喝光整杯，味道很像火酒，咕嚕吞下，喉頭竟有灼傷一樣的感覺。

「這是甚麼酒？」

「95%的烈酒！」

瑪雅覺得反胃，不知此酒有多厲害，過了一會兒，酒精來勁，令他醉得全身輕飄飄的，五臟六腑都像在翻滾一樣。

這一醉，就出事了。

他昏昏入睡，神智不清之際，好像曾抱住馬桶嘔吐。前一刻，耳邊還有同事的吵鬧話聲，才眨了下眼，就好像躺在公寓的床上，中間的時間不知怎麼消逝。

然後，他很想動，卻動不了，閉著眼聞到自己身上散發的酒氣，意識非常朦朧。

又不知昏睡了多久，在夢中，他聽見憤怒的罵聲，再睜開眼的一刻，映入眼簾的竟是安吉嗔怒的臉，兩頰涕淚交加。

「騙子、騙子！你怎可以這樣對我！」

她不停拿起手邊東西朝他投擲過去，有一下正中額角，痛得他哇哇大叫。她發洩完之後，就拖著行李箱奪門而出，瑪雅想叫住也來不及。

「到底怎麼了？」

這不是夢。

鬧鐘的時間顯示十一點，他錯過了接機的時間。

安吉是因爲他失約而生氣嗎？

瑪雅仍覺頭腦昏沉，渾身奄奄無力，正奇怪自己上身怎麼一絲不掛，歪了歪頭，看著床的另一邊，頓時明白安吉暴怒的原因，也驚得全身冒汗——

在床側，有個只穿著內衣褲的金髮女郎熟睡。

40

瑪雅做了錯事。

但他只錯在喝得太醉，並沒有做出愧對安吉的事。同事們跟瑪雅開了個天大的玩笑，本來只是想錄下他的反應，想不到安吉會上來。他們一直躲在小房間裡吃吃笑著，來不及澄清眞相，安吉已氣沖沖衝出去。這個惡作劇非常過分，瑪雅不停打電話給安吉，皆打不通，看來她氣得關機了。

宿醉把瑪雅折磨得不成人形，他整天躺在沙發上呻吟嘆息，望著安吉丟下的藍寶石項鍊——這件東西她一直當成寶物帶在身上，剛剛就變成了她的投擲武器。瑪雅用冰袋敷著腫起的額頭，百般滋味在心頭。

沒想到在同一星期經歷了失業和失戀……失業事小，失戀事大，但他相信，只要好好向安吉解釋，很快就會沒事。

這個糟糕的週末結束，瑪雅回去金文總部辦理手續，正式告別這個待了兩年的地方。瑪雅看著頭上的摩天大樓，不禁感慨萬分，來到電梯前，心想這是最後一次搭電梯上去。

人事部的經理是當年面試瑪雅的朱莉亞，她主動過來向他道別，臨別前，神祕兮兮地說：「我答應了一個人，當你辭職時，要知會他一聲。現在，他就在樓下等你。」

瑪雅一頭霧水，隱約猜到是誰，但愈想愈覺得不可能。外面有下雨的先兆，降下零落的雨滴。

到了馬路旁，瑪雅瞧見一輛破舊房車，駕駛座上的老人掀下車窗，向瑪雅招手。瑪雅又驚又喜，期待成眞，車上的人果然是巴先生。這幾年間，他不斷上電視，現在已是世所皆知的傳奇人物，世人不僅奉爲圭臬，甚至敬若神明。

「我特別叮嚀朱莉亞，如果你辭職了，請知會我一聲。剛好我今天在附近開會，就過來見你一面……我想載你一程，請上車吧！」

世界級的大人物竟然記得自己，瑪雅默默感動，手足無措，上車時有點失態。三年前瑪雅得到面試機會時，親筆寫了一封感謝信給巴先生，一直沒有回音，他原來一直記在心上，只是找不到適合會面的機會。

巴先生一邊操縱方向盤，一邊交談：「你說中了，蘋果電腦眞的推出了隨身聽，而且非常成功，現在幾乎達到一半以上的市場佔有率。」

瑪雅毫不諱言地說：「他們之後還會推出手機，史上銷售最好的手機，顛覆世人的想像。」

巴先生只是微笑，沒有立刻回話。

瑪雅一臉尷尬，說出了憋在喉頭的話：「謝謝你當年爲我介紹工作。但很對不起，我令你失望了。」

車子在紅綠燈前停下。

大顆大顆的雨點無聲打在擋風玻璃，雨刷撥出「刮刮」的聲音，劃出清澈的水痕，水痕中的紐約鬧市就像荒野一樣寧靜。

巴先生露出親切的笑容，側首看著瑪雅，說道：「我做這一行這麼久，看過很多年輕人迷失了自我……他們本來要成爲財富的主人，最後卻讓財富成爲他們的主人。」

瑪雅驀然想起最近讀到的新聞，微笑著問：「你就是想通這一點，所以決定把遺產全數捐出？」

巴先生扯了扯領帶，慢條斯理地說：「如果別人只看我的財富而尊敬我，這不算眞正的尊貴。上帝不看人的外表，只看人的內心。在人的眼中地位很高的，在上帝的眼中只不過是惹人嫌的傢伙。能進去天國的人不是富有的人，而是一無所有的人。哈哈，反正人死了，甚麼也帶不走，我拋棄了所有財富，賭一把，說不定可以進入天堂。」

巴先生眨了眨眼，向瑪雅問：「媒體給我起了『巴哈馬先知』的外號，你知道爲甚麼嗎？」

「因爲你很會買賣股票，簡直像未卜先知一樣。」

「你知道我賺錢的竅門嗎？」

「價值投資法？」

巴先生露出高深莫測的笑容，緩緩地說：「在我年輕時，也曾作過很多奇妙的夢。在那些夢裡，我看得見未來——儘管有些夢會與現實脫軌，但有些美好的夢還是成眞。在我成長的時代，美國正值大蕭條，又發生了第二次世界大戰……很多人對前景感到悲觀和絕望，但我卻在夢中看見未來的美國，人人幸福，太平盛世，竟比戰前更加繁榮，胖子可以盡情喝可樂……我懷著美好的憧憬，相信所見的未來，做了恰當的投資，然後就成功了。就是這麼簡單。」

瑪雅驚訝得舌撟不下，怔怔地瞪著巴先生。

「你……你會作預知夢？」

「嗯。你也一樣吧？」

巴先生與瑪雅對望，一切盡在不言中。

這一刻，瑪雅終於想通了，雖然只見過兩次面，卻對這位老先生有一見如故的感覺，原來彼此都有一樣的預知能力？

「當我漸漸年老，白髮愈來愈多，漸漸就失去了作夢的能力。但我已經無憾了，我活在國家蓬勃向上的黃金時代，這是多麼美好的人生！可以作夢始終是最美好的事。年輕人應該勇敢追夢。瑪雅，我期待你成爲一個改變世界的人。」

巴先生在胸前畫了個十字，正是祝福的意思。

「謝謝你。」

下車之後，半空中的雨網交織，瑪雅徒步其中，就像經歷了一場**洗禮**。

紐約就是紐約，遠處的高空是新穎的摩天大樓，近在咫尺的是聳立百年的老建築，路邊總有川流不息的黃色計程車。

在細雨濛濛的街道，一瞥眼間，閃過一個似曾相識的圖案。

瑪雅乍然止步，怔怔地盯著眼前的燈箱廣告，由上而下看遍整幅廣告，最後目光焦點停在左下角的盾形徽章。

這是西點軍校的招生廣告，瑪雅來到美國這麼久，不可能沒聽過這間軍校，但他直到這刻才第一次看見它的校徽。校徽頂端有一隻展開翅膀的雄鷹，狀似踏著校徽中間的黃金頭盔。

雄鷹和頭盔——

瑪雅想起了在媽媽抽屜拿走的鋼筆。

雨水一滴一滴地淌下，彷彿逐漸沖走謎團上的污穢，眞相即將呈現……

41

同一天下午，瑪雅站在西點軍校的大門，仰望著門崗上的石刻校徽，從深藍色立領外套的暗袋，取出了那支有紀念銅章的鋼筆，與上方的徽章比對。

一隻美國之鷹挺立在頭盔上，就是西點軍校的校徽。那頂斜插著短劍的頭盔，原來是雅典娜的頭盔，在放大了的徽章上可見，鷹爪抓住十三支利箭和橄欖枝。

兩世紀以來，這間軍校名聞遐邇，為國家栽培了無數領導者和軍事人才，除了出過兩名美國總統，眾多大企業的執行長亦是西點軍校的畢業生。瑪雅由曼哈頓來這裡，只不過近兩小時的車程。雖然這裡的學制和美國一般大學相同，但佔地一萬六千英畝的校園等同軍營，入門必須接受滴水不漏的檢查，門衛就連車子底盤都不會放過，大部分地方都是禁止進入和拍照，在這裡亂走，搞不好一個誤會就會被射殺。

話雖如此，不代表軍校不開放，大眾有意進入軍校參觀，還是可以到遊客中心購買套票，接著轉乘導覽專車。來參觀過的朋友提醒瑪雅，如果不想看見導遊的黑臉，就要記得準備好小費。

瑪雅在網上預約申請，即日領到了通行證，可以進入軍校內的圖書館。瑪雅才畢業兩年，穿著便服仍像個大學生，但別人還是看得出他不是校內生，因為軍校裡的男生都理平頭。

當年負責說服母親的男人很有可能是這裡的畢業生。瑪雅抓住這條唯一的線索，抱著姑且一試的心態來到這裡，看著綠油油的美景，心想：「此行縱使徒勞無功，就當來一趟小旅行也不錯！」

在圖書館裡，瑪雅尋找畢業生的名冊和相簿。

他在網上做過調查，每年由這所軍校畢業的學生數以千計，歷屆加起來簡直是個多如牛毛的數字。要翻開一本本又厚又重的名冊，從中尋找一個不知道長相的男人，這樣的事和大海撈針有甚麼分別？再者，卡斯帕是那男人告訴母親的名字，很可能是個假名。

瑪雅並不是漫無目的地搜索，他相信，假如自己的推測正確，就可以大大縮窄搜索範圍。當時母親在醫院裡說過，那男人有雙很白的手，這個細節一直深深埋在瑪雅腦裡。

為甚麼一個人的手會變白？

圖書館裡，瑪雅捧起一疊畢業冊到工作桌。由第一本開始，他翻開冊子時做的第一件事，就是尋找生物科學班的合照。

那一年在墨西哥的醫院，他與母親的主治醫師見面，就發現了外科醫生都有一雙很白的手，應是長期戴著乳膠手套之故。不謀而合，阿隆娜亦有同樣想法，當年遇見的男人，他的職業極有可能是醫生。

西點軍校沒有醫學院。

但是，根據瑪雅的調查，由生物科學班畢業的本科生，每年都有為數不多的名額可讓成績優異的學生升讀醫學院。

單靠這樣的線索還不夠，因為他不知道那男人長甚麼樣子，就算卡斯帕是真名，同名的人亦可能有一大堆。他可以影印一大疊照片給阿隆娜逐一過目，但這樣太過耗時，實際上未必可行。

瑪雅心中抱著一絲希望，用目光尋找一張熟悉的臉。

他要找的是馬丁神父年輕時的臉。

「西點……西點……」

當西點軍校這個關鍵詞出現，瑪雅尋思了一夜，腦際間靈光乍現，忽然想起來了：「當年我報讀美國的大學時，請教過馬丁的意見，問過他在哪裡畢業，他曾說出『西點』這個校名！」馬丁輕輕帶過，瑪雅當時不以爲然，還以爲只是一所普通大學的名字。

這樣的事不會是巧合。

於是，瑪雅不禁揣測，那男人與馬丁神父會不會有關係？

瑪雅有股感覺，自己正愈來愈接近眞相核心，但他始終還差一步，如今仍在外圍的迷霧團團亂轉。他只欠一塊關鍵的拼圖，就能拼出事情的全貌，現在他就在一堆畢業合照中尋找那塊拼圖。

畢業冊按年分來分冊，除了有各科系的全班合照，還有班內學生各自的獨照，富有軍校傳統的特色。瑪雅知道馬丁的年齡，因此不難估算出他畢業的年分。

找到了！

猶如拾獲一塊閃光的拼圖，瑪雅低頭近看桌上的畢業冊。

一九六二年畢業生的合照裡，有馬丁的臉，姓氏亦一致。同班同學中，果然眞的有個叫卡斯帕的男人。瑪雅心中激動不已，但這樣的照片只證明馬丁眞的在西點軍校畢業，瑪雅想要證明的是那男人和馬丁之間的關聯。

瑪雅本來的計畫是將照片傳給媽媽，叫她幫忙認人。既然已經來到這裡，瑪雅想出了更快捷的方法，就是借用圖書館裡的電腦，在網上搜尋同屆畢業生的名字。畢業生在母校擔任教職是常有的事，他們之中，倘若有誰在軍校內工作，瑪雅就可以約他訪談，打探關於馬丁或者卡斯帕的事。

此外，瑪雅在同一張合照的人物裡，亦發現了神學院的鮑爾院長。雖然馬丁說過與他是老同學，但瑪雅依然大感訝異——他一直以為兩人是神學院的同學，哪想到兩人竟是軍校的同學？

當抓住了線索，拋向正確的方向，魚兒就會自動上鉤。

瑪雅看著網頁的搜尋結果，喜出望外。

當屆同班同學中，竟有一位現爲西點軍校的圖書館館長，看來眞是一份優差。

顧不得是否冒昧，瑪雅急於知道眞相，便過去服務櫃檯那邊，拜託職員幫忙轉告他有急事要見館長。對方問他是甚麼急事，瑪雅閃過一個念頭，決定賭賭運氣，說道：「請你告訴他，我是馬丁·曼希沃的兒子，他便會知道是怎麼一回事。」

等了一會兒，那職員就通知瑪雅，館長願意見他。

瑪雅敲了敲館長室的門，進去的一刻，第一眼與印象重疊，照片中的臉一下子蒼老了許多。館長是個穿著棗紅色毛衣的老人，龐眉皓髮，快到退休年紀，但腰板挺直，站起來比瑪雅還要高大。

「請坐。」

館長室裡有張小沙發。

瑪雅報上名字後，立刻道出來意，道：「馬丁由我小時候開始，就代替我的父親照顧我……我與他情同父子。最近，我發現一些證據，令我懷疑他是我的親生父親。我知道你是他的老同學，所以想向你打探他的往事。」

館長聽了此話，驚訝地瞪著瑪雅。

「抱歉，我很久……已經差不多四十年沒有再跟他聯絡。他的事我也不是很清楚……如果他眞的是你的父親，爲甚麼要隱瞞？」

「因爲他是個神父。」

「哦……對了。說起來，我聽過這件事。」

館長爲了掩飾尷尬，乾咳了一聲。

瑪雅打開畢業冊，讓館長看看那張合照。館長露出溫煦的笑容，似乎想起昔日美好的時光。瑪雅懇求道：「我眞的很需要你的幫忙。請你回想一下，盡可能告訴我，你所知關於馬丁的事……」

館長受他誠意打動，娓娓道來：「他是個很優秀的學生，成績在班裡名列前茅。卡斯帕、馬丁和鮑爾……因爲他們的成績最好，其他人想擠都擠不進前三名，所以我們都叫他們『三博士』。」

「三博士？」

「哈，當然是開玩笑的，誰想到他們之後眞的拿到博士學位？畢業後，卡斯帕升上醫學院，成爲醫生，而鮑爾去唸神學院，馬丁去了服役。服役期間，不知發生甚麼事，也許是在戰場上看透了生死……馬丁決定終身奉獻給上主，他本來就是很虔誠的天主教徒。坦白說，我跟馬丁算不上很熟絡，他離開美國後，不只跟我，也跟所有同學都斷了聯絡。」

瑪雅聽到這裡，深吸一口氣，鼓起勇氣向館長問：「馬丁的家庭背景……是不是很有錢？」

「有不有錢我不太清楚……但我知道他父親是個三星中將，在二次世界大戰立下大功。所有同學都看好馬丁，但人各有志，他最後放棄從軍，對國家來說是損失，對他個人來說可能是好事。」

「謝謝。你還能不能想起更多關於馬丁的往事？」

館長想了想，又說：「我聽過一個傳聞……」

「甚麼傳聞？」

「有同學說，馬丁曾經透露他會決志成爲神父，是因爲他做了一件很錯的事。至於是甚麼錯事，我就不曉得了，馬丁應該沒有向任何人透露。」

瑪雅沉默了半晌，才記得回應：「謝謝，眞的很感謝你……你告訴我的事，眞的很有用。」

這樣看來，全部拼圖已集中在一起，拼砌出眞相的全貌，困惑瑪雅大半生的謎團，似乎終於有了答案……就只差親自向馬丁求證。

42

第四天了，仍然沒有安吉的回音。

打電話給她的朋友、寄電郵向她解釋……瑪雅可以做的都做了，不禁擔心她會做傻事。

外面剛下了一場雨，玻璃窗黏著豆大的水珠，街上景色模糊不清。

「紐約爲甚麼有『大蘋果』的別稱？」

直到這一刻，瑪雅才把這問題放在心上。

自從有了網上百科全書後，彈指間就可以查到答案。瑪雅在餐桌上使用手提電腦，瀏覽完網頁結果後，失笑了一聲。

原來紐約叫「大蘋果」，就和許多都市傳說一樣，其來由說法不一。有人說來自一首爵士樂曲，但有個比較有趣的說法，話說紐約在十九世紀曾有一間名聞遐邇的妓院，媽媽桑是個叫夏娃的女人，賓客之間都流傳一句行話：「去嚐一下夏娃的蘋果！」其意思昭然若揭，不過這說法後來證實是個惡搞的謊言。

大蘋果紐約，慾望和野心膨脹的城市，一切原罪的開端。

在曼哈頓的公寓裡，牆邊有一疊摺成平面的紙箱，印著搬家公司的標誌。瑪雅即將告別這個大都會，心裡倒沒有太大的不捨。

瑪雅不時看著餐桌上的手機，心裡躊躇不決。

阿隆娜收到了畢業照的圖片檔，亦感到十分訝異，照片中的卡斯帕就是當年的男人。馬丁來到小鎮的時間點，就在瑪雅出生後不久，世事哪有這麼巧？瑪雅想打電話向馬丁問清楚，但鼓不起勇氣，所以遲遲沒有行動。

忽然間，電話響起，手機號碼顯示是通長途電話。彷彿心有靈犀，瑪雅一接聽，就聽見馬丁的問候：「瑪雅……你好嗎？我是馬丁。」

「馬丁！我正想找你……有甚麼事嗎？你先說吧。」

馬丁輕聲細語，有氣無力，一段話說了很久：「沒甚麼事……我只是想念你。」

瑪雅心中一動，按捺不住，當下就問：「馬丁，我也想念你……我最近去了西點軍校，找到你的畢業照……關於我的身世，你一定知道一些事，是不是？我現在不是小孩子啦，我有接受眞相的勇氣。求求你告訴我，好不好？」

電話另一端無言，沉默得令人窒息，接著是一陣斷線音。

瑪雅懊惱萬分，再回撥電話，試來試去都打不通。

可想而知，馬丁不是掛起了電話，就是拔掉了電話線。

瑪雅按著頭躺在沙發上，焦躁的感覺如潮湧至，心緒異常不寧。馬丁的聲音怪怪的，令人相當擔憂，可惜阿隆娜已遷回故鄉，就算拜託她，也不便打探到馬丁的近況。瑪雅訂了兩天後的機票，決定回去見他，問清楚一切。

雲隙間冒出了奇幻的曙光。

瑪雅輕裝上路，行李只有一個背包，準時到了機場，搭乘早上飛往墨西哥城的飛機。由陸升到降落，只不過是五小時左右的航程，對瑪雅來說卻是漫長的等待。他的預感相當準確，只是無法預知發生在馬丁身上的事，否則他一定更早趕回去。

機艙的小窗格展示墨西哥城的鳥瞰圖，順利降落後，窗格裡就出現在地面工作的機場人員。瑪雅每次搭飛機，都有時空交錯的感覺，在生命的不同階段，歲數不同的自己，重複離開看起來都一樣的機艙。

走道、入境關卡、西班牙語的指示牌……一幕幕如幻燈片般切換，轉眼間，瑪雅已登上計程車，坐在後座，漫無焦點地望出窗外，思潮隨著路面起伏不定。當眼前出現熟悉的童年風景，就是說快將抵達目的地了，瑪雅看見陪伴自己成長的街道，看見沒變的小店，種種回憶五味雜陳，湧上心頭。

他記得小時候曾住過貧民窟，而之後阿隆娜買的房子就是馬丁幫忙找的。當年以那麼低的價格買到那樣的房子，實在幸運得過了頭，瑪雅此時回想，不禁覺得是馬丁在暗中相助。

那年炎夏，瑪雅每天都纏著馬丁，嚷著要他講故事，一支支冰棒和霜淇淋，都是兩人的美好回憶。

亡靈節、聖誕節……總有這個神父的身影。

瑪雅學會游泳，學會下棋，學會英文打字……都是馬丁教他的。有一次他扭傷腳踝，馬丁揹著他，走路去附近的醫院。

「世上有這麼無私的愛嗎？爲甚麼他對我特別好？」

瑪雅回溯童年時的種種回憶，終於醒悟——

自小到大，馬丁給他的就是父愛。

此時，那張常常在教堂外迎接瑪雅的笑臉已不復在，教堂門口異常冷清，枯朽的老樹更添淒涼。瑪雅和以前一樣頑皮，不請自入，溜到教堂的禮拜堂。他想起昔日在這裡的時光，百感交集，本來想隨意逛逛，才走出門廊幾步，後面忽然有人叫停。瑪雅正覺尷尬，一回頭，卻看見一張熟面孔，原來是見過幾次的修士，一個比自己年長幾歲的大哥。

修士也認出了瑪雅，直呼道：「瑪雅！馬丁神父很想你，時時刻刻都提到你。」

「他現在在哪裡？」

「噢！你不知道嗎？神父躺在床上，根本不能走動，意識模糊不清……」

修士告知馬丁病危的事，和瑪雅聊了一會兒，不禁嘆息：「神父不想你掛心，所以一直沒告訴你。唉！他也想不到，病情會惡化得這麼快……」

瑪雅內心感到一陣愧疚，過往兩年工作太忙，眞的沒有好好聯絡神父，連他罹患重病這樣的大事居然都一無所知。

馬丁的寢室就在露天中庭的另一端。

穿過中庭時，瑪雅嗅到一陣燒焦味，鐵罐裡有一堆灰燼。

「神父昨天從昏迷中醒來，就吩咐我燒掉整個紙盒。」

「紙盒？裡面有甚麼東西？」

「他叫我發誓不可偷看。我也不清楚。」

瑪雅登時一怔——

此事極不尋常，世上唯一能說出眞相的人，就在徐徐掀開的門縫後面。

寢室依舊，簡樸的老家具，搖椅案桌，白燭紅櫥，架上綴著橘紅色的布，牆上釘著燭台和小十字架。如舊日般潔淨的房間，卻瀰漫著病懨懨的氣息。

當瑪雅一看見床上骨瘦如柴的馬丁，心裡痛得揪成一團。

馬丁萬萬沒想過，可以在人生的最後一刻，與瑪雅見上最後一面。他睜著垂老的眼睛，靜靜瞧著瑪雅的臉，點了點頭，喜極而泣。

瑪雅也眼泛淚光，跪在床邊，兩掌握住馬丁的手心，凝望著他的雙眼。

「馬丁……我回來了。從小到大，你就像我的父親一樣，陪著我長大，看著我長大，經常照顧我和媽媽……我知道的，在我出生不久，你就故意遷到這個小鎮……我想知道眞相……你就是我的親生父親，對不對？」

人之將死，其言也善，再也沒有隱瞞的必要。

馬丁深情地凝望著瑪雅，微微仰起頭，又疙顫顫往下掉，有那麼一瞬間，瑪雅以爲這個動作等同默認。可是，馬丁微微一笑，雖然極其緩慢，但明顯搖了搖頭，目光中的眞情絕無半分造假。

剎那間，瑪雅冒出一種奇妙的感覺，立刻脫口而出：「你知道的！你知道我的爸爸是誰！對不對？」

馬丁又笑了一笑。

「我的爸爸是誰？」

儘管如此質問不太恰當，但瑪雅自知再不問，永遠就沒有機會了。

馬丁竭盡最後的力氣，笑了一笑，伸出手，指向上方。

上方只有空白一片的天花板。

瑪雅憶起小時候曾問過一樣的問題，馬丁也做出相同動作，敷衍糊弄過去，只說天父就是他的父親。

馬丁閉眼了，再也沒有動靜，連脈搏也消失，彷彿沉沉睡著了，這一覺是永恆的安眠。瑪雅立刻到外面叫人進來，眾人看著馬丁安詳的笑容，便開始祈禱，盼望他安息，回去天主的身邊。

當馬丁的棺材下葬時，亦帶著最大的祕密沉下地底。

43

馬丁生前就有遺囑，請將他安葬在教堂附屬的墓園，塵歸塵，土歸土，靈魂回去天父的懷抱。阿隆娜得知噩耗，亦很傷感，答應回來參加喪禮。

瑪雅相信，馬丁必然是出於善意，才畢生隱瞞關於他身世的祕密。在那堆燒燬的文件中，仍有幾張燒剩一角的殘頁，幾乎隱沒在整堆黑色的灰燼裡。瑪雅撿起那幾張殘頁來看，發現是一堆怪圖和外星文，不倫不類，有點兒眼熟。

「伏尼契手稿！」

瑪雅猛然想起，殘頁上的圖文與這份著名的手稿如出一轍。可是瑪雅不是專家，這個想法只是毫無根據的猜測……即使眞的是伏尼契手稿，那又如何？語言學家尚且無法解讀那種奇文，他更加不可能讀得懂，馬丁也應該不可能……

既然人都死了，瑪雅終於徹悟，他要放下這個心結，人生才能好好走下去。他的親生父親是誰，似乎已經無關痛癢，馬丁做過的一切，不就等同他的爸爸嗎？

人生本來就是充滿遺憾，他就當是讀了一本爛尾的小說好了。

由下機到現在，瑪雅一直關著手機。當他想起這件小事，便開啓手機電源，隨即收到安吉的短訊：

如果你要我原諒你，就要趕來見我。

「只要與你同在，我去哪裡都不怕。」

我在哪裡說過這句話？

瑪雅看了兩遍短訊，得知她安然無恙，終於放下心頭大石。幸好當時同事有錄下惡作劇的過程，他將影片轉寄到安吉電郵，好不容易才等到她的回覆，沉冤得以昭雪。屈指一算，由她發脾氣失蹤到現在，只過了六天，還不到一個禮拜，但這幾天發生的變故太多，讓他覺得過了很久。

女人總是給男人考驗，來看看他對自己的重視。

瑪雅勝在記憶力強，想了一想，童年的記憶立時湧上腦海。當年他陪安吉穿越墨西哥的邊境，偷渡到美國亞歷桑納州的諾加利斯市，曾在一位老太太的民宿住了兩星期。儘管當時下了很大的決心，未來仍是混沌不清，內心充滿了惶惑和恐懼。有一晚，瑪雅帶安吉去看星星，講述他對上帝的見證。安吉聽完，終於有了極大的信心，凝望著瑪雅說：「只要與你同在，我去哪裡都不怕。」

昨夜星辰昨夜風。

彷彿是一樣的星空，滿天星斗如閃爍的寶石。

瑪雅重臨舊地，走上街燈稀落的小斜坡，望見當年住過的小屋。有時候作夢，他也會回來這裡，看著小時候的安吉在玩蠟燭。附近就是邊境，有一道纏滿鐵蒺藜的圍牆延綿到看不見的盡頭，將諾加利斯市隔開了兩邊，一邊在美國，一邊在墨西哥。這裡曾是很熱門的偷渡通道，但自從九一一事件發生後，美國採用新技術加強監控和檢查，非法移民愈來愈難成功偷渡過來。

來到斜坡上，瑪雅正要拿出手機，就發現安吉坐在門口庭院的鞦韆上。兩人對望的一刻，都忍不住大笑。過去一週她與世隔絕，日日以淚洗面，直到前天在外面上網，才發現是一場誤會，眼淚都白流了。

「甚麼怪風把妳吹來了這裡？」

「我氣爆頭的時候哪有想這麼多，在客運站見車就上，就來了這裡。」

「妳以爲自己是茱麗葉嗎？」

「爲甚麼是茱麗葉？」

「茱麗葉誤會羅密歐死了，也跟著殉情……如果茱麗葉聰明一點，不要那麼衝動，『羅密歐與茱麗葉』就是大團圓結局。」

瑪雅繞圈子取笑安吉，沒想到安吉反脣相稽：「笨蛋！你搞錯了！是羅密歐白痴，誤會茱麗葉死了，他才自尋短見！」

「哈哈，妳腦袋怎麼變靈光了？我認錯了。」

「哼！都怪你喝醉，才害我做傻事……你賺這麼多錢，你要賠我！我現在窮得連漢堡也吃不起，在我回去舊金山之前，都要靠你出錢。」

「那麼……要不要跟我來一趟畢業旅行？我開車，跟妳到一座座小鎮，由北玩到南，再由南玩到北……」

「好主意！」

安吉個性直率，毫不掩飾驚喜之情。

這對年輕戀人手牽著手，沿著小時候走過的舊路散步，瞭望一片高低起落的房舍，邊境的圍牆就像天堂與地獄的界線，在寂夜中閃出陰森森的怪光。

即使地域有別，每個人仰起頭，也總是看著同一片星空，亙古常照，連貫千百光年外的時空。

他仍然是他，她也依然如昔，只是他長高了，鞋子和衣服的尺碼大了，兩顆赤子之心依然不變。

這兩年熱戀，他和她一起很快樂，天天都像活在美夢之中。

瑪雅不由得感嘆：「一晃眼，就十二年啦！」

「你一定沒想過，自己在美國頂尖的名校畢業，又在美國一流的公司工作吧？美國政府一定很歡迎你這種菁英。」

「妳畢業之後有甚麼打算？」

「這番話該由我來問你吧！我還沒行畢業禮，你就已經辭職了。」

瑪雅突然指著邊境圍牆，岔開了話題，道：「妳先回答我一個問題。諾加利斯市分開了兩邊，爲甚麼這邊十分富裕，另一邊卻異常貧困？這邊的人均收入大概是對面的三倍，或者在三倍以上。這邊的醫療水平、教育程度、治安……都比對面好得多。」

安吉沒有多想就回答：「因爲這邊是美國，那邊是墨西哥！」

「兩邊只有一牆之隔，氣候、地理環境和天然資源都差不多，爲甚麼會有這麼大的差異？」

「美國政府哪有墨西哥政府那麼爛？」

瑪雅點了點頭，贊同道：「對啊！這就是重點！關鍵就在政制！三百年前，美國和墨西哥都是荒蕪之地，但美國選擇了自由民主之路，而墨西哥一直由一黨專政……結果，一個成爲世界霸權，一個仍然是很落後的國家。」

這十二年，瑪雅在美國生活，加上兒時的經歷，令他有很深刻的體會——爲甚麼都是同一片大陸上的人民，卻有天堂與地獄一般的天壤之別？有些孩子窮得要輟學，病了沒錢看醫生，商人要賄賂官員才能做生意，隨時被砸、被搶，無人伸手援助不幸的鄰人……

「沒希望的地方就是地獄。好的國家，終會出現改變國家的人才。腐敗的國家，只有壞的政治家能掌權。這當中的關鍵就是政制。一百年後，人們將會看出差別。」

很久之前，墨西哥就有了民主，不過只是假民主，圖利得益團體，官商勾結貪污，由上而下都是壓榨窮苦大眾的制度。經過腥風血雨的百年，國家終於有了政制上的改革，總算是走上了一條有希望的道路。

瑪雅向安吉說起最近作過的夢：「當我辭職後，又再作起一些奇怪的夢。在其中一個夢裡，我坐在一間很大的辦公室，雖然看不見自己的樣子，但我執筆簽名的手皺巴巴的——我第一次夢見老年時的自己！」

安吉「哇」的一聲叫了出來，驚嘆之餘，激動得不能自已，緊緊擁抱著瑪雅。

「太棒了！你可以活到很老！」

「我還沒說完呢！然後，有個小伙子敲門進來，他對我的稱呼竟然是『總統』！這眞是一個奇妙的夢。雖然很大可能只是個虛幻的夢，未必會成眞，但至少讓我看見了希望——直到死前，我都希望自己活在希望之中！」

瑪雅志氣高昂，彷彿在痴人說夢一樣，道：「我開始覺得經濟學理論就像是童話故事，無法應用在實際生活上。所以我想走出辦公室，走進村莊，走到群眾裡……我希望可以改變我的國家。接下來的日子，我決定回去墨西哥。」

安吉雙眸盈盈秋水，感動地盯著瑪雅。

「有種人無論世界如何改變，他們也不會改變，永遠有一顆善良的心……你就是這種人！我就是喜歡這樣的你！」

「妳不怪我違背對妳的承諾啦？」

「笨蛋！雖然我一直很期待和你在紐約生活，但是我更希望你快樂，做你自己，追隨你內心的想法。最重要是……無論你去哪裡，都要帶我一同去。」

安吉不僅認同瑪雅的夢想，還跟隨他去追尋夢想。

瑪雅非常確信，她就是他這一生需要的女人。

滿天星光下，他跪下了單膝。

「這個世界有很多玫瑰，但在我眼中，妳是獨一無二的玫瑰。我這兩年努力存錢，就是爲了實現和妳的未來。我希望我的夢想中有妳同在。十二年前，我說過要陪妳，卻沒說清楚期限……如果

這個期限是我這輩子，妳願不願意答應？」

他向她求婚了。

安吉喜極而泣，捂住嘴巴看著瑪雅，驚覺他手上的戒指盒裡，放著一顆藍寶石戒指。這顆本來是項鍊上的藍寶石，竟然鑲在鉑金的求婚戒指上。

藍寶石不會說話，卻由始至終見證了兩人的愛情，彼此最大的幸運就是遇見了對方。

星月的斑斑光影流過兩人身上。

命運這本書，掀開了新的一頁——

一二五九年

《啓示錄》第二十章記述：
「龍，就是最初的蛇，
又叫魔鬼，也叫撒旦。」
由伊甸園開始，魔鬼不停在誘惑人類。
在歷史沒有記載的篇章，
在世人看不見的地方，
永遠有兩股勢力在角力。
有人以爲自己看見的是天使，
殊不知是魔鬼僞裝的使者……

44

陰沉沉的下午，一個老人由破落的修道院出來，沒有拐杖這第三隻腳，他根本無法走路。淒風吹起了枯萎的野草，光禿禿的老樹紋絲不動，空氣中有末日的氣息，但說了一千多年，末日還是未到。

老人回頭看了一眼，一眼又一眼，修道院的門口愈來愈遠，他依然提心吊膽，覺得背後好像有個看不見的敵人。

這個老人曾名噪一時，羅傑．培根的大名，哪個牛津的學者沒聽過？但在他身敗名裂後，就變成一個生人勿近的怪老頭。他的性情亦陰陽怪氣，經常對著空氣自言自語。他口齒不清，甚至有人誤會他是啞巴，誰能想像他年輕時雄辯滔滔的樣子？他是修士，沒有妻兒，一生的熱忱都貢獻在外人匪夷所思的研究上，當年他有自己的實驗室，裡面擺滿了奇怪的瓶瓶罐罐，瀰漫著草藥的氣味。

人人對羅傑的印象都不好，稚童懼怕他，因爲大人說他是邪魔的同僚，妄想將一切金屬變爲黃金。

羅傑拖著殘老的身軀，來到一口舊井旁邊。他蹲下來，拿出自製的鏟子挖掘，挖了一會兒，終於看見十年前埋在地底的木箱。他伸出瘦稜稜的手，撥開了泥巴，撣開了塵土，緩緩揭開箱蓋。箱子裡的物品黯淡無光，都是一堆裹著皮革的羊皮卷，不僅老舊泛黃，還散發出發霉的惡臭。

羅傑咧嘴笑了，打開其中一卷，果然都是自己的字跡，都是只有他自己讀得懂的怪異文字。他將羊皮卷逐一塞入布袋裡，滿滿一大包，等到疾風趨緩，就踏上了歸途，一小步一小步，艱難地蹣跚行走。

乾癟的大地有千萬條皺紋，在荒蕪的路上，羅傑遇見自己的徒弟。這個徒弟當年跟他學習，才十四歲，現在一晃眼已是個大人，長得一臉正氣，深受附近村民愛戴。

徒兒替羅傑揹起布袋，興高采烈地說：「師父，我用你教的方法治好了村長兒子的病……眞的如你所說一樣，給他喝紅蘿蔔榨出來的汁，他的眼睛就恢復正常，在夜裡看得見。」

羅傑溢出了笑意，流淌在蜘蛛網般的皺紋裡。

無人知道羅傑的學識從何而來，儘管他有個「奇異博士」的綽號，但知道這個綽號的人已經死剩無幾。徒兒四出行醫，每當遇到棘手的疑難雜症，只須向師父複述病徵，師父閉著眼沉思一會，往往就可以對症下藥，屢試不爽，比用十字架驅魔有效得多。

血色染紅黃昏的天空，兩人向破舊的修道院徐行。

「我們的國王終於立令，要將猶太人驅逐出英格蘭。」

徒兒和師父談起最近聽到的消息，人民都一片歡騰。也難怪，自從猶太人合謀囤地，土地的價格大漲，惹得神憎鬼厭，很多人眼中的猶太人都是放高利貸的吸血鬼。

「猶太人太聰明了，太精於計算……一個太會計算的民族，一定把錢財看得很緊，守財奴都是自私自利。我們的很多弟兄都認爲，猶太人是害死耶穌的罪魁禍首……」

羅傑長嘆一聲，有股預感，千年的怨恨如輪迴般積蓄下來，終會引致殃及整個民族的大災難。

徒兒拿出兩顆馬鈴薯，羅傑看了看，會意過來，彼此相視而笑。羅傑的牙早掉光了，徒兒也滿口蛀牙，能吃上加鹽的馬鈴薯泥，就是一頓很棒的晚餐。

「師父，痲瘋眞的是不治之症嗎？」

「現在是不治之症，但將來人類一定可以戰勝它。咳……你有照我的吩咐，好好用烈酒清洗雙手嗎？」

徒兒點點頭，他相信師父傳授的知識，空氣中有很多小得肉眼看不見的微生物，它們就是傳染疾病的元凶。師父說他本來發明了一件儀器，可以窺視顯微的世界，可是在他坐牢期間，物品統統都被沒收了，書卷亦被燒光光。

「有很多東西都是眼睛看不見的……」

師父有時會說出莫名其妙的話：「**靈魂，就是看不見的**。」

徒兒感到很可惜，倘若師父可以公開他的知識，一定可以造福人群。教會封鎖事實眞相，也壓迫那些追尋眞相的人。師父裝瘋賣傻，這幾年才可以蒙混過去。話雖如此，師父眞的有點痴呆，現在眼睛有毛病，抄寫都要依賴別人的幫忙。

這是個怎樣的時代？

愚昧如荊棘一樣叢生，命運不由自決，人民只是貴族和地主手上的玩偶。在旱災時，在戰禍的年頭，虔誠的難民只想盡早死去，進入憧憬的天國。世人皆有罪，但只要冒險參與十字軍的「聖戰」，或者捐出鉅款給教會，就可以獲得贖罪券。有了贖罪券，就有更大的機會上天堂。

聖餐的銀盤總是擺滿豐盛的佳餚，白銀的盤面映著饕餮的面孔，而在同一刻，農舍的窮人對著骨瘦如柴的兒女說：「這是很貴的麵包，是用骸骨換回來的。」

領主，騎士，農奴，神職人員，階級觀念不可動搖。

這是一條歷史的黑河。

黑暗的世紀，黑暗的時代。

牙齒已掉光，頭髮已全白，老眼昏花，羅傑能活過七十歲，豈能不感激上帝的恩賜？年輕時，他堅信自己來到世上，一定有重要的使命，而非只是平庸終其一生。堅持的眞理令他差點失去舌頭，非常僥倖才撿回一條小命。

暮年的身軀，舌頭上仍有燙傷的舊疤，曾經有好長一段時間，羅傑被禁言，不准發表任何言論。他一氣之下，就用一種無人讀得懂的怪文書寫，但這樣的行徑顯得他更加詭異，令人懷疑他信仰異端。修道院外的人謠傳，說他的書架上藏著魔鬼的著作，釘死在書架上，怎麼拔都拔不出來。他們都知道，老邁的羅傑曾蒙上使用邪術的罪名，間接和教宗若望二十一世之死扯上關係，過了好幾年鐵窗生活。

「我做錯了甚麼？」

羅傑常常問自己，其實他很清楚答案——他錯在說出了眞理。

只要眞理違背了權威人士的意旨，就成了妖言惑眾的歪理。

出獄後，羅傑無家可歸，上帝憐憫這個又殘廢又潦倒的老人，讓他回到牛津這個棲息之地，在這裡度過餘生。

他的朋友，或者仇人，大都已經離開人世，如果活得久就是勝利，他就是勝利者——但他很清楚自己是失敗者，沒有完成最大的使命。他要找人繼承遺志，只好將一切希望寄託在徒兒身上。

「教宗若望二十一世相信我，本來有機會的……他是被謀殺的……」

這樣的瘋語出自羅傑的口中，只有徒兒肯相信。他知道，當時的教宗死得確實離奇，在做鍊金術的實驗時倒斃，現場有師父字跡的文書，才害師父入獄……天殺的！那些道貌岸然的神職人員，竟然冤枉一個老頭子，要他在牢裡活活困死。師父說，他在獄中睡冰冷的石板，吃混摻鼠糞的稀粥。可憐的師父在獄中虛度人生，百般忍耐，妥協沉默，才終於獲得釋放。

「有時候我會想，如果我不知道那個祕密，我的一生或會大大不同……免了很多牢獄之災……但我沒有後悔。」

這已經不是羅傑第一次失去自由，在他四十歲至五十歲的時候，亦被幽禁了十年。

徒兒站在床邊，聽著臥床的師父說話：「幽禁初期，我的文書都會受到審查……咳……他們都不相信我。我等了很多年，快十年了，時機才出現，我寄給教宗克雷芒四世一封信，他信了我的話，才下令釋放我……呵！甚麼關於鍊金術的信，都是表面的掩飾，一個掩人耳目的幌子。教宗真正在乎的，是我揭示的祕密……咳、咳……」

師父知道的祕密一定相當重大，促成接連五任教宗與他密會。一般人覺得至高無上的榮耀，師父卻不屑一提，可惜在若望二十一世逝世後，就沒有教宗再相信他，也許他們早已遺忘這個老人。

在徒兒眼中，可憐的師父已經弱不禁風，有時只能躺在床上，披著有咳血的被單，衰老粗糙的皮膚已感覺不到跳躍的蚤子。

這一天將盡，驟眼間，窗框好像換了一幅畫，紅霞盡散，變成了紫天烏地。

徒兒開完窗回來，聽見床上的師父自言自語：「米塔……」

徒兒從未見過一個叫米塔的人，與師父往來交際的人之中，亦沒有這樣的名字。但徒兒聽過不止一次，師父在夢囈時，偶爾會喊出這名字。這個「米塔」猶如深埋在他靈魂深處的祕密，一個不可告人的祕密。

「誰是米塔？」

這一次，徒兒終於忍不住問。

羅傑喉頭裡發出嗚咽的怪聲，沉吟了半晌，才緩緩吐出一句話：「她……是天使……只有我才看得見的天使……」

天使？也許，只有病入膏肓的垂死者，才說得出這番匪夷所思的話。

羅傑沒解釋下去，斜歪著頭，盯向牆角，盯向那張陳舊腐朽的寫字桌，瞳孔裡彷彿映現出在年輕時已經逝去的光景。

他的靈魂飄回了那一天——

和米塔相遇的那一天。

45

羅傑年輕時，在曠野遇見一個奇怪的幽靈。

幽靈說，她叫米塔，因爲受不了那些暴徒的酷刑，所以趁機會自殺，來了結自己的生命。

羅傑看得見幽靈——即死者的靈魂。

這是他自小就有的奇能，一直令他自覺異於常人。在一個封閉的世紀，常常有人餓死、病死、戰死……或者在宗教的審判中枉死。幽靈可謂無處不在，羅傑自小有個奇怪的興趣——與屍體爲伍。他不時在屍體旁徘徊，與幽靈對話，聽死者訴說生前種種千奇百怪的經歷。人會說謊，但幽靈無所諱言。靈魂一旦脫離了肉體，竟然保留眞正完整的記憶，不會健忘和失憶，這點一直令羅傑感到相當奇妙。他由此斷定，記憶乃保存在靈魂之中，肉體的大腦只是讀取記憶的器官。

幽靈大都在無意識的狀態下隨處飄蕩，過了七天就會消失。但羅傑曉得，如果是自殺身亡的死者，其靈魂會在世上一直逗留，陰魂不散的時間和人的壽命一樣長。

靈魂沒有性別，但都會以生前的姿態顯現。

米塔全身白色麻衣，金髮秀眼，體態勻稱。四十歲的羅傑依然血氣方剛，心想眞可惜，這樣的絕色美女不該早逝，香消玉殞，只剩觸摸不到的靈體。

「妳幾歲時死的？」

「年齡是女人的祕密。」

「那些暴徒是甚麼人？他們為甚麼要虐待妳？」

「抱歉，我不想說。」

這個幽靈竟然可以拒絕回答，羅傑感到非常愕然。他遇見的幽靈，大都處於神虛魂遊的狀態，無論他質問甚麼問題，這些幽靈都會如實相告，絕不撒謊。羅傑也見過一些幽靈具有強大的自主意識，即使失去了肉體，仍可到處活動，但這樣的例子相當罕見。

米塔更在之上，明明生前只是一名女子，卻精通多種語言，言談中表現出驚人的學識和智慧。她對聖經有異常獨特的見解，近乎異想天開，遠遠超出羅傑的想像和理解。

「《聖經》記載，有一天，當先知以利亞趕路的時候，一輛火光四射的馬車從天而降，載著以利亞去了他嚮往的地方，他的徒弟以利沙目睹這件事……妳的看法如何？」

「在那個時代，或者在你們這個時代，馬車是最常見的載人工具，一個人看見前所未見的事物，都會用自己熟悉的東西來比喻……嗯，將來你們的科技發展到某個水平，就會發明『穿梭機』。」

「穿梭機？」

「載人離開地球的工具，升空時會噴火……天空之外有遼闊得無窮無盡的世界。正如你夜晚看見的星星，地球只是其中一顆星體，繞著太陽轉。」

這樣的事實顛覆了所有人的常識，有違教廷散播的「眞理」——天上不就是天國嗎？太陽和恆星都是上帝創造的，地球是宇宙的中心，誰敢質疑？羅傑又驚嘆又佩服，暗自好奇米塔的學識從何而來，幸好她已是靈體，要不然這番言論傳到神職人員耳中，她一定會被當成女巫活活燒死。

「以色列人圍繞耶利哥城七日，城牆就倒塌了。爲甚麼？」

「那是共振現象，這股力量可以震碎任何物質。」

「摩西呢？他是如何將紅海分開？」

「上帝借給摩西的神杖，其實是一件武器，能源來自太陽光，發動的時候，可以控制重力，短時間內令海水旁分。」

「重力？」

羅傑從未聽過這個名詞，不懂重力的概念。米塔無所事事，也不厭其煩，一一解釋清楚，難得遇上羅傑這種奇才，否則常人哪裡聽得懂？羅傑求學心切，廢寢忘食，把握千載難逢的機緣，半步沒離開寫字桌，記下她傳授的知識。

「爲甚麼其他人看不見妳，只有我看得見妳？」

「人的能力分爲兩種，靈魂能力和肉體能力。肉體能力由血緣傳承，兒子都會繼承父母親的特質……這應該不難理解吧？靈魂能力就是靈魂永恆擁有的能力，你看得見我，就是一種靈魂力量。」

靈魂學的問題、光學的原理、可以飛的機器、射出火石的殺人武器……上至天文，下至地理，米塔都有淵博的知識，一連串咄咄怪事，不斷令羅傑嘖嘖稱奇。米塔還說她知道將銅和錫轉化爲黃金的祕法，但羅傑對於人人夢寐以求的鍊金術沒有蠢蠢欲試的衝動，反而寧願多花時間和她聊天。

他愛死她了，這樣的關係算不算「靈魂伴侶」？

「妳會說多種語言，但我很好奇，妳的母語是甚麼？」

羅傑拐彎抹角地問，乘機打探米塔的底蘊。

「那是一種你未聽過的語言，並不屬於這個世界上任何一種語系……你不會想學的。」

「妳說得眞奇怪。難道妳不是這世界的人嗎？怎會有一種只有妳自己才懂的語言？」

「算了！你就當我沒說過吧！」

每當談到了關鍵話題，米塔就會三緘其口，總是令羅傑心癢難耐，無奈他就是拿她沒辦法。

儘管如此，羅傑跟她談得不亦樂乎，他碰不到她，彼此只能在精神上溝通，但他已將她當成無話不談的紅顏知己。羅傑自小孤僻，不懂人情世故，對他來說，和幽靈做朋友，比面對人類更愉快。

「妳會消失嗎？如果妳是被殺的，在妳死後的第七天，就會消失。」

「我消失了，對你來說也無所謂吧？」

「我會很傷心難過的。如果妳可以永遠在我身邊，我一定歡喜得很。」

米塔忍俊不禁，沒想到在死了之後，還會有男人向她調情。她以試探的口吻提出一個奇怪的請求：「當我有一天消失了……如果你想念我，可以爲我做一件事嗎？」

「甚麼事？」

「找一片四葉草，掛在你的胸口。」

羅傑大感費解，忍不住問：「這樣做有甚麼意思？」

「沒有特別意思，只是代表你想念我。」

羅傑摸不著頭腦，心想女人眞是奇怪，總是令男人難以捉摸。他把這番話記在心上，繼續和她徹夜聊天，晚風不知吹來幾多遍，不知不覺就睡著了。

窗外是模糊的陽光，羅傑睜開惺忪睡眼，四處張望，驚覺不見了米塔。他像個瘋子一樣，對著空牆，連喊她的名字，但只有空洞的回音。

她眞的消失了。

由他遇見她開始算起，只過了三天，但這三天是多麼充實的時光！羅傑悵然若失，心中有一股難言的傷感，如果早知如此，他會寧願不睡覺，把握每秒每分和她共處。他逐一翻看羊皮紙上的筆記，就像讀的是情書一樣，臉上泛起了甜蜜的笑容。

他獨自走到門外，走向了長滿青草的山丘。

人鬼情未了，他就這樣跪在草地上，尋找有四片葉子的幸運草。他本來以爲是很簡單的小事，試過了才喊苦，原來三葉草是大自然的常態，四葉草非常稀有，跪了大半天，膝蓋都磨破了，還是沒找到。

夕陽把草地妝點成金紫相交的顏色。

入夜了，羅傑拖著疲憊的身軀，倒在硬板床上。他躺著，閉眼片刻，睜開眼的時候，竟然看見了米塔的臉。

原來她沒有眞的消失。

米塔坦白說出她的意圖，道：「對不起，我是在試探你。如果你是個不守信諾的人，根本不會去找四葉草。我說要告訴你鍊金術的方法，根本沒這回事，只是看看你是不是貪心的傢伙。」

羅傑縱然受騙，心裡卻毫無不快，失而復得，反而狂喜不已。

「妳回來了！太好了！妳是不是不會消失？」

「我是自殺的……預料還剩下三十年的壽命。你就當我是上帝派來的使者好了，我有重大的使命交託給你。」

重大的使命？羅傑疑惑地瞪著米塔。

米塔凝視他的雙眼，語出驚人道：「我要你去取一件東西——以你們的語言來說，這東西叫聖杯。」

46

「聖杯？妳是說傳說中的聖杯？」

羅傑用上「傳說」這個字眼，全因這件世間盛傳的聖物充滿神祕色彩，有說是耶穌在最後的晚餐使用的杯具，也有說是耶穌的血脈，然而是眞是假，就連是否眞有其物，一切都沒有確鑿的證據。甚至有匪夷所思的傳聞，將十字軍東征和聖杯扯上關係，以訛傳訛，眾說紛紜，梵蒂岡始終沒有承認。

米塔嚴肅地說：「我觀察你這三天，確信你是個可信的人，也是個虔誠的修士，所以我對你委以重任。」

羅傑滿腹疑惑地問：「聖杯是甚麼東西？」

「對不起，我不知道。」

米塔的回答是眞是假，羅傑無從判斷，這三天相處下來，他清楚倘若她有隱瞞的意思，不管怎麼問，都很難套話。

「妳要我幫忙，找一件連妳也不知道是甚麼的東西？」

「我不知道是甚麼東西，但我見過。」

羅傑愈聽愈糊塗，氣急地問：「妳見過聖杯，卻不知道是甚麼東西？怎麼可能？」

「因爲聖杯是個鎖上的銅盒，我只是奉命奪回來，絕對不能開啓。」

「奪回來？」

「對，我和同伴合力，從異教徒的手上偷到聖杯。不幸的是，我落在那些人的手上，他們不停拷問我，手段很惡劣，我受不住，就自殺了……你一定想問，我們到底是甚麼人？這背後有很長的故事，我可以承諾，等到完事之後，我就會告訴你。」

羅傑不動聲色，心裡卻驚訝無比，假如聖杯傳說是眞的，十字軍都搶不回來的東西，這個女人和她的同伴竟然偷得到？

米塔不再轉彎抹角，直接坦承道：「在我遇難前，我將聖杯藏在一個地方。現在我失去了肉身，所以必須借助你的力量去取回來……遇上你也是我的幸運。」

整件事撲朔迷離，雖然米塔一句起兩句止，似乎有所隱瞞，但基督教的聖杯是何等重要的寶物！對羅傑而言，尋回聖杯是非比尋常的榮耀，一旦事成，甚至有機會受封爲聖人，永遠在歷史上留名。羅傑只考慮了一會兒，就答應了米塔，並且起誓，在他拿到聖杯之後，不得打開察看裡面的東西。

當晚，羅傑披上有帽的斗篷，就在深夜中啓程。

在一片潮濕的大霧之中，羅傑騎著馬，前往米塔在地圖上指示的城鎮。該鎭鄰近港口，也是個熱鬧的地區，羅傑曾經去過數趟。

幽靈不會飄，也不會飛，靈體在地面上移動的速度，其實和正常人步行差不多。不過，幽靈有個特性，可以依附在木上，所以羅傑帶著木雕的天使像出門，途中對著木像說話，看在別人眼中，就像個自說自話的瘋子，但這個時分在路上碰不到人，反而碰見不少遊魂。

「取回聖杯後，我要怎麼做？」

「只要你交給梵蒂岡，我的同伴就有辦法接收。」

梵蒂岡？羅傑不由得雀躍萬分，照她的說法，不就可以一窺梵蒂岡高牆背後的禁地嗎？說不定可以拜見萬人景仰的教宗！

羅傑一邊騎馬，一邊吐出心中最大的疑問：「耶穌是眞正的彌賽亞嗎？異教徒也承認耶穌是先知，但他們否定他是彌賽亞……因爲耶穌出生的時間，和他們眞主預告的不一樣。」

米塔當然知道，羅傑口中的異教徒就是伊斯蘭教的信徒。

她的回答模稜兩可，答了等於沒答：「如果你相信上帝，就要相信祂的計畫。」

天亮之際，陽光瀉滿大地，石碑上鋪著亮晶晶的樹葉，雜草叢生的墓園也泛起了生氣。來到這裡，米塔吩咐他去找一個墓碑，羅傑立時領會，她就是將聖杯埋在那個墓碑的下面。

金色晨光下，東一堆墓碑，西一堆墳塚，羅傑在墓廊間穿行，沒有細看，就找到要找的墓碑——有個老人的幽靈立在那墓碑前，就像在等他們一樣，米塔也立刻承認，那老人是她的同伴。

幽靈與幽靈之間可以對話。

米塔向老人問話：「阿烏，你一直在這裡看守，應該沒出亂子吧？」

阿烏既是欣喜，又是焦急，說道：「太好了！妳終於回來了，我再過一天就會消失……我要說一個壞消息，摩摩派的教徒先來一步，把那東西挖走了。」

摩摩派是一個神祕的宗教組織，羅傑只是略有所聞，大多數人根本沒聽過。

米塔怔了一怔，立刻追問：「怎會的？他們怎會知道東西埋在這裡？」

「我也不知道。看來他們早有預謀，跟蹤我們，只等東西到了我們手上，就乘人之危搶過去……眞可惡！我們這次眞是失策了。我看哪，在背後指使摩摩教徒的可能是……」

阿烏忽然頓住，往羅傑身上打量。

米塔覺得事態緊急，只用三言兩語解釋：「這位先生叫羅傑，他是個可以信賴的人。我和你都失去了肉體，只有靠他的幫忙，才能奪回那東西。」

羅傑腦筋靈光，很快想通，阿烏很大可能死於謀殺，並非自殺，所以靈魂只能在世上停留七天。阿烏受命在此地看守埋藏的聖杯，米塔卻遭遇不測，落在敵人手上。由於阿烏的靈魂快將消失，米塔迫於無奈之下，才向羅傑求助，因爲幽靈的靈體碰不到世上的實物。羅傑愈想愈奇，一般凡人絕不會曉得這些靈魂規則，但米塔和阿烏卻通曉一切，他們到底是甚麼來歷？

阿烏繼續向米塔報告：「那兩個穿黑衣的摩摩教徒挖走東西之後，我一直在後面跟蹤，看著他們去了港口那邊，上了一艘大船。這是前天的事，現在我們快趕過去，也許還來得及阻止他們出海！」

羅傑喘著氣，帶著兩個幽靈離開墓園，趕過去市鎮的港口那邊。朝哪一個方向，走哪一條路，阿烏都一一指引，羅傑奔波了一會兒，不多久就來到碼頭，望見一片茫茫大海，海面蕩漾著金燦燦的陽光，波紋呈現奇妙的幾何圖案。

平日喧囂的碼頭人影疏落，在早上難得寧靜，可是羅傑走完整段路，還是沒有找到阿烏所說的大船。

那艘船已出海了。

羅傑呆立在紊亂的風中，感覺就是差了一步，與傳說中的聖杯失之交臂。他徹夜未眠，精神還是相當亢奮，但此刻失落感襲來，令他渾身睏倦感膨脹，全身的肌肉就像洩了氣一樣。

米塔早就有了最壞的打算，向羅傑吩咐：「還不可以放棄！我們要打探他們前往的地點！」

一語驚醒夢中人，大船有揚帆出海的起點，自然也有航行的終點。阿烏曾經上船巡察，船上約有四十多人，這麼浩浩蕩蕩的群眾，很難隱匿行蹤。羅傑自覺勢單力薄，查明了那夥人的目的地之後，應該要向教會求援，才有可能奪回聖杯。以教會龐大的勢力，覆蓋整片歐洲大陸，要搜捕區區數十人自然不難。

「老兄，我有事要問你們。」

羅傑拿出一枚錢幣，向三個碼頭工人打探消息。三人都是粗獷的彪形大漢，坐在麻包和木桶上，擰眉瞪眼，搖頭晃腦地瞪過來。

「之前停泊在這裡的大船，船上大約有四十個都穿著黑衣的人，他們看來都像虔誠的教徒……你記得這樣的事嗎？」

「哦！你是說蛇夫號嗎？」

這次幸運極了，問對了人，羅傑揚起眉頭，心中亮起了希望之光。

「是的……你知道他們此航的終點嗎？」

「那班瘋子！」

那大漢拍了拍自己的大腿，接著又氣沖沖地說：「他們僱用我，搬運很多糧食上船。我問過他們要去甚麼地方，他們竟然指著西邊，說要一直航行，直到抵達一片新的世界。瘋了！這不是集體自殺嗎？我跟他們說，從來沒有人這麼做過，有的都是一去不返，沒有活著回來的……他們聽了，只是笑了笑，沒有理睬我。」

三個工人放聲大笑，彷彿在嘲笑無知的笨蛋。

這樣的答案有如晴天霹靂，羅傑深知不妙，他記得米塔說過，海洋的另一邊有一片新大陸，面積比他身處的大陸還大得多。要是那些摩摩教徒帶著聖杯過去那邊，哪裡還有奪回來的希望？看來，這夥人早有計畫，抱著到新世界重過新生的決心。

半空中，一群海鷗飛過，羅傑昂著頭，往海面泛白的盡頭張望，恨不得自己能飛，飛到海洋彼岸的新大陸。

他聽見了，米塔悻悻然的細語。

如果他沒聽錯，她唸的是一個名字，一個受詛咒的名字——

撒——旦——

47

羅傑經過長長的門廊，清脆的腳步聲在殿內迴盪，兩側雕梁畫棟，掛滿了精美的板繪。羅傑無暇細賞，但其中一幅畫吸引住他的目光，畫中猙獰的人物就是畫家眼中的撒旦。

撒旦是魔鬼，善於迷惑人心的魔鬼，但他曾經是天使，墮落了的黑色天使。

在伊甸園誘惑夏娃的蛇就是撒旦。

紅地毯的盡頭有個門口，門口有兩名魁梧的守衛，兩人凜凜生威的目光裡，只見得著羅傑的獨影，卻沒瞧見他身邊的米塔。

「不要怕。我會陪伴你的。」

只有羅傑聽得見幽靈的聲音，他向米塔微微點頭，繼續向前邁步，來到守衛面前。守衛審視了他出示的信件，就推開了高大的門，門後是堂皇的會客廳。

會客廳裡只有燭光，已有十多個人列席，蒼顏白髮，身穿的長袍顯示他們是元老級的主教和紅衣主教。一雙雙炯炯的目光瞪著羅傑，令他覺得自己在出席一場審判，這些老人的權威不是來自他們的智慧，而是來自他們的地位。

羅傑站在長桌前，低頭向眾人行禮，顯得非常拘謹。

「你就是牛津大學的羅傑．培根？」

居中的紅衣主教問起，羅傑正想介紹自己，才說了幾句，那位主教不想費時，直接拿起一張羊皮紙，繃著臉問：「這是你寄過來的信。你親眼見過這東西嗎？」

對方指著紙上的圖畫，羅傑隔著一段距離，還是認出自己的手繪。這就是羅傑聽從米塔的描述，所繪畫出來的聖杯。只有知情者才知道，眞正的聖杯是個小盒子，單靠一張手繪的圖無法展示實際大小，很多人見了，都會以爲是個靈柩，外形亦十分相似，只不過縮小了數十倍。

靈柩——就是靈魂棲息之所。

「各位親愛的主教大人，感謝你們願意接見我。我沒親眼見過……但有一晚我受到神聖的感召，夢見這東西，然後醒來後，聽見天使的聲音，她吩咐我去尋找它。」

羅傑睨了米塔一眼，如無意外，這套說法會很奏效。

眾主教面面相覷，然後坐在最東側的主教問：「你是不是知道這東西的下落？」

羅傑果斷回答：「是的。天使對我說過。」

紅衣主教突然疾言厲色，發出命令：「我要求你發誓，保證每一言每一語都是眞話，亦不會將今天的密談洩露出去。」

羅傑宣誓完畢，面對眾主教投來的目光，朗聲說出驚人事實：「有一班摩摩派的使徒上了船，將這件聖物帶過去西方遙遠的大陸——在海洋的另一邊，有一片我們從不知道的新世界！」

此言一出，盡皆詫然，席間一陣騷動。

有人氣憤難平地質問：「怎麼可能？世界是平的，那裡是世界的盡頭……」

羅傑向來敢言，立刻反駁道：「我們的世界不是平的！我們身處的世界是一個球體，就和我們看見的太陽和月亮一樣。眞正的世界比我們所知的廣闊得多！」

哄堂語笑喧譁，主教臉上都是不屑之色，覺得羅傑說的是欺詐，是鬼話連篇，荒天下之大謬。

「哈哈，如果地面是一個球體，我們怎麼立得住？我們都會滾下去了！」

「當球面大到一個程度，我們就好像站在平面上。有個證據很明顯，當我們在大海觀察，首先看見船桅，然後才看見船身，由此可見海面是弧形的。」

羅傑詞鋒銳利，自以爲可以令人信服，沒想到紅衣主教卻嗤之以鼻，引經據典，駁斥道：「地的根基安置在何處？地的角石是誰安放……這段經文出自《約伯記》，在《以賽亞書》裡，也提及了地有四角，這難道不是說得清清楚楚嗎？地球是有盡頭的。」

主教手上的福音書極盡華美，金飾封面，四側鑲滿了寶石。

其實學術界普遍已認同地圓說，連不識字的船員也有這樣的概念，只是這些老頑固抱殘守缺，對事實充滿了偏見。

羅傑豁出去了，出言不遜道：「你現在手上的聖經也不一定是對的。神學院的學者早就發現，希臘原文的抄本之間有非常多異文。早期教會的抄本中，很明顯插入了貶低女性的經文，與耶穌宣講的『在基督裡不分男女』大相矛盾。『你們中間誰是沒有罪的，誰就可以先拿石頭打她。』各位主教，耶穌與犯姦淫婦人的故事，你們都耳熟能詳吧？但這樣的故事，《約翰福音》最古老的古卷並無記載。」

話聲甫畢，就有一名主教破口大罵：「聖經怎麼可能錯呢？一定是魔鬼在戲弄你！」

紅衣主教瞇著眼，冷言冷語道：「所以，你的意思是——上帝錯了？」

羅傑直起腰來，昂然回答：「上帝沒有錯，錯的是人！我只是指出，有些人誤讀了上帝的意思！甚至捏造了上帝的意思，刻意竄改聖經的經文！」

主教們恨得牙根發癢，席間出現狂怒的聲音：「立刻把他燒死！」

「你最好爲剛剛的話懺悔！我們會趕你出教會！趕你出大學！」

羅傑自知闖禍了，也懶得再爭辯下去。他聽見米塔大罵：「這些人冒認是上帝的代表！他們拿著聖經，就以爲自己是最高的眞理！他們本來是受壓迫的人，但當他們有了權柄和地位，就變成了壓迫其他人的惡鬼。」

在眾人謾罵的圍攻之中，羅傑卻出奇地感到平靜，垂著頭朝向米塔。他對她喁喁細語道：「對不起，我已經盡力了。妳會占星術，應該預見我的未來很不妙吧？」其實用不著占卜，他也知道與教會敵對，一定沒好下場。

米塔沒有透露未來，只是目光爍爍地說：「你不會寂寞的。直到我消失之前，我都會陪伴你。」

他是她選中的人，正如過往被選中的前人一樣，都要接受命運的磨練和考驗。

最終主教們裁定羅傑是個騙子。

這次密談不歡而散，羅傑黯然離開會客廳，當他下了樓梯，快要走出內庭時，耳邊出現了一陣急促的腳步聲。

他回頭張望，就看見了一個穿著白袍的身影。

「培根先生，請你稍候。」

有一位白衣主教匆匆追上，叫停了羅傑。羅傑對他印象深刻，因爲剛剛在會客廳，就只有他沉默不語。

「我叫蓋伊。很高興認識你。我相信你的話。」

羅傑怔怔地瞧著他，誠惶誠恐地問：「你不怕受到譴責嗎？」

這男人就是日後成爲教宗克雷芒四世的蓋伊主教。

他粲然笑著說：「科學與宗教不一定要有衝突。我有信心，當我們愈是發現大自然的規律，當我們知道所有規律都是如此完美，我們就會相信神的存在，有一個創造者在主宰一切，包括每個人的命運。」

羅傑深受感動，心中湧出一股熱流。

當他們聊天的時候，有人正在二樓偷看，這人穿著紅色主教的裝束，拿著鑲金的福音書。他看得見羅傑旁邊的幽靈。忽然間，他朝身後無人的杜廊突突噥噥地問：「那個男人被魔鬼纏上了吧？」杜廊陰影中，現出一個黑衣男人的幽靈。這個幽靈眼神森寒，毒蛇般的臉上露出了曖昧的笑容。

在歷史沒有記載的篇章，在世人看不見的地方，永遠有兩股勢力在角力。

像羅傑這種人，他是先驅，但不會後繼無人。在他之後，眾多智者將會挺身而出，縱使面對不公義的審判，依然永不屈服，依然爲信念而戰。他們打破阻礙人類進步的鐵壁，他們粉碎權威的高牆，他們捍衛眞理，他們以死相殉……在某些聰明人眼中，他們是傻子，但沒了這夥傻子，就沒了科學時代的開端。他們深受薰陶，在他們之前，曾有一位聖人在十字架上犧牲，用鮮血來喚醒人心，帶來眞正的救贖。

在西方這片土地上，鮮血絕不會白流，一些人覺醒了，其他人都會跟著覺醒。

基督之心是一切信仰的基礎。

彌賽亞的意思就是救世主。

到了末日的時刻，彌賽亞就會重臨……

二〇一五年

墨西哥的祖先遵照神的啓示，
當他們看見一隻鷹咬住蛇落在仙人掌上，
就在該地定居，然後建立家園。
自從侵略者遠渡重洋而來，
獨裁者配合帝國主義巧取豪奪，
整個拉丁美洲就像被切開的血脈，
百年的噩夢如同擺脫不了的惡靈。
那一天，他在火車站的墨西哥國旗下，
看見悲苦的大眾、孤兒和乞丐……
然後，他彷彿聽見來自主的聲音，
祂說：「我渴。」

48

恐怖大王沒在一九九九年降臨地球，瑪雅曆法的第五個太陽紀在二〇一二年的冬至終結，十二月二十一日那天平平無奇，我們醒來，世界依舊運轉如昔，末日的預言到頭來只是虛驚一場的鬧劇。

除了上帝，無人知道末日審判何時到來。

馬康多市的山坡上有個廣場，今晚聚集了不少群眾，他們日間勞碌，晚上就穿著涼爽的衣衫，引頸企盼，盯著廣場內側的演講台。這些人有不同的膚色，有貧民，也有富人，有的自遠處而來，有的坐在輪椅上，有的婦人手抱嬰兒……廣場燈光漸漸亮起，人群愈來愈多，依照無言的秩序，東一團西一團，各自席地而坐。

有個婦人正在尋找她的孩子，在人叢的縫隙中繞來繞去，到處都撲空。會場有些穿藍衣的年輕人，看來是義工。婦人向這些人求助，一個女生露出見怪不怪的表情，走在前面帶路，來到講台旁側的臨時小帳篷。

帳篷裡，有個穿著白色襯衫的男人在折疊椅上坐著，膝前圍攏著四個小孩，其中一個就是婦人走失了的稚子。男人張開手掌，套著橡皮筋，正在表演一個小魔術，逗得眼前的孩子樂不可支，哇哇歡聲大笑。

「華奎斯先生，眞的很對不起！我的孩子太頑皮了……」

婦人一把攫住稚子，靦顏忸怩，賠個不是。

「不用介意！我喜歡小孩子。」

華奎斯先生的笑容很親切。

那大媽才帶著稚子離開不久，就有個穿著灰色襯衫的青年進來。他的灰色瞳孔在一剎那變大，乾瞪著眼，繞過在帳篷裡搗蛋的小鬼，又好氣又好笑，向華奎斯先生說話：「這裡怎麼變成了兒童樂園？你還給他們準備了玩具？」

華奎斯先生指著帳篷裡的箱子，像個頑童一樣，喜孜孜地說：「尼爾，現在的玩具不便宜啊！我們經費有限，怎會買得起？這些都是民眾捐出來的舊玩具，滿滿一箱呢，實在太棒了！」

華奎斯先生就是瑪雅，他已三十四歲，仍然有一雙天眞爛漫的眼睛，不失童心，骨碌碌地瞧著尼爾。這個晚上，他的頭髮經過悉心梳理，整個人容光煥發，就像燈台上的亮燭，有種耀目光芒。

尼爾滿意地笑了。

「再過五分鐘，你就要上台。」

「尼爾，眞的很感謝你，我們終於來到這一步。」

「去年這個時候，你找我當競選主任，我還罵你神經病……我現在很有信心，你會成爲本市最年輕的市長。」

瑪雅拍了拍尼爾的肩膀，兩人已是相識十多年的老朋友，一笑勝過千言萬語。

尼爾記得，去年某一天，瑪雅在他的律師事務所出現。瑪雅說：「你的老家在馬康多吧？你跟我走吧！我需要你。」當時，尼爾回話：「你瘋了嗎？要我拋棄在美國的高薪，回去那個窮鄉僻壤？你開出甚麼條件請我？」沒想到瑪雅的臉皮奇厚，丟下一張體育彩券，便說：「如果這張彩券中了，就當是給你的酬金。」

那張彩券賭的是德國對巴西的球賽，七比一。

尼爾覺得荒謬絕倫，本來沒有當眞，但當他看著電視直播的足球比賽，看著巴西國家隊飽受蹂躪，足足有半個小時目瞪口呆。彩券的賠率有一千倍以上，一百元乘以一千，只是十萬，不及尼爾年薪的一半，但尼爾想了三天，決定加入瑪雅的競選團隊。

瑪雅就是有這樣的魅力，令尼爾甘心放棄高薪厚職，千里迢迢回來這個不繁榮的馬康多市。比起以前的工作，現在的工作有意義多了。以前，尼爾主力打性侵犯案的官司，專門幫富人脫罪。現在，他幫的是草根階層，經常弄得滿鞋都是泥巴，卻快樂多了。

這十年間，瑪雅推動「鄉村銀行」的計畫，改善了不少農民和漁民的生活。正如他常掛在嘴邊的話：「金錢不是萬惡的，只要交到合適的人手中，就能帶來希望——種子就是應該交給農夫。」

兩個月後的市長選舉，就是他從政以來的首個考驗。

瑪雅揭開了布幕，一步步走上台階，登上屬於他的舞台。等到滿場喝采聲結束，他就在眾所矚目之下，對著麥克風發表演說。

這時候，尼爾也悄悄走到外面，望向第一排的座位，眼神碰上了華奎斯夫人安吉，便微笑著點頭示意。選舉就是形象工程，這對夫妻俊男美女，在選民心中大大加了印象分，尼爾更找專人幫安吉設計衣服，令她每次出場都流麗自然，扮演陪襯太陽的月亮。

擴音器傳出瑪雅響亮的聲音：「一百年前，這裡有很多窮人。今天，還有很多人生活在貧窮線之下。悲劇就像是牢不可破的宿命，假如你是窮人，你的下一代都是窮人……有人跟我說過，如果你無法改變這個世界，就只有接受它，儘管它是錯誤的。可是，今天我要告訴你們，我就是來改變這一切的。我不是要挑戰法律，也不是要傾覆常規，我只是想讓大家的夢想，變成我的夢想，所以我要成爲市長。」

「天主沒有創造貧窮，貧窮是我們自己造成的，因爲我們不願互相分享。人的貪念是本能，所以我們需要一個正義的制度，來限制有權有勢的人作惡。一個偏幫富人、打壓窮人的政府，你們能接受嗎？一個財團壟斷、貪瀆舞弊的社會，你們能忍受嗎？一個顛倒黑白、賞惡罰善的世界，就是你們嚮往的嗎？大多數人離不開貧民窟，看不起醫生，呼吸骯髒的空氣，吃受到污染的食物，睡在冰冷的街頭……我告訴你，你的出生決定了你的命運，你就要逆來順受嗎？這一切都是錯的！但錯的不是你們，而是這個社會。這個社會病了，就要有人來醫治它。」

「你們之中，一定有人把錢看得很重，相信名成利就、安享逸樂才是人生的意義。我們終將迎接死亡，如果我們的運氣夠好，就能上天堂……但如果上不了天堂呢？我們的靈魂會去甚麼地方？我猜想，最大的可能就是留在這個世上。佛教有來生的說法，伊斯蘭教和猶太教也有來生的說法，我只是打個譬喻，假如眞的有來生，這社會只有百分之一的富人，其餘百分之九十九都是窮人，根據這樣的機率，一個人就有百分之九十九的機會投胎成爲窮人。」

「當然，我相信有天堂這回事。天國是可以在地上實現的。如果一個人的靈魂掉進地獄，他就永遠萬劫不復嗎？如果懺悔，他還可以得到救贖嗎？答案是肯定的。所謂的天堂，就是讓那百分之九十九的人都一樣得到幸福。」

「幸福是甚麼？我在上台前，看見一個母親對著嬰孩的笑容，我就明白了，幸福就是希望……當我們有一個公平公義的社會，看見下一代活在希望之中，變得愈來愈好，這就是幸福了……」

尼爾看著聽眾的表情，就知道瑪雅成功觸動了他們的心弦。

比起專業的政治家，他的演說有點亂來，但比起高談闊論的虛言，這樣的演說更能打動人心。人人都很喜歡他，因爲他很正直，一點也不像其他的政治家。

這樣的魅力來自高尚的品格，天賦天成，任何訓練班都塑造不出這樣的人才。過去十年，他毫無私心，一直爲可憐的窮人爭取權益，勇於堅持自己的信念。漸漸地，他的信念就變成其他人的信念，追隨者愈來愈多。

他的聲音喚醒了民眾的良知。

尼爾看人的眼光很準，心中篤信，只要瑪雅當選，就可以爲馬康多市帶來更多改變。即使瑪雅獲得了權力，他也不會腐敗，他就是這種人。

有個穿著藍衣的少年來到前排，湊近尼爾身邊說了一些話。尼爾伸長脖子，回頭張望，果然看見那個全身黑衣的人。雖然那個人異常低調，戴著帽子和墨鏡，但他剛剛脫下墨鏡的時候，露出了悍戾的眼神，瑪雅這邊有人認出了他。

這個人叫猶達斯，已經來過很多次了，肯定是來刺探軍情——選舉就是一場沒有硝煙的戰爭。

卡拉姆是另一個市長候選人。

猶達斯就是卡拉姆最忠心的部下，替他做了不少骯髒的事。

尼爾偷瞄背後那張臉，心中難免對猶達斯有厭惡感。

因爲他的面相很像鬥牛犬。

49

馬康多市市中心，有間特別的小書店。櫥窗陳滿了瑪雅的著作，書名叫《99％人民的夢想》，以報導文學的形式寫成，表述了瑪雅的政治理念。

這本書感動了很多人，其中有一則故事說到，瑪雅在路上遇見一個愛看書的拾荒者。繞著書的話題聊了一會，拾荒者覺得投契，便帶瑪雅去廢棄的馬槽，去看木板下面的藏書。瑪雅跟他要了一本舊書，放到網上拍賣，賣出了一個很驚人的價錢。拾荒者收到這筆意外之財，就聽從瑪雅的建議，開了一間書店，聯合拾荒者的人力資源，加上完善的網上銷售系統，在舊書買賣的市場搞出了名堂。

這間書店的老闆就是這個拾荒者。

賣書是難以致富的生意，但他至少可以自力更生，不必再露宿街頭。他一直津津樂道這段與瑪雅有關的奇妙經歷。

市中心一隅有片空地，本來是廢棄的停車場，現在拼滿五顏六色的貨櫃箱，都是一間間小型辦公室，變成了年輕人的創業基地。光有好的主意還不成，必須有人願意挺身而出，去和官僚斡旋，美事才能成真。

有種人，給他更大的權力，他就能做出更多有意義的事情。

「華奎斯先生！早安！」

由早到晚，都有很多人和瑪雅打招呼。哪怕只是個賣菜的大嬸，瑪雅也會熟記她的名字，握手時，都會誠懇地凝望對方的眼睛。

瑪雅活過了二〇一二年，現在他所經歷的事，都不曾在預知夢裡出現。可能有的，只是他故意不讓過去的自己預見未來，現在他一拿起智慧型手機，螢幕都會照出自己的鏡像。以前他戴的是電子錶，隨時可知日期，自從有了智慧型手機後，他就沒戴手錶的習慣，也不再用紙本的行事曆。

目前為止，不計那個當總統的怪夢，他在夢中看過最遠的未來，只到二〇一四年的世界盃決賽。以機率來說，照理說不會這樣……難道說，這幾年間，將會有影響他人生的大事發生？如果預知夢是靈魂自有的奇能，有甚麼情況會令他的靈魂狀態改變？

瑪雅胡思亂想，不知不覺已踱步來到週日的農場市集。他的選舉團隊差不多到齊了，他們都和瑪雅一樣，穿著涼快的T恤，準備走入人群裡，開始當天的宣傳活動。

農民都是瑪雅重要的支持者，全靠瑪雅募集教育基金，讓他們的兒女到外面學習，帶回來市場學的知識，掀起農產品包裝增值的革命。現在，他們不用受到中間商的剝削，可以直銷給顧客。

瑪雅總是幫窮人出頭，無可避免得罪了大財團。

幸好，民主的規則是鬥人數，大財團的股東再有錢，票數也是有限。

不遠處，有一輛勞斯萊斯的轎車橫行無忌，如一匹暴戾的黑馬，轉彎不長眼睛，差點撞倒了行人。車一停好，有個男人先下來，人人都認得他是「鬥牛犬」猶達斯。十秒後，又有兩名保鑣下來，守在轎車兩側，隔了半分鐘，主角才施施然下車。

鳥喙鼻，粗濃眉，微鬈的黑髮，黑條紋襯衫，此人就是現任市長卡拉姆。他身材略胖，但體格健碩，看起來霸氣十足。有人揭發卡拉姆戴假髮，結果那人被揍個半死。知情者都說，寧可得罪上帝，也不要得罪卡拉姆，因爲市長爲人很小器。

卡拉姆來到水果攤前，與等候已久的女記者握手。然後他惺惺作態，拿起一顆青蘋果，和水果攤裡的婦人聊天，攝影記者則在旁拍照，色彩繽紛的水果就是背景。

尼爾在瑪雅耳邊低語：「我認識那個女記者，約過她幫你做訪問，她說不方便……原來是這麼一回事。」

卡拉姆和土豪富商有勾結，這件事已不是祕密。他對連任志在必得，來這裡受訪，不巧遇上瑪雅，出於禮貌，便過來握手和他打招呼。

「眞巧啊！華奎斯先生！很高興遇到你。」

「我也是。謝謝市長大駕光臨。」

「你特地來逛街嗎？這個市集辦得不錯呢！」

「謝謝讚賞……我們是主辦機構。」

卡拉姆出了糗，藉假笑掩飾過去。那女記者向尼爾眨了眨眼，尼爾立時明白，暗暗感謝她故意約在這裡訪問，心想今晚要好好請她喝一杯才行。

「華奎斯先生，你還在搞『乞丐貸款』嗎？」

瑪雅聽得出話中揶揄之意，便反脣相稽道：「這個貸款的規模愈來愈大，幫助很多窮人實現了夢想。你口中的『乞丐』，都比大人物更講信用，他們賺到錢，都會準時還債。」

「嘿，依我看，規模再大也只是小數目吧？我是雷根經濟學的信徒，扶持大企業，讓少數人先富起來，當大企業賺到錢，工人就會得益。滴水理論，你聽過吧？」

「事實如何，你有了解過嗎？當你認眞看一看吉尼係數，就會發現貧富懸殊愈來愈嚴重，墨西哥草根階層的生活愈來愈苦，血汗工廠沒有消失。對年輕人來說，幾乎沒有向上爬的希望。所以說，甚麼經濟繁榮都是假的，只是讓利益團體中飽私囊。」

這是意外的辯論前哨戰，兩人互不相讓，但卡拉姆壓根兒看扁了瑪雅，不把這個對手放在眼內。在之前的民意調查，瑪雅落後太多了。卡拉姆訕笑一聲，揮手告辭，繼續接受女記者的訪問。

「市長……你的政綱重點是提高警員的薪資？」

「嗯！在我領導之下，本市的治安會愈來愈好！」

卡拉姆不僅和警方關係密切，他與黑幫的關係也很密切，犯罪率是高是低，全看他的指示。輿論並不看好瑪雅。

比起財大氣粗的卡拉姆，瑪雅一方的選舉資金十分短絀，連影印紙的費用都需要請人贊助。大馬路上四處可見卡拉姆的看板，連炸雞店的門口都有他的人形立板。尼爾把心一橫，放棄在傳統媒體上宣傳，全力主攻網路社交媒體。他們的主要對象是年輕人和青年人，因爲這些人仍有熾熱的心，比較願意接受改變，不容易受到小恩小惠的誘惑。

尼爾和瑪雅研究過各國的成功案例，這十幾年來以小勝大的選戰，大都是透過網路無遠弗屆的傳播力，來喚醒沉默的大多數。

這就是民眾的力量。

「卡拉姆以爲贏定了，這就是他的盲點。我怕老狐狸會用上卑鄙的手段，所以在臨近選舉才全力進攻，這幾個月眞是辛苦大家了！」

尼爾是整場選戰的參謀長。

他的策略是否成功，很快就會有答案。

在選舉總部的辦公室，牆上掛著一幅直身西洋大畫，畫中是大衛戰勝巨人歌利亞的情景，這個故事起了振奮人心的作用。

「民意調查結果出來了！」

眾人圍攏在電視螢幕前，看著瑪雅名下的支持率，又比較卡拉姆的數字，隨即歡聲雷動，哄堂喜氣洋洋。選舉日倒數兩個月，他們終於反超前，而且差距有六個百分點。尼爾大笑，因爲他很清楚卡拉姆只有鐵票，這個老傢伙不會爭取新的選票。

另一邊廂，在另一個電視螢幕前，顯示出相同的畫面。

「砰」的一聲，玻璃碎開一個大裂縫，卡拉姆大發雷霆，一把抓起遙控器，砸爛掛牆的大螢幕。猶達斯、顧問律師和另外兩名下屬站在旁邊看著，均是沉默不語。

「我要幹掉他！」

「如果你是認眞的，我勸你不要做。在選舉前夕，你會惹來很大的嫌疑。」

在場律師出言相勸。

卡拉姆怒目瞪著眾人，眼神中顯然有責怪的情緒，不用讀心術也猜得出，他一定覺得自己的錢白花了，白白養活一班做不了事的飯桶。

「他們是不是作弊了？支持率怎麼一下子升了那麼多？」

猶達斯站前一步，面無表情地說：「我聽過這樣的傳聞，他們之前教唆支持者，在接受民意調查時，故意假惺惺支持你，灌水給你的支持率……」

卡拉姆大力拍桌，大聲怒吼：「怎麼不早說？他們這樣做不是違法嗎？」

「法律保障每個人有言論自由的權利。」

律師不識時務，在傷口上撒鹽。卡拉姆氣得咬牙切齒，瞪著破碎螢幕中瑪雅的臉，蠻不講理地大罵：「我討厭法律！」

候選人瑪雅的選舉總部，主要成員都是朝氣蓬勃的年輕人。他們不懂現實，在他們雪亮的眼中，一切美夢皆有可能。

尼爾買了很多藥品回來，間接提醒大家，接下來要打的是一場硬仗。瑪雅看著倒數階段的日程表，揉了揉鼻梁中間，目光又恢復了神氣。

民意調查報告出來之後，團隊的鬥志相當高昂。

尼爾走過來和瑪雅聊天，道：「我很想叫你一聲市長先生！就算你生病了，也得撐下去！」

「你放心吧！我從來沒生過病。」

「怎麼可能？只是你忘了吧？」

尼爾以爲瑪雅在開玩笑，沒再追究下去。瑪雅只是一笑置之，心想如果安吉在場，她就可以作證，自小他就有百病不侵的體質。

「你記得他是誰嗎？」

尼爾轉換話題，向瑪雅展示一張照片。

「哦！當然記得。他是卡拉姆的助手……他叫猶達斯吧？」

「你要小心提防這個人。他是個罪行累累的前科犯，甚麼都做得出來。人人都知道，他是卡拉姆的打手，代替他處理骯髒的事。可惜，我們請不起保鑣……」

「就算請得起，我也不要！你看紐約市的市長，還不是獨個兒坐地鐵？一個政治家連面對群眾的勇氣也沒有，只是個懦夫！」

「總之，你要小心一點。他們可能會挖你的醜聞。三年前，和卡拉姆競爭的候選人就是因此落敗。」

「我一點也不怕。我從來沒做過壞事，他們這樣做，只是白費時間。」

瑪雅感謝尼爾的提點，看了看時鐘，便離開工作桌，向眾人交代：「今天下午沒有活動，我要去當禮物大使啦！」當天他穿著輕便的短衣、短褲，便於行動，彎腰半蹲，搬起了放置在角落的紙箱。

瑪雅趁著難得的空檔，親自開車，將舊玩具送到孤兒院。這些孤兒都沒有投票權，記者也不會報導這件事，但瑪雅熱心行善，並不是爲了選舉。墨西哥黑幫仇殺連連，禍及下一代，這些孤兒都是受害者，都是窮人之中最窮的一群。

「與其捐錢，不如送玩具。我會教這些孩子明白，這些玩具背後都有愛，他們沒有被世界遺棄。」

就算瑪雅不解釋，大家都知道他最愛做這種傻事，如果有一天他改變初衷，這個就不是值得他們追隨的瑪雅。

這個下午，瑪雅開車到孤兒院，送完玩具，離開時，卻發覺車子無法發動。尼爾都叫這台破車

「驢子」，他甚至警告瑪雅，再開這樣的車上路，將會危及交通安全。有一次，瑪雅接載美國來的老同學，停車時，其中一側的車頭燈掉了下來，場面尷尬不已。

沒想到在做完好事之後，遇上車子故障這種倒楣事。

瑪雅只好打電話叫拖車。

由修車廠出來，瑪雅拿著帳單，有點懊惱。他心想：「我穿著運動鞋，距離不遠，直接走回總部吧！」他揹著背包，沿著馬路，享受獨步的時光。一路上，他都有種詭異的感覺，覺得有人在盯著自己，舉目四盼，又看不見任何可疑人物。

瑪雅搔了搔腦袋，又繼續走，來到橫跨河道的行車橋。這座橋有三十公尺長，懸空五公尺高。橋上的行人道聚集了一些人，紛紛鬧鬧，瑪雅好奇去看看，竟看見橋下垂吊著一頭小牧羊犬，遭風吹遭日曬，奄奄一息的可憐相。

有旁觀者告訴瑪雅，這頭狗因爲咬傷黑幫大哥的兒子，大哥就將牠吊在這裡，要牠活活曬乾渴死。

小狗發出求救的哀叫，卻沒有人敢將牠救上來。

「好撒馬利亞人來救你了！」

瑪雅想了沒多久，拜託旁邊的中年男人保管背包，就攀過了橋欄，打算下去救狗。

雖然橋高五公尺，但中間的橋墩伸出個小平台，成爲很好的踏腳點。瑪雅踏上小平台，可以再沿著有縫隙的牆面往下攀爬。瑪雅曾跟史提芬學過攀岩，手腳敏捷俐落，毫無難度可言。

河道的水不深，橋的下方有片露出水面的浮島，瑪雅跨步躍過去，向上伸出手，剛好可以解開繫住狗身的繩結。死結固然難解，但只要有心，看清楚繩結的結構，就沒有辦不到的道理。

瑪雅抱住小狗，先將牠送上橋墩的小平台，有兩個男人也見義勇爲，站到平台上幫忙，合力將瑪雅拉了上來。當有人挺身而出，就有更多人願意站出來，一雙雙手伸出來，成功拯救了一條小生命，也讓瑪雅輕鬆回到橋上。大家都很有默契，無人偷拍這個過程，事實上有這麼多人參與，黑幫大哥要算帳也很頭痛。

「可惜我家裡已有兩頭狗，無法收養你啦……不過，你這麼可愛，很快就會有新主人領養。」

瑪雅摸了摸小狗的頭，來不及等動物中心的職員，就要趕回去選舉總部。他向男人取回背包，道謝一聲，便瀟瀟灑灑地離去。

剛剛，他並不是故意引人矚目，但既然發生了，他也順便做了一個小動作，將手機啓動錄影模式，再放入背包側邊的網袋。很多人都不知道有這一招，就算網袋的網孔細密，只要有光穿透，手機鏡頭都可以清楚拍攝到周圍的景象。

本來只是碰碰運氣，想不到眞的在圍觀者之中，拍攝到一個可疑人物。

瑪雅不會認不出這張臉。

「猶達斯……」

他在心裡默唸。

跟蹤他的人就是猶達斯。

51

距離選舉日，倒數一個月。

卡拉姆懂得籠絡人心，但由於他偏幫富人，鬧出過貪污的醜聞，所以漸漸受到民眾的唾棄。儘管如此，還是有這樣的傳言，沒有他坐鎮的話，大企業會撤資，黑幫會興風作浪，這個帶著鳥喙鼻的梟雄，就是馬康多市的秩序守護者。

馬康多市最大的報社向卡拉姆陣營靠攏，瑪雅和一名少年站在酒店門口等紅綠燈，記者就捏造出政治家有戀童癖的新聞。可是，人人都知道瑪雅很疼愛妻子，早就識破這種抹黑的伎倆。

每當卡拉姆看見瑪雅大受歡迎，心中的嫉妒之火就會燃燒。

「他只是假的救世主！他只是虛有其表的騙子！這個公子哥兒太嫩了，根本不懂政治！這些笨市民只是受騙了。」

可是，卡拉姆心裡明白，他得到的只有「市井小販叫賣」的讚好聲，瑪雅贏得的是眞心的喝采聲。

這是天大的屈辱。

卡拉姆是黑幫家族的獨生子，他是學校裡的優等生，卻沒有同學敢靠近他。他的初戀情人舉家搬遷，就是怕扯上關係。卡拉姆辛辛苦苦成爲執業律師，可是外面的人都說他賺的是骯髒錢，專門幫黑幫的疑犯脫罪，給他起了一個「老鼠律師」的外號。

黑幫是朝不保夕的事業，一旦失勢，就會丟命。卡拉姆曾收過一個包裹，包裹裡有一截血淋淋的斷指，後來就得悉父親的噩耗。

財富很重要，但更重要的是權力。

有財、有權、有勢，在世上才是真正的無敵，無往而不利，左右亦逢源。

卡拉姆加入了政黨，開始從政之路。他永遠不會忘記，三年前當選時，整個世界好像改變了，他成爲太陽，別人繞著他而轉。曾經瞧不起他的富商主動示好，大獻殷勤，給了他一個驚喜——當他走進地上鋪滿一疊疊鈔票的房間，嘗到了權力帶來的歡悅。如果他是夏娃，也一定會受不住蛇的誘惑，偷摘禁果，有了智慧和慾望，才真正明白做人的樂趣。

他暗暗立志：「如果我再度當選，別人要賄賂我，就要在浴缸裡倒滿金幣！我要當州長，然後當參議員！」

可是，他的人生大計出了亂子，瑪雅這匹黑馬跑了出來。

這個週日，卡拉姆不用上班，但他照樣回到市長廳的辦公室。市長廳是一幢老建築，如神殿般屹立在市中心，門衛不算森嚴，但只允許權貴人士進入，這裡就是馬康多市的行政核心。

卡拉姆在等一通電話，等了半天，手機終於響起。

「嗯……做得很好。」

聽完電話另一端的密報，卡拉姆只簡短回了一句，隨即掛斷線。他手上拿著一份行程表，對競選對手的活動瞭若指掌。

週日的農場市集出現混亂，黑幫分子到場破壞和收保護費……只要是瑪雅陣營的宣傳攤位，見一個拆一個……惡漢在選舉總部門口淋上油漆……就算報警也沒用，警員總是姍姍來遲，犯人早已逃之夭夭……

雖然卡拉姆不在現場，但他可以想像，在暴力面前，那些顫抖和大哭的表情。

「嘿。他終於嘗到了教訓。」

這一刻，卡拉姆暗地裡笑了，他就是要散播仇恨，令瑪雅那邊的人恨他，只要有人意氣用事，犯了一點小錯，瑪雅的形象就會盡毀。他亦要製造恐懼，給市民傳達一個信息，只有他才能駕馭黑幫和警察，因爲他們之間的利益立場一致，已有默契一般的合作關係。

在他眼中，瑪雅只是個懦夫，受到了欺壓，就只會啞忍，甚麼都做不了。

市長的房間掛著墨西哥總統迪亞斯（Porfirio Diaz）的肖像畫，這位總統卒於一九一五年，官方歌頌他爲「現代墨西哥的創建人」。每個熟悉歷史的墨西哥人，都會記得他說過：「可憐的墨西哥，離上帝太遠，離美國太近！」當他掌權時，經濟空前繁榮，但實際受益的只是特權階層和外資，廣大群眾的生活未見改善。

政治就是黑暗的！

既然前人定下了這樣的規則，若要追求了不起的成就，就要躋身成爲特權階層的一員，或者向這些人出賣靈魂。只有當特權階層的人吃飽了，他們才會施捨平民。平民想要安定，就要乖乖當順民。千百年來，歷史就是如此，魔鬼對人類的誘惑從未中止，妄圖改變的人只會死於非命。

但還是有人敢於抗命。

市長室的內線電話響起來了。

「市長先生，華奎斯先生在外面，他要見你。」

聽完門衛的報告，卡拉姆怔了一怔，回應道：「叫他離開吧，我正在忙。」

沒想到……有這種不按牌理出牌的怪人。

卡拉姆打開電視機，注視閉路電視的畫面，穿著西裝的人就是瑪雅。這傢伙竟然上門找碴，過來討回公道。卡拉姆頓時後悔，他剛剛那番回答，就是間接表明自己在辦公室裡。不過，就算瑪雅知道了，他又做得了甚麼？

出乎卡拉姆意料之外，瑪雅竟然無視警告，闖過了警衛的攔截，手法強悍地推開門，風風火火地闖進了市長辦公室。

卡拉姆呆了半晌，但很快恢復冷靜，坐在辦公椅上，對著衝過來的瑪雅問：「你知道這樣擅闖進來，我可以報警拘捕你嗎？」

瑪雅鼓著眼睛，直瞪著卡拉姆。

他咄咄逼人地問：「黑幫搗亂，和你有關係嗎？」

卡拉姆面不改色，裝蒜道：「我不知道你在說甚麼。你私下得罪了黑幫，就不要怪到我頭上。週日本來就不該工作……上帝沒教你嗎？警員通常在週日休班，警力當然不足，這是常識吧？」

瑪雅微微一笑，幽默中帶著諷刺道：「卡拉姆先生，希望你別誤會我的意思。我本來是來感謝你的，我們將黑幫搗亂的影片放到網上，立時得到廣大迴響，不到一個小時，點擊率已經過萬……我以競選對手的身分提醒你，市民厭倦黑幫，懷疑是你做的，就會將選票投給我，這樣你會很吃虧的，別人也會誤會，你是覺得輸定了，才會使出這種招數，對不對？」

卡拉姆登時語塞，沒想到這看來弱不禁風的對手，竟有這麼大的魄力，面對惡勢力寸步不讓。

瑪雅雙手按著寬大的辦公桌，由上而下眈視坐著的卡拉姆，氣勢洶洶地說：「我會在選舉中贏你的。我會成為市長，然後改革這一切。我會切斷政府和黑幫之間的紐帶，廢除那些官商勾結的默契。然後，馬康多市的市民都會記住我……你有信心自己所做的一切，值得別人紀念你嗎？」

這番話等於宣戰。

兩個信念不同的人，他們之間只有戰爭。

瑪雅一說完，匆匆轉身離去，頭也不回，不給卡拉姆反駁的機會。

待大門完全關上之後，卡拉姆氣得青筋暴現，撥走桌上文件，抓起桌上的十字架、陶瓷耶穌像……等等擺設品，狠狠亂擲出去，又在電視螢幕上砸出蜘蛛網般的裂紋，這下子又要申請公帑來更換。

卡拉姆無法止息怒氣，瞪著抽屜裡那份偵查報告。

報告上印著一行粗體字——

華奎斯先生的醜聞：找不到。

52

皎白的月光在窗口徜徉。

燈下，帶玻璃門的木匣裡，有個耶穌聖像，上方的牆壁掛了個小十字架。

這間屋雖然小了一點，卻是瑪雅和安吉的安樂窩，地上有地毯，屋外有個小陽台，陽台上有兩張小椅子及小几，軒窗下的木條擱著迷你的仙人掌盆栽。

瑪雅終於忙完所有行程，累得靠在沙發上，仰著頭打瞌睡，汗衫發臭，卻提不起勁去洗澡。他睜開眼，閃過一片令人目眩的光，垂目盯著地板，看見一對玫瑰花紋的絲質拖鞋走過來。

安吉捧來一盆加了精油的暖水。

連月來奔波勞碌，瑪雅腳底結滿了厚繭，每個晚上泡一泡腳，就是最能減壓的享受。安吉還準備了綿軟的黑布，親手幫丈夫按摩和擦乾雙腿。

瑪雅彎腰過去，深情吻了安吉一吻。

「明天就是選舉日……如果我輸了，妳願意繼續陪我捱苦嗎？」

「哪有人整天想著輸的？女人的直覺很準的，我有預感你一定會贏！好好教訓一下卡拉姆這個混蛋！」

「人人都說政治是黑暗的，像我這種傻乎乎的人，竟然栽進了這個世界，真是好像作夢一樣……」

「大家追隨在你的身邊，都是因爲相信你的夢想，相信你的承諾……你毫無私心，拚命爲窮人出頭，這點誰都看得出來。」

瑪雅與安吉相視而笑，沒有人比她更明白他了。

市長，接著是州長……多年前，某一天，天空照下奇幻的光，瑪雅站在國會大樓外面，默默立下最大的志向。他曾經作過當總統的夢，但僅有一次，所以不太可能是眞的……不過，他決心嘗試，押注自己這輩子，看看自己最遠能走多遠。

安吉由浴室拿了兩片面膜回來，一片敷在自己臉上，一片黏在瑪雅的臉上。

「你要保持帥氣，準備上台發表勝利演說！」

「謝謝妳……一直陪伴我追尋夢想。」

正當屋內瀰漫著柔情密意的氣氛，門鈴不識趣地響起來了，外面的人連按三下，顯然心情非常焦急，不知有甚麼要緊的事。

門外的人是尼爾。

當尼爾看見敷著面膜的瑪雅，先是怔了一怔，接著忙不迭道：「匿名郵包的事，雅各有跟你說清楚嗎？」

當天，選舉總部出現了一個神祕郵包，送件者沒有透露身分，直接塞了在門縫下面。正當瑪雅在外面趕活動，助選團隊已經召開了一場緊急會議。

瑪雅請尼爾在客廳坐下，才說：「我了解過情況，有人揭發投票機有漏洞……我認為只是一個惡作劇，沒有必要理會。」

尼爾手上正拿著那個郵包，他覺得事有蹺蹊，於是直接帶著整包文件過來，交給瑪雅過目。

「今屆市長選舉，首次使用電子投票機。以我所知，所有投票機都會連線到中央系統，核實了指紋資料，投票者才能印出選票。」

原則上，電子投票比傳統投票更可靠，更加難以舞弊，因為指紋是獨一無二的個人特徵，沒有人可以把拇指借給別人，所有選民必須親自投票。

「你看一看最上面的匿名信。這裡說到，電子投票機有個重大的保安漏洞，只要投票者將拇指套上保鮮膜，就可以騙過系統，盜用別人的身分投票。」

「太扯了……你覺得有可能嗎？」

「我們調查過，香港的電子出入境通關系統也出現過類似漏洞。所以我認為有這個可能性。」

沒想到在選舉前出了這種亂子。

瑪雅翻閱整疊文件，第一頁是匿名信，第二頁以後都是選民的隱私資料，詳列了姓名及身分證號碼。這個告密者應該有點本事，才能拿得到這樣的資料。尼爾甚至揣測，此人有可能是卡拉姆麾下的一員，或者是他的仇人，所以才向瑪雅陣營洩密，但始終難以追查源頭，可能永遠沒有答案。

「真的很可疑……會不會是陷阱？」

「我們討論了很久，也沒有定論。總之，這個人一定知道內幕。這封匿名信還披露，卡拉姆一定會作票。」

「假如是眞的，我們就一定要報警。」

「我們也想過。問題是，報警未必有用，警方發現投票機有問題，也只能備案，不能中止整天的投票程序。根據墨西哥的往例，即使有舞弊的可能性，只要沒法證明競選對手眞的違規，這樣的選舉依然有效。」

尼爾想了想，又補充了一句：「如果眞票和假票沒有分別，我們就很難搜集證據！」

劣幣驅逐良幣……瑪雅立刻想到這個經濟學理論。

尼爾在紙上畫了個圖表，分爲四格，代表四個可能性。瑪雅曾主修經濟學，一看就知道是博奕學上的「囚徒困境」。

「假如卡拉姆不作票，他幾乎沒有贏面。假如卡拉姆作票，我們不作票，我們必敗無疑。站在卡拉姆的立場，他一定作票。卡拉拇作票，我們也用同一招還以顏色，我們才有勝算……聽起來很匪夷所思，但在這樣的處境，作票是最理性的選擇！」

不怕一萬，只怕萬一，尼爾晚上冒昧來訪，就是意圖說服瑪雅，假如發現卡拉姆有作票的跡象，就立即發動全員跟他鬥作票。

瑪雅毫不動搖，很堅決地拒絕。

「這就是政治的規則！你不做的話，就會輸光一切！」

「那是錯的。」

「墨西哥的政治選舉經常有舞弊這種事。假如對手這麼做，我們以眼還眼，又有甚麼錯？」

「就是相信那是錯的，我才選擇從政，盡力將人人歪曲的價值觀糾正過來。如果我用這麼骯髒的手段贏了，同流合污，我和那些人有甚麼分別？」

尼爾沉默不語。

「感謝你關心我。但這是我的信念。雖然我有時也會說謊，會耍一些小手段，但我很清楚我的底線。我甚麼都可以妥協，就是信念不可妥協。一旦摒棄了信念，我就不再是我，甚麼都不是。」

瑪雅這個人太正直了，正直的人不適合從政……但他還是做到了。

他要爲自己的信念而戰。

尼爾忍俊不禁，露出諒解的眼神，儘管仍滿心疑慮，他還是要絞盡腦汁，來讓瑪雅這個正直的好人當選。寄檔案來的告密者也許出於一番好意，但尼爾亦不排除，當中有甚麼不可告人的陰謀。

就連尼爾這麼聰明的人也想不透。

「但願只是虛驚一場……匿名信只是一個惡作劇。」

如果這是一場可以舞弊的選舉，即使再盡力也好，他們的努力都會功虧一簣。

月亮褪色，旭日初升。

選舉日到了。

53

週日早上，尼爾是第一個進入投票站的人。

票站的職員核實了他是本地居民後，交代了簡單的指示，便由他自行操作電子投票機。

整台投票機以直立式設計，配備觸控式螢幕，右下角有讀取指紋的裝置，機器兩側都有遮板。每個公民都有一張投票者身分證，雖然身分證沒有內嵌智能晶片，但證件背面印著該名選民的指紋。

理論上，由於必須核實指紋，只有持證者本人可以投票，但如果有漏洞的話……尼爾有心做測試，輸入別人的身分證號碼，再押下套著保鮮膜的拇指，等了幾秒，居然眞的成功通過驗證，主螢幕顯示下一步的畫面。

「幹！眞的可以作弊！垃圾機器！」

尼爾暗地裡大罵髒話，雖然整個投票過程無人在旁監視，但他還是重新開始，再來一遍，這次輸入的是個人的身分證號。

打印出來的選票會印上投票者的指紋，卻不會記錄實名。投票者就在選票上勾選其中一個候選人。

雖然大眾尚未知情，但這樣的漏洞會影響選情，情況堪慮，尼爾將印出來的選票投入票箱後，立刻趕回去選舉總部。

再這樣下去，整場選舉將會淪爲可笑的鬧劇。

開車回去選舉總部的途中，尼爾已急不可耐，打出電話給瑪雅。

「我剛剛做過測試，投票機眞的有漏洞。媽的！我會向國家選舉委員會舉報，但就算眞的發生這種事，選舉結果亦有可能有效。」

「我在逛超市，沒看見有人搶購保鮮膜，看來民眾並不知情……你剛剛測試的時候，同一個身分證號，應該只能用一次吧？」

「是的。每個證號只能投票一次。」

「這樣就好了。如果有人被盜用了身分，他發現無法投票，就一定會舉報。換句話說，即使卡拉姆知道這個漏洞，他作票也要冒上很大的風險。所以，現階段我們能做的，就是鼓勵更多人去投票。」

這個對策背後的理念很簡單，愈多人投票，就算有候選人作了幾千票，對最終的結果也不會有太大的影響。

尼爾心算了下，本市選民人口大約是四十萬，根據往年數據，投票率差不多是四成，如此估算，卡拉姆要贏瑪雅的話，至少要作出一萬張假票……難度非常之高，更何況每個票站都有駐場人員監察。

尼爾回到選舉總部，立即打了通電話，向本市警局舉報，由一個警員備案。他不放心，又寫了一封電子郵件，寄給國家選舉委員會，留個書面記錄。

不久，瑪雅也回到了總部，逐一打電話給所有團員，特地叮嚀大家要堅守信念。大伙兒都很熟悉瑪雅，知道他爲人正直，絕不會接受卑鄙的勝利。

尼爾以防萬一，分別指派團員巡察重要的票站。

「雅各，請你繼續留在票站監視，看看有沒有可疑的舉動。」

雅各所在的票站距離總部最近，也是瑪雅陣營的票源重地。雅各是個熱血青年，做起事來義不容辭，深得眾人信任。雖然不得擅自闖進投票室，但只要站在投票室外，還是看得見選票投入票箱的過程。如果有人一下子投入大量選票，雅各也不會注意不到。

到底是誰寄出匿名郵包？他是眞心要幫助瑪雅嗎？會不會是卡拉姆的詭計？如果卡拉姆知道這樣的事，他暗中舞弊，神不知鬼不覺，何來洩密的必要？這樣就說不通了……

尼爾思索了一整天，還是毫無頭緒。

白天。日落。夜簾。黑幕。

天色驟變，時間消逝。

在選舉總部裡，除了尼爾，還有十個人。

今晚，團隊成員齊聚一堂，一同等待開票結果。

尼爾派人去監視各個票站，這一天下來都沒有異常的情況，但一刻未開票，一刻就有變數，教人無法安心。

就這樣結束吧……尼爾在心中默祈。

電子時鐘顯示準確的時間，投票時間只剩半個小時。

「大家辛苦了！這是我招待大家的晚餐！」

瑪雅外出一會之後，拎著四大袋東西回來，袋裡疊滿了高高的外賣餐盒。大伙兒幫忙張羅，鋪桌子分配餐具，還點起了蠟燭，誰都沒想過，竟然可以在破陋的辦事處裡享用高級餐館的美食，辣椒的香氣已經引人饞涎欲滴。

尼爾坐在瑪雅旁邊，還沒開口，瑪雅就搶著說：「好好放鬆一下吧！可以做的已經盡力做了！接下來會發生甚麼事，不要想太多，一切就交給上主吧！」

「安吉呢？」

「安吉正在帶幾個朋友去投票，做最後衝刺，稍後就會過來。」

尼爾笑著接過塑膠杯，杯裡倒滿了香醇的美酒。

瑪雅向眾人說了些感謝的話，人人臉上都是溫暖的笑容，一隻隻手舉起了塑膠杯。正當大家喊完「乾杯」之際，室內燈光倏地一下全部熄滅，只剩桌上數盞燭光，照著一張張惶惑失色的臉。

「停電？」

大伙兒在昏黑中不失冷靜，注意四周，不止冷氣機停止送風，所有電器都停止運作，望出窗外，一片烏天黑地，路上的電燈柱都黯淡無光，整個世界就像凝止了一樣。

選舉結束前一刻，全市突然停電，此事太不尋常，尼爾馬上想通了當中的詭計，高聲大喊：

「大事不妙！一定是卡拉姆幹的好事！他前一晚就做好一大堆假票，然後製造停電，趁機將假票塞入票箱……不！他甚至可以把整個票箱換掉，赤裸裸的犯罪！」

如果是隔天連上中央系統，同一個身分證號搞不好能重複使用……尼爾恨自己怎麼沒早一點想到，忘了提防這一著。事實上，出了這麼大的漏洞，製作投票機的公司難辭其咎，只要一挨告，賠償的金額一定是天文數字。

尼爾料到對手會耍賤招，卻想不到會這麼直接和無恥！選舉必須採用人工點票，無法與系統記錄的投票人數覆核，一切皆以票箱裡的選票爲準。所以，偷換票箱這一招是行得通的！

幸好手機還能通訊，各自詢問情況，瑪雅沉著地指揮大局，尼爾立刻聯絡駐守重點票站的雅各，卻不知何故無人接聽。大伙兒聯絡上其他票站的人員，聽起來情況都很混亂，黑暗中可能有壞人在大肆作惡。

等了三分鐘，尼爾再打給雅各，都是不停重響的撥號音，始終無人接聽。

「太奇怪了……」

瑪雅和尼爾交換了一個眼神，覺得等下去不是辦法，便一同出門，直接跑過去那邊看看。

54

烏雲密布的天空，月亮的光暈在雲間照出個窟窿，呈現一大一小的同心圓，看來就像有只瞳孔在俯覽烏漆漆的馬康多市。

瑪雅和尼爾滿頭大汗，趕到投票站時，社區逐漸恢復了電力供應，天花板的光管順次亮起來，剛剛彷彿經歷了一場倏來倏去的黑色風暴。

在放置投票機和票箱的房間，竟然空無一人……

不，有人！

尼爾的目光順著瑪雅所指的方向，看見了橫躺在牆邊的雅各。兩人湊前察看，發現雅各頭破血流，昏厥了過去，幸好呼吸均勻，看來生命並無大礙。

票站人員陸續回來，個個都是詫異和迷惑的表情。當瑪雅打電話叫救護車的時候，尼爾上前問個究竟。

「剛剛發生了甚麼事？」

「停電後不久，就有幾個警察來了，呼籲我們出去外面。」

「那幾個警察呢？」

「不見了呢……我也不知道……」

眾人一同檢查票箱，實在看不出有沒有人動過手腳，扣住票箱的鎖頭還在。但這種便宜鎖，專業的竊匪不用五秒就能解開。尼爾心中極度懷疑，可是手上苦無證據，又不能隨意打開票箱檢查，現階段甚麼也做不了。

尼爾暗自思索：「剛剛出事，雅各一定發覺不對勁，就留在這裡……他是被打暈的，憑這一點就足以推論，今晚的停電是精心布局的陰謀。只好等雅各醒來，由他說出眞相……可惡！怎會發生這種鳥事？我們要防也防不了！」

停電了，就是說監控鏡頭拍不到畫面。

大約等了十五分鐘，醫護人員到場，當他們將雅各抬上擔架床時，雅各悠悠轉醒。他微微睜著眼，瞧著瑪雅和尼爾的臉，斷斷續續地說：「有人……他們……好像要換走票箱……快追……」

瑪雅目送雅各上了救護車後，就跟尼爾繞著投票中心的外圍，急步走了一圈，目光緊盯各處，可是毫無發現。回到正門後，瑪雅向尼爾說：「我看，那些警察未必是眞的，墨西哥警察的制服在網路上也買得到……」

尼爾覺得口渴，在自動販賣機買了一罐飲料，才喝了幾口，就將汽水罐丟向牆上，噴濺而出的水花代表了他憤怒的情緒。

「媽的！要是我們能找回眞正的票箱，就能給卡拉姆致命一擊，拆穿他的把戲！」

如此無法無天的舞弊，居然眞的在現實裡發生，簡直不可饒恕。如果卡拉姆眞的成功蒙混過去，這一章就是馬康多政治史上最黑暗的一頁。

可是，偷走票箱的賊夥已經遠走高飛，還可以往哪裡找？

尼爾看了看錶，時間已過了投票的截止時間。

不知怎地，瑪雅坐在台階上，默然不動。

「尼爾！那邊！」

當瑪雅睜開眼，突然有了靈感，指著一個方向，叫尼爾跟著他走。

「你怎麼啦？」

「我剛剛恍神的時候……腦中出現了影像，看見了那些人逃走的方向……總共有四個人，他們抬著一個大垃圾袋，上了一架黑色的車……」

瑪雅沒有多作解釋，逕自沿著馬路向前疾走，尼爾無可奈何，只好在後頭跟著他，就像兩個喝醉酒的上班族，蹬著皮鞋在馬路上追逐。

這段日子，瑪雅睡眠不足，身體疲憊不堪，頭腦卻異常清醒和敏銳，在這攸關勝負的重要時刻，腦內出現一種奇妙的感覺，彷彿有股神祕潛能在覺醒。

這種情況他以前也遇過，他好像可以讀取殘留在世上的記憶。

每當到了十字路口，瑪雅就閉上眼睛，彷彿穿越了不同時空，那些黑色的車如幽靈般的影像掠過，與現實街道重疊。

走了大約二十分鐘，瑪雅和尼爾來到一條叫密西西的街道。

街燈、商舖、房舍……這裡有點僻靜，沒有半個人影，尼爾轉念一想，如果對方要毀滅證據，這裡確實是好地點。

路邊停了一架黑色的車，車內沒人，瑪雅繞著車子走了一圈，接著陷入沉思中。隔了半晌，他突然指著一個巷口，說要進去看看。

尼爾準備好手機，開啓了錄影模式。

巷裡是垃圾收集站，壁燈斜照，沒有人影。

瑪雅和尼爾微感失望，呆呆看著畫滿塗鴉的白磚牆。

「你聞到嗎？有一股汽油味。」

瑪雅嗅到異常的氣味。

他們找了一找，果然在垃圾堆中找到一個焚燬了的票箱，裡面的選票全部化爲灰燼，已變成一堆無法辨識原物的渣滓。對方做得乾淨俐落，毀滅證據的手法相當專業，最重要的是裡面的選票，所以他們找到票箱也沒用。

瑪雅閉著眼，腦際間，浮現一個男人的臉，他在暗巷裡點燃了汽油，放一把大火，燒燬了全部的選票。然後，就像電池沒電一樣，影像漸漸變得模糊，瑪雅一睜開眼，就返回了現實。

「猶達斯……是他幹的……」

「可惡！來晚了一步！」

就算瑪雅彷彿親睹其事，這樣的靈異體驗根本不能作爲證據。

不管如何，尼爾還是打出一通報案的電話。

掛線後不到十秒，耳邊出現一陣愈來愈近的警車鳴笛聲。

警察也來得太快了吧？

尼爾豁然省悟，終於洞悉了敵人的詭計，一陣寒意直上脊椎。

「卡拉姆的目的……不僅是贏得選舉，而且要杜絕後患，嫁禍到瑪雅身上！糟糕！那份文件在選舉總部！」

那份文件就是印滿選民資料的名單，為了要保留證據，尼爾一直將名單藏在鎖上的抽屜裡，其他人碰不得，但如果卡拉姆串通了警方，就會有搜查令……

他們徹底掉入了一個可怕的圈套。

這次遇上的敵手並非善類，卡拉姆極為陰險奸詐，玩政治的手腕一流，真人不露面，一直躲在暗處下棋，將瑪雅逼向了死角。

瑪雅和尼爾走出暗巷時，看見了那張冷若冰霜的臉，屬於那個叫猶達斯的男人。他耳戴藍牙耳機，穿著黑衣、黑褲，好像一個適合在後台活動的人員，看來他奉命守在這裡，負責擋住瑪雅和尼爾的去路。

猶達斯眼也不眨地瞪著瑪雅，對峙沒多久，兩輛警車就急颱颱地停在路邊，六名警員開門下車，動作迅速，在街道上各守一邊，重重包圍中心點，即是瑪雅、尼爾和猶達斯三人站立的地方。

「華奎斯先生，請你好好和我們合作。有人檢舉你在選舉中舞弊，我們現在要拘捕你。」

就在警員大聲說話的同時，有兩人施施然推開前方的車門下來，一個是警長，一個是卡拉姆。

瑪雅滿臉通紅，捏緊了拳頭，悻然瞪著他倆。

「嘿嘿，華奎斯先生，你明知在選舉贏不了我，就想耍手段嗎？可惜啊！上帝是公正的，你做的壞事將會展現在世人面前。以後大家都會叫你誠信破產的騙子！」

卡拉姆隔老遠挑釁，滿臉都是得意的笑容。

55

卡拉姆以些微差距勝出了市長選舉。

瑪雅是在拘留所裡獲悉這個消息，比起卡拉姆連任的新聞，他的醜聞佔了更多版面。瑪雅穿著發臭的髒衣服，連日來沒有好好睡過，再加上飽受審問的折磨，精神面臨崩潰。警察惡言相向，不斷盤問，要他從實招來，爲自己沒有做過的錯事認罪。

「你們要我說一萬遍，我的答案也是一樣！我賭上生命發誓，我沒舞弊！我對上帝發誓，我沒舞弊！」

瑪雅沒說半句假話，但那些警察不在乎他的辯解。他們說，當晚停電的前一刻，警長就收到卡拉姆的檢舉，懷疑瑪雅委派下屬，利用電子投票機的漏洞造假票。卡拉姆一直派人監視，瑪雅發現東窗事發，就帶著塞滿假票的票箱溜跑，意圖燒燬一切罪證。

爲甚麼做壞事的人逍遙法外，堅守原則的人卻受到誣陷？

上帝啊！爲甚麼？

瑪雅在心裡呼救，在牢裡祈禱，可是他很清楚，自己是活在一個顛倒黑白的社會。他不是不害怕死亡，但比起死亡，更害怕的是失去聲譽，曾經支持他的民眾輕信謠言，因而對他徹底失望。

熬過了冰冷的黑夜，好不容易終於有光。

當安吉來到拘留所，看見憔悴落魄的丈夫，伸手捂住嘴巴，但掩不住淚水。

尼爾也來了，在他後面是個老男人，虎背熊腰，穿著深色的西裝，銀色的眉毛下閃爍著仁慈的目光。

瑪雅仰身和他握手，尼爾在旁介紹：「這位是安東尼，他就是你的辯護律師。你的案件……很多律師都不敢接，安東尼是個很有勇氣的男子漢。」

安東尼坐下來後，問清楚一些事實，便說：「華奎斯先生，我對你的信任是百分之百，但你要明白，墨西哥的法律是民法法系，沒有陪審團，疑點不會歸於被告。所以你一旦被捕，就要假設有罪，我們要提供證據給法官，來證明你的清白。檢察官有七十二個小時的時間考慮，如果覺得理由充分，就會對你提出起訴。」

瑪雅苦笑了一下，回答道：「這一切都是卡拉姆的圈套。我肯定會被起訴。」

安東尼看著手上的文件，不疾不徐地說：「我相信你也聽過，墨西哥的審判制度在二〇〇八年有很大的變革。在修例之前，被告人不用上庭，沒有為自己抗辯的機會，大部分人未見過法官一面，就要鋃鐺入獄。法官只須看完一疊書面文件，就可以下判決，假如警官和檢察官拼湊控詞，就會對被告人相當不利。」

瑪雅點了點頭，表示清楚這樣的事。

安東尼續道：「不幸中的大幸，現在的法庭轉用了新的審判制度。即是說，你有機會上庭抗辯，和卡拉姆當面對質。首先，有件事我要問你，被捕當晚，你為甚麼會在密西西街出現？」

瑪雅百般無奈地解釋：「我這樣說很難令人相信，但我眞的有股奇妙的能力，可以預知未來，可以透視一些過去的影像……尼爾和安吉都知道這樣的事。我當晚會到那兒，只可以說是全憑直覺。」

這樣的事，尼爾似乎早就和安東尼談過，所以這位律師只是微微一怔，沒有露出大驚的表情。

「你可以在庭上示範你的超能力嗎？」

「唉。恐怕不能。我無法完全操縱這樣的能力，每次都是在無意識情況下才能施展出來……」

就在安東尼低頭沉思的時候，尼爾忍不住插嘴：「瑪雅，眞的很對不起。我犯了一個嚴重的錯誤，沒有處理好那份印滿身分證資料的名單……當晚警方行動，在我們的辦事處找到那份名單，成爲呈堂的證據。我們事後檢查辦事處，發現了竊聽器和偷拍鏡頭。」

「這不是你的錯……這是一個圈套。卡拉姆精心布局，無論我們如何提防，他都會有法子將我們告上法庭。對了，你不是有向選舉委員會備案嗎？」

「眞是十分可惡！那邊竟然說沒有收到電郵！我不知道卡拉姆用了甚麼手段，可能是賄賂，可能是駭客……他眞的做得很絕，算計了每一步，抹殺一切對你有利的證據，要令你毫無翻身的機會！」

墨西哥的黑幫重金招攬駭客，已經不是甚麼奇聞，但大多數法官較少接觸世情，要是遇上食古不化的法官，他就會以爲這是電影裡的情節，現實裡不可能發生。

邪惡的人太了解善人的弱點，善人並不是不了解邪惡，而是有很多手段違背原則，根本做不出來。現在卡拉姆勝出了選舉，不管手法如何卑劣，他有了鞏固的權力，勾結的利益集團將會全力支援他的行動。

尼爾遞了一張紙條給瑪雅。

紙條上面寫著：「我正在聯絡幫我備案的警員。」

等瑪雅會意過來，尼爾又說：「我們也聯絡過電訊公司，要求調查郵件伺服器的記錄，暫時沒有回覆。沒有檢察官和警方的協助，我們很難取得這樣的證據，他們的目的就是要證明你有罪。」

瑪雅握住安吉的手，叫她不用擔心，儘管他知道獄門正在張開，就像一張吞噬他全身的大嘴，這一次很有可能劫數難逃。墨西哥冤獄之多，早就成爲社會議題，市民對警察的信任度很低，擁有執法權的人一旦腐敗，將會危及無辜的民眾。

安東尼抱著樂觀的態度，說道：「他們手上也只有那份名單，只是說你有嫌疑，卻沒法證明你眞的作票。檢察官也要找到作票的證據，才能令你入罪。」

尼爾贊同道：「卡拉姆自己作票，絕對不會要求開票箱查驗呢！」

瑪雅強顏歡笑，心中卻有一股不好的預感。

他的目光穿透窗格的欄柵看出去，眼前一黑，模模糊糊間，好像看見一個黑色的十字架，顯露在縱橫交錯的鐵條之間。

「安東尼，一切就交託給你了。」

「感謝你的信任，我一定會盡力！」

安東尼和尼爾告辭，留下瑪雅和安吉獨處。

雖然只是匆匆見了一面，安東尼對瑪雅的印象很好，覺得他是個奇妙的人。安東尼的辦公室裡有瑪雅的著作，很認同這個政治家的理念。如果這樣的好人也要坐牢，公義就是蕩然無存——儘管他見慣了沒有公義的審判，但他還是相信法律和法庭。

當天，尼爾接到一通重要的電話，來自一個叫埃森的年輕警官。尼爾認出他的聲音，選舉日當天就是由他接聽，筆錄備案。埃森說，雖然他受到恐嚇，但他願意上法庭作證，幫忙洗清瑪雅的嫌疑。

翌日，審判的前一天下午，新聞就播出了埃森的死訊。

56

審判結束了，瑪雅被判罪名成立。

阿隆娜、安吉、尼爾……還有一個個民眾，都看著瑪雅上囚車。

也不知中間的時間是怎麼過的，當瑪雅睜開眼時，看見的只有木板，像棺材的上蓋，覆蓋著床的上方，與他的鼻尖只隔五寸左右。那瞬間，瑪雅以爲自己死了，躺在地底深處，背脊臥著的薄墊異常冰冷。

他側過臉，就看見反照著月光的混凝土地板。

耳邊重複出現呼呼的鼾聲。

原來……

這裡是多人合宿的牢房，環境擁擠惡劣，瑪雅這個新進來的囚犯，只能睡在三層床的最下一格，即是床板底下的狹小空間。一陣下壓的冷風吹來，瑪雅在棉被裡瑟縮發抖，誰想到一個曾經深受愛戴的政治人物，竟會淪落到如斯落魄的境地？

牢獄生活並不好過，卡拉姆的勢力伸展到這裡，其他囚犯都會虐打瑪雅。瑪雅感覺到身上傷痕累累，全身疼痛不已，簡直生不如死。

這裡是地獄嗎？

如果他沒有參加選舉，沒有惹上卡拉姆……如果他自私自利，只顧自己而活，命運可能不一樣。

烏狗吃食，白狗當災，壞人得勢，好人受難，這樣的世界還不是地獄嗎？

臉上有發癢的感覺，瑪雅的眼珠往下看，竟然有一隻蟑螂，搖著觸鬚爬向他的嘴唇。瑪雅閉著嘴，用手撥開了蟑螂，噁心的感覺卻揮之不去，令他輾轉不安。床頭有一盞小燈，開啓電源之後，這個籠子似的小空間，亮出了手電筒般的射光。

瑪雅這才發現，眼前的床板底下，寫滿了一些怪字，就像是瘋子寫的生活守則：

> 千萬不要上網，網上都是辱罵你的惡言……千萬不要在浴室裡撿肥皂……不要再叫妻子來探訪，獄卒會藉故搜身，對她毛手毛腳……不要吃太多肉，如果放了個臭屁，他們就會圍毆你……不要再說你是無辜的，這裡不會有人相信你……

這些都是陌生的字跡，但瑪雅往旁看，發現了密密麻麻的希伯來文。這些希伯來文之間，有一些他讀得懂的小字，都在重複著一個句子，意思就是：「**破解神名，拯救世界。**」這是甚麼意思？這就像一個藏在記憶宮殿裡的謎語。然後，瑪雅在這堆字的最下方，看見了自己的字跡，整行字就是一句預言，觸目驚心至極——

2015.12.17　我會在這一天死亡

「我會死？」

瑪雅差點失聲大叫，冷靜下來之後，轉頭瞅向右側，最內側的牆角有個長方形的電子時鐘，鐘面上的數字日期映入眼簾——二〇一五年十二月十七日，十一時五十五分。

死期到了。

外面傳來了響亮的聲音：「各位晚安。我要找華奎斯先生。請問他在哪張床？」

如同魔幻小說一樣的情節，有個人影出現在牢房門口，他就像深夜來訪的死神，令人窒息的寒氣瞬即散布到每一個角落。

瑪雅爬出床外，和其他囚犯一樣，圍著看，盯著這名不速之客——他穿著奇怪的黑色寬袍，瑪雅認得是在唐人街見過的傳統服裝。他額頭中間有顆黑痣，長髮繫在腦後，露出優雅的笑容，渾身散發出黑暗的氣息。

「我是由中國來的殺手。」

他如此介紹自己。

獄警到哪裡去了？眾人都覺得詭異。

有個大塊頭上前，想揪住那怪客的衣領，但一眨眼間，大塊頭向天花板直飛，整個頭顱爆開，腦漿溢流……竟然無人看見殺手如何出手。

所有人都呆若木雞。

殺手冷眼掃視各人，目光最後停在瑪雅臉上。

一團黑影突來，瑪雅毫無抵抗之力，任由對方掐住自己的脖子，將自己舉到了半空。瑪雅瞪著那雙邪惡的眼睛，喉頭裡只能發出嗚咽聲。

殺手就像惡魔派來的使者。

「我是奉命來殺你的。再見！」

他用一柄十字形的匕首，刺進瑪雅的心臟……

「呀！」

在一陣極大的疼痛之中，瑪雅醒過來了，在噩夢中流了一身大汗。他望向四周，鐵柵和灰壁，生鏽的馬桶和簡陋的床鋪，這裡是拘留所的獨立囚室。

瑪雅發現枕頭上有淚水的痕跡。他悲從中來，忽然很想念安吉。結婚後，每個早上他一醒來看見枕邊人的睡臉，心裡都會泛起幸福感。如果他入獄，就可能再沒這樣的機會，一別變成永別。

剛剛的夢非常眞實，他覺得自己死過了一遍。他扭開水龍頭洗臉，照一照鏡子，就確定自己身處在現實的時空。

今天是瑪雅上庭受審的日子。

在拘留所這段日子，他都寢食不安，失眠了三天，難得可以入睡，又作了那樣的噩夢。他不明白，爲甚麼睡不好的是他，不是卡拉姆？爲甚麼壞人高枕無憂，正直的人卻在這裡受苦？

這十年來，瑪雅過得清貧，全心全意將生命中年輕的時光奉獻給需要幫助的弱小人群。他不介意吃苦，也不怕受磨練，他只是想證明夢想和信念的力量，一個人也可以改變世界。

如果他做的是對的事，爲甚麼要飽受這種折磨？

爲甚麼天父看見不公義，卻視若無睹？

也許，他的經歷只是千篇一律的悲劇，重蹈過往受難者的覆轍，他們在不同的時代，在各自的國家，妄想用眞理來喚醒人心，最後都不得志而終。

人類由歷史學到的最大教訓就是重複教訓。

瑪雅望出窗外，那太陽異常刺眼耀目，放散出十字架形狀的光芒。瑪雅對著天空，在沉默中，由心底發出吶喊：「神啊！祢爲甚麼給我一顆正直的心？然後，祢又離棄我？」

上帝向他預示了無可逃避的厄運。

他終於看見自己不幸的未來。

入獄，在獄中被殺，屈辱地死去。

活不過二〇一五年，因爲今年年底將會迎來他的死忌。這就解釋了他爲何看不見更遠的未來。少年的時候，他以爲只能活到二〇一二年，這三年也算是多活的了，算是賺到了。

積滿灰塵的窗格玻璃上，隔了一晚，出現了手指劃過的痕跡，看起來竟是：

יהושע

彷彿是幽靈寫的字跡。

瑪雅愣了一愣，心想怎會發生這種怪事？破解神名，拯救世界？他默默看了一會，終究還是放棄了，這麼多年苦思都毫無結果，在自顧不暇的時刻，又怎會解得開神名的祕密？

柵欄外來了一個警員。

他叮嚀瑪雅，審判的時間快到了。

57

在前往法庭的隧道裡，有一尊小聖母像，像個神龕似的懸掛在陽光照不到的牆上。聖母像祈禱的模樣，彷彿在寄望罪人上前懺悔，可是惡貫滿盈的壞人才不會這麼笨。

庭警一路押送，帶著瑪雅前往最大的審判庭，在昏暗的隧道裡，有個人在等待瑪雅，鳥喙鼻，粗濃眉，一頭鬈髮，此人正是卡拉姆。

卡拉姆露出貓哭耗子的微笑，出言奚落道：「我喜歡法律！因爲它是幫我對付敵人的工具。你知道哪一條是你最大的罪嗎？就是得罪了我，妄圖奪取我的地位。可惜墨西哥沒有死刑……不過，墨西哥的監獄很恐怖，我奉勸你要小心一點。」

瑪雅表情沉著，不吭一聲地走過，腳步卻有點蹣跚不穩，背上彷彿在揹負重物，壓得胸口喘不過氣來。

隧道裡迴盪著鬼魂似的嘲笑聲。

經過窄門，瑪雅來到沒有椅子的被告席，儘管欄柵擋住了視線，他還是看得見滿座群眾，阿隆娜、安吉、尼爾、助選團全員……還有始終對他不離不棄的民眾。他知道，還有很多深信他無辜的人擠不進來，都在外面默禱，一同靜候審判的結果。瑪雅覺得很感動，抖擻起精神，昂首面對法庭上的審判。

媒體也來了，其中有全國最大報的記者。尼爾懷疑是卡拉姆叫來的，瑪雅若是罪成，這樣的醜事就會傳遍千里。

卡拉姆和猶達斯到場的時候，眾人都投以鄙夷的目光，但他倆滿臉不在乎，穿起西裝就是成功人士，坐在前面第一排的預留席。卡拉姆笑咪咪地瞧著犯人欄裡的瑪雅，這副喜不自勝的模樣，就像坐到了歌劇院的頭等席，滿心期待即將開幕的法庭。

在法庭這個傳統的舞台上，有法官，有助理，有辯方律師，有外號叫「憤怒鳥」的男檢察官。中間的老木桌上擱著舊式的電腦和顯示螢幕，法庭委任的職員將會即時鍵入庭上的證言。

安東尼問候完瑪雅後，就以辯方律師的身分，回到了法庭中間的座席。

與此同時，法官宣告審訊開始。

第一位出來的證人是頭繫繃帶的雅各。

檢察官問：「當天停電後，所有人疏散到外面，你反而進入了放置投票箱的房間，爲甚麼？」

雅各回答：「因爲有六個警察闖進來，又加上突然停電，我覺得很可疑。」

「那個時間，你爲甚麼在票站出現？」

「因爲我們收到情報，知道投票機有嚴重的漏洞，擔心卡拉姆一方作票，所以我們分頭駐守在主要的票站。」

「誰吩咐你這麼做？」

「我們的競選主任尼爾。」

聽到這個答案，檢察官笑了笑，繼續追問：「所以，一直到你昏迷前，都只有你一個人？」

「是又怎樣？我確實是受到襲擊，證明有人圖謀不軌。」

「你有看見襲擊你的人嗎？」

「沒有。對方由後面襲擊我……」

「即是說，你看不見襲擊者。襲擊者有可能是任何人，包括你的自己人，來故布疑陣……」

雅各勃然大怒，立刻反駁：「絕對不可能！我非常肯定，我的同伴都是好人！」

檢察官卻不予理會，搶得主導權，說道：「法官大人，呈堂的文件中，有本市警長的宣誓供詞，事發當晚，因為接獲卡拉姆先生的舉報，警方的確派出了小隊到票站調查，他們沒有發現可疑的人物，但他們在窗口看見了被告和尼爾。電力恢復正常後，最早在投票室出現的兩個人，就是被告和尼爾，票站的職員都是目擊證人。一般來說，案發現場的第一到場者有很大的嫌疑……我不是下定論，只是不排除這個可能性。」

安東尼舉起手，提出異議道：「不可能！雅各大約在停電之後十分鐘遇襲，停電之後的五分鐘，瑪雅和尼爾都仍然在選舉總部。總部和票站之間，有一點五公里的路程，只有奧運比賽的選手，才有可能在五分鐘內跑完全程。」

「如果是開車呢？」

「我的當事人和尼爾，當晚都沒有開車。」

「我親自考察過，辦事處到票站都是下坡路，就算不開車，也可以騎單車、踩滑板車……」

「你為甚麼不說『用滾的下去』？不好意思，我不是小看你的智商，但路途上有幾間店鋪的店員都目睹瑪雅和尼爾在奔跑，這一點亦證明兩人沒有開車，所以你這番充滿『誤導性的猜測』，絕對不成立。」

安東尼的主張一針見血，小勝了一仗。檢察官仍抓住這一點不放，質疑瑪雅派遣下屬，自編自導自演了一齣假戲，但安東尼都一一反駁。

又經過一輪唇槍舌戰，接下來要傳召的證人，終於輪到了尼爾。

果然不出所料，檢察官的進攻重點，都是針對那份在選舉總部找到的身分證名錄。

「請問你見過這份名錄嗎？」

「見過。在選舉前一天，我收到匿名人士送來的郵包，這份名錄就在其中。」

「你收到郵包的時候，為甚麼沒有即時報案？」

「當時選舉未開始，我怎麼知道是不是惡作劇？政府採購的電子投票機有保安漏洞，比我手機的指紋鎖還爛，可以隨便盜用別人的身分投票，你不覺得很荒謬嗎？」

「有漏洞，所以你們就鑽漏洞？」

「說到鑽漏洞，應該是卡拉姆的嫌疑最大吧？在選前的民意調查，他明明落後瑪雅六個百分點。我和瑪雅都是耶魯大學的畢業生，如果真要作票，哪有輸的理由？」

尼爾連消帶打，瞅了卡拉姆一眼。

檢察官抓了抓頭，弄得頭髮倒豎起來，展露出怒髮衝冠的氣勢。見識過他本事的人，都知道他要來眞的了，接下來就要使出殺手鐧。

「我再問一次，你或者你認識的人，有沒有利用這個漏洞作弊？」

「我們都沒有作弊，也沒有必要作弊，因爲我們都相信瑪雅會當選。」

檢察官在鼻子裡冷笑，低了低頭，出其不意地問：「警方在投票中心外面，找到一片保鮮膜，上面有你的指紋。請問你如何解釋這一點？」

尼爾愣了一愣，腦筋一轉，立刻想到自己的一舉一動由很早開始就在別人的監視之中。他眞的沒想過，對方竟然使出這種下三濫的手段，撿起自己丟掉的垃圾，以此作爲犯罪證物。

「我說過，我不確定漏洞是不是眞的，所以在選舉當日早上，我去了投票站做了一個測試。我以個人的名譽發誓，我沒有印出假票，我當時是用眞身分投票。我離開了投票站，就將保鮮膜扔在外面的垃圾筒，所以警方才會找得到。」

「你發現投票機有漏洞，之後採取了甚麼行動？」

「我寫了電郵給選舉委員會，雖然那邊說沒收到，但我肯定有寄出，所以請求法官開出調查令，要求電訊公司查驗我的電郵記錄。」

「爲甚麼沒有即時報警？」

「我有報警，負責記錄的是一個叫埃森的年輕警官，他本來是我們的關鍵證人，卻在昨天離奇死亡。」

「又是巧合？眞是好巧呢！根據警方初步的調查報告，埃森很可能是畏罪自殺……會不會是收過你們的賄賂呢？」

「請你尊重死者，不要說出侮辱死者的話。」

檢察官悶吭了一聲，忽然又語出驚人道：「事實上，警方在所有投票中心的外面，總共找到十片保鮮膜，上面的指紋全部和你們助選團隊的成員一一吻合。測試的話，只要做一次就夠了，請問你又如何解釋呢？」

全場譁然之際，尼爾望向聽眾席那邊，看見一張張無辜的面孔，當中更有喊冤的聲音：「我沒有做過！」尼爾起初有點懷疑，擔心有人做出了傻事，但他一轉念，決定相信自己的夥伴，便斬釘截鐵地說：「保鮮膜是尋常的日用品，我一直強調瑪雅是被陷害的。害他的混蛋只要不怕噁心，每天撿垃圾，就可以收集我們各人用過的保鮮膜。」

儘管尼爾說得振振有詞，但他心裡明白，這番辯白實在很可笑。世事就是如此諷刺，他明明說的是實情，聽起來就像是砌詞脫罪的狡辯。這是很低智的骯髒手段，卻非常奏效，令正人君子有理說不清。

尼爾在美國當律師，從來沒遇上這等荒謬的事，警方爲了檢控成功不擇手段，檢察官的天職就是令被告人罪成。在這種不公平的制度下，要誣陷一個人，只要心狠手辣，眞的很容易成功。

「好了，我要問的都問完了，謝謝你。」

檢察官結束了盤問，尼爾黯然地離席。

由法官的表情，可以看出情況對瑪雅很不利。

58

安東尼最擔心的事情發生了，雖然證物的來源很可疑，但偏偏無法推翻警方的供詞，那樣的證物眞的可以讓瑪雅入罪。

這宗官司對瑪雅最不利的一點，就是他和尼爾的確在燒燬票箱的地點出現，街上有監控攝影機拍下了畫面，猶達斯和一眾警員亦會出來頂證。那票箱藏的是眞票，抑或是假票，根本已經無從對證。

卡拉姆當初陷害瑪雅，一定想不到會如此成功，這個壞蛋彷彿得到了上帝的幫助，令瑪雅陰錯陽差走到那地方。

「當晚，你和尼爾爲甚麼會在密西西街出現？」

檢察官針對這一點窮追猛打。

瑪雅只能回答：「眞的是巧合。這是我的直覺。」

這是很誠實的答案，但在法官的耳中，卻是很糟糕的證詞。最關鍵的證人埃森死了，瑪雅無法證明自己毫無作票的意圖，儘管他善良清白，在這個人間的法庭上，就要接受人間的審判。

狡猾奸詐的惡人總是佔著上風。

檢察官吩咐電力廠的職員上庭，他是個滿面長滿雀斑的青年。

「當晚八時三十分，馬康多市全市停電。當時，你在電力廠裡當值，是不是？」

「是的。」

「請你陳述一下，當晚發生了甚麼事？」

「有幾個惡漢闖進來搞破壞……就是他們導致全市停電。我有上前阻止他們，結果被揍了一頓。他們都戴著面罩，我看見其中兩人的臂上都是刺青，所以……我懷疑他們是黑幫的成員。」

檢察官問完話，就向法官展示幾張放大了的照片。

「當晚停電之前，電力廠內部的閉路電視拍下了犯人在場的高解析畫面。雖然無法認出樣子，但可以看見那兩個人頸背和手臂上的刺青。我和警方追查下去，發現和兩名前科犯的刺青圖案相同，身高和體型亦一致，這兩人屬於同一個幫派。」

法官有點不明白，忍不住問：「你的重點是甚麼？」

「由此可見，這次的選舉舞弊，有黑幫參與其中。」

安東尼和尼爾面面相覷，想不透檢察官爲何提出這樣的證據。扯到黑幫的話，應該和卡拉姆的關係比較密切吧？當中可能有詐，但安東尼爲了維護瑪雅，不得不說：「這樣的事實足以證明，我的當事人是清白的，因爲他從來和黑幫沒有聯繫。」

「眞的是這樣嗎？」

檢察官的笑容有種神祕的自信。

他走近犯人欄那邊，大聲向瑪雅質問：「華奎斯先生，請問你的妻子安吉‧麥格達萊尼，是不是曾經替黑幫工作？」

此話一出，震驚四座。

瑪雅霎時明白是怎麼回事，揑緊拳頭回答：「我拒絕回答。」

檢察官似乎料到他的反應，從桌上抓起一個透明文件套，說道：「這是我今早才收到的文件，剛好趕上審訊。我手上有安吉的人事檔案，還有幾張她和同事們的合照。她當時的老闆姓里奧斯，在警察局的檔案裡，他是個臭名遠播的黑幫頭目。世事有這麼巧嗎？剛剛我揭發的兩名通緝犯，就是屬於同一個幫派……」

這不是巧合——

這是精心的布局，邪惡卻天衣無縫。

卡拉姆比誰都明白，政治選舉鬥的不是政見，而是鬥形象，鬥陰謀，鬥詭詐，鬥揭穿敵人黑暗的過去。卡拉姆由自知可能敗選開始，就派猶達斯跟蹤瑪雅，又委託偵探社調查他的過去，然而一無所獲，挖不出他的醜聞。怎麼可能？卡拉姆深信，人人都是罪人，一定有隱諱的瘡疤，既然在個人身上找不到，就可以從他的親人方面著手。

這種揭瘡疤的把戲最是奏效，瑪雅爲了維護安吉，忍不住大喊：「這已經是二十多年前的舊事！」

「華奎斯先生，我就是等這句話！你即是承認了嗎？你是不是和黑幫有關係？」

「我和黑幫沒有關係！」

檢察官乘機追問下去道：「根據線人提供的情報，當年你太太欠了一筆鉅款，有個暱稱叫瑪雅的男人幫她還清，和老大里奧斯做交易……華奎斯先生，聽聞你的暱稱就是瑪雅，請老實回答，你當年是不是和里奧斯做過交易？」

安東尼曉得檢察官這麼問，就是找不到確鑿的證據。他正想阻止這招套話的伎倆，瑪雅已經按捺不住，吐出義憤塡膺之詞：「我是和他做過交易，但我是爲了拯救一個少女的人生！當年我只有十二歲，自此就沒有再和黑幫扯上關係！」

「你爲甚麼會有那筆錢？」

「我自己賺來的……我寫出一份劇本，賣給好萊塢，賺了一筆錢。」

檢察官嘴角飽含笑意，不僅是他，其他人也很難相信這種奇妙的事蹟。安東尼懊惱不已，這種時候，他寧願瑪雅在庭上詭辯，也比說出眞話爲妙。

不過，再提防也是沒用，卡拉姆這個人太厲害了，看透了瑪雅的本性，也看透了他最大的弱點就是安吉。

「一個十二歲的小孩竟然會寫劇本，又有本事和黑幫頭目交易，背後不是另有文章，那就一定是神蹟了……世上會有神蹟嗎？各位成年人朋友，請用常識和邏輯來判斷吧！」

檢察官不必深究下去，只須證明瑪雅可能和黑幫有交情，這樣已經夠了。

審判接近尾聲。

終於到了瑪雅和卡拉姆當面對質的環節。

卡拉姆挺著一塵不染的西裝，意氣風發走近犯人欄，笑看欄柵後面的瑪雅。兩人的正式對話，都會由法官複述一遍，隨即由法庭職員輸入電腦。

在法官到位之前，卡拉姆湊近瑪雅，輕聲嘟噥一句道：「你老婆以前做過甚麼職業，我都一清二楚。你想我公諸於世嗎？」言下之意就是恐嚇，即使無法令瑪雅屈服，也可以令他心煩意亂。

在生活逼人之下，安吉確實闖進法律上的灰色地帶，做過一些不當的事，但她可沒有傷害過任何人……眞正罪孽深重的壞蛋就站在犯人欄外，由於他的手段太高明，法律全無懲罰他的可能性。

法官再三提示，瑪雅才回過神來，開始向卡拉姆發問：「選前的民意調查，我領先你六個百分點，最後卻由你勝出。你能解釋一下嗎？」

「哎喲，這一點眞是抱歉！我弄了一個小詭計，叫本人的支持者在民意調查上撒謊，所以你才有大受歡迎的錯覺。不過，這樣做是合法的選舉策略，你也怪不得我。」

「就當我受騙好了，在領先六個百分點的情況下，我根本沒有必要作票。」

「爲了穩勝，你當然會這麼做。最後，我只是以很小的差距勝出……如果當天不是我有防範，監視你的動靜，給你成功換掉了票箱，現在就由你來當市長了……我說的有道理嗎？」

卡拉姆有備而來，他的回答毫無破綻，他的演技亦到了一流的境界。

政治家啊政治家！就該像他這樣子。

瑪雅本來還想問：「你誣告了一個無辜的人，毀掉他的一生，不會覺得內疚嗎？」但他知道這是多此一問，看見這個混蛋精神飽滿的樣子，就知道他昨晚睡得很好，甚至每一晚都睡得安樂。

當一個人連良知也可以捨棄，他就可以橫行無忌，享受權力，享受富足，享受世間最好的一切。

瑪雅卻用憐憫的目光瞧著卡拉姆。

卡拉姆微微一怔，很快又恢復囂張的氣焰，狠狠瞪了瑪雅一眼，反過來質問：「嘿！當你知道投票機有漏洞的時候，你敢說自己沒有作弊的念頭？」

「我真的沒有。」

「哼！騙子！」

兩人沉默對峙了一會，法官向瑪雅問：「被告人，你還有沒有問題？」

瑪雅黯然搖了搖頭。

法官宣告，全部證人作供完畢。

接下來由瑪雅親自發表最後陳述。

辯方沒有關鍵證人和有力證據，控方卻齊備了物證和人證，以安東尼的經驗，瑪雅沒有勝算。

59

在當前的審判制度下，瑪雅始終無法提出有力的證據，來證明自己的清白。

爲了害一個人，卡拉姆絞盡了腦汁，努力果然是有回報的。

他要摧毀的是眾人對瑪雅的信念。

瑪雅還有上訴的機會，但註定是凶多吉少，卡拉姆做得太乾淨，瑪雅無法撕破這個僞君子的假臉。只要待他入獄，卡拉姆就有辦法買凶殺人，正如夢中揭示的未來。

宣判之前，瑪雅親自結案陳詞，即是最後的陳述。

他說的每句話，在法庭上都會留下記錄，這也許就是他人生中最後的演說。

在耀目的燈光下，在大眾憂傷的目光中，瑪雅沉重地喘息。

他很渴，可是喝不到水。

這十幾年來的遭遇，磨練了凡人的心志，儘管精神已經萎靡不振，站也站不穩，他還是鼓起剩餘的力氣，發出內心最眞摯的聲音：「這次的審訊對我很不利，我已有了最壞的打算。我是無罪的，我是被陷害的。這是我堅持的眞相。即使要我賠上性命，我也要堅持這個眞相。回顧這一生，我未必是個成功的榜樣，甚至可能是個失敗的例子，但我活得問心無愧。我沒有作票，也沒有慫恿別人作票，由始至終連一絲作票的念頭也沒有。至今，我仍然相信，在選舉日那一天，所有人給我的選票都是眞的。」

「一九八九年，我跟著母親第一次到美國旅遊，看見美國的繁榮，我覺得很羨慕。我甚至覺得當一個美國人，比當墨西哥人幸福得多。我很記得，導遊在旅遊車上說了華盛頓砍櫻桃樹的故事。美國人歌頌這個故事，乃因爲誠實是美國重要的立國精神之一。他們的開國元首不是神一般的人物，而是一個誠實正直的聰明人。他們反對隱瞞眞相的政府，反對黑箱作業，反對說假話，反對賣假貨，反對做假帳……撒謊的總統要下台，受賄的議員要受彈劾，騙子要坐牢……因爲他們相信，只有正直的人，得到了權力和財富之後，才會眞心爲其他人著想，做出有利於大眾的決策。」

「這也是我對自己的要求：無論做人還是從政，無論富貴或是貧困，都要活得誠實、負責、有尊嚴。我後來到美國讀書，有了更深入的了解，由於美國有公平的制度和法律，每個人都有一展抱負的機會，知識產權受到尊重，所有創意都有發揮的空間。迪士尼、好萊塢、太空船、電腦革命……歷史沒有必然性，但這些美好的事物都在美國誕生，就一定有它的原因。」

「我本來有入籍美國的機會，但我放棄了。二〇〇四年迎來了人生的轉捩點，我親睹墨西哥的落後，決定回來改變我的祖國。至今，我仍然覺得，這是人生中最美妙的決定，窮人聚集到我的身邊，他們對我敞開了心扉，他們的臉上漸漸出現了歡顏。」

「有時候，我們期望一覺醒來，昨天的不幸一掃而空，這個世界會變得美好。可惜希望總是幻滅，一天又一天的失望……那是因爲我們懦弱，沒有盡力爭取，我們空等幸運從天而降，卻甚麼也不幹。大多數人忘記了夢想，忘記了勇氣，我就幫助他們，喚醒他們，教他們相信改變的力量。」

「我取得一點成果之後，期望做出更大的改變，所以在今年參加市長選舉，成爲候選人之一。我發誓，我是絕對不會舞弊的。即使魔鬼來試探我，我也會立刻叫他滾開。因爲我知道，我揹負著每一個人的信任和夢想。如果我用卑鄙的手段贏了，有了第一次，就會有第二次，就像吸毒上癮一樣，我最後必定成爲魔鬼的傀儡。」

「看著法庭上那些僞造的證據，我就知道誣害我的人對我有很深的恨意。我也曾很生氣，但上帝給了我一顆寬容的心，教我不要恨任何人。我沒有敵人，也沒有仇恨。因爲，仇恨會腐蝕一個人的智慧和良知，敵人意識將毒化一個民族的精神。如果你給一個人送出愛，這個人就會成爲好人；如果你給一個人送出仇恨，這個人就會變成壞人。所以，我要求自己能看透個人的不幸，以最大的寬容面對，以愛化解恨。」

「這次的選舉不公平，有個極大的漏洞……但我們身處的世界又何嘗不是呢？我們都期待有完善的制度，可是因爲人性的缺陷，任何制度都會有可以鑽漏洞的灰色地帶。所以，我們才需要有民主這樣的工具，給國家自我救贖的機會。錯了，就修正；發現漏洞，就補救……只有這樣，國家才會步上正軌。今天在法庭上，我至少有抗辯的權利，在逮捕及起訴的過程，我的人權亦受到了尊重。我知道，這些都是前人流血換來的成果，昔日的冤魂正在引導國家走向光明。我期望，墨西哥會變成一個更進步的社會，每個人都活在有保障的自由和幸福之中。」

「我要對一直共同奮鬥的夥伴說，這是寶貴的一課，你們要提醒自己，未來不要成爲自己現在瞧不起的壞人，未來仍要維護自己認爲是對的信念。謝謝你們一直相信我，跟著我追逐夢想，哪怕

這是個難以實現的夢想。世界不會因爲有信念的人而改變，但世界會因爲有信念的人而變得美麗。你們可能會感到悲憤，感到沒有公義，感到無能爲力……請捏緊拳頭，記著這一種感覺，未來就由你們去改變吧！」

「我這一生最幸運的經歷，就是遇見了我的妻子安吉。因爲她的愛，我才明白愛情，身爲凡人，最大的喜悅莫過於此。今天，她到庭旁聽，我要親口對她說，親愛的，我對妳的愛將會直到永遠。很抱歉我給妳一個夢想，卻無法令它實現。有妳在我身邊的時光，都是我最幸福的日子。如果有一天我化成灰燼，我也會祈求風，將我帶回妳的身邊。」

「一個人可以被摧毀，卻不能被打敗。這是海明威的名言。我是失敗了，輸光了一切，但我沒有失去我的靈魂。我死了，我的肉體會葬在這片土地，然後，在上帝面前，我可以很自豪地說：我曾經爲我的民族奮鬥！」

在耀目的燈光下，在大眾哀傷的目光中，瑪雅終於透悟了。

如果這是上帝給他的命運，他願意承受。

他忽然想到，有考證說，耶穌被釘十字架的時候，大約是三十四至三十七歲。瑪雅自己也到了差不多的年紀。兩千年前，這位聖人也遇上一場不公義的審判。人間的法庭沒有公義，但天上的法庭應該有公義吧？

這輩子總算活得很夠意義，他可以遇上安吉，令一些人活得更好……如果他還可以活下去，也許，他可以爲世界做出更大的改變。

這場審判即將完結，他感到疲倦至極。

白光照得視野茫茫一片。

瑪雅失神片刻，一晃眼間，彷彿看見耶路撒冷的風景。

60

尼爾、安吉、阿隆娜……旁聽的人都傷心不已。

卡拉姆已經無法掩飾得意的笑容。

他熟悉法律，非常清楚，無論瑪雅說得再動聽也好，法官也不會因此心軟，因爲在這個法庭上，瑪雅提不出證明自己清白的證據。世上只會記得他的污名，他過往的演說，做過的好事，都會變得毫無意義。

所有聆訊的程序已經結束，之後就要等待宣判。

瑪雅已有了認命的打算，但始終按捺不住，望了安吉一眼，露出了淒然的微笑。安吉一與他對視，眼淚就奪眶而出，抽抽噎噎，哭成淚人。阿隆娜一邊安慰安吉，一邊拭走皺紋上的眼淚。

卡拉姆目睹這一幕，歪了歪嘴角，心情格外愉快。

法官收起了桌上的文件，似乎沒有經過困難的思索，就有了判決的定案。

判決一定是有罪，重點是刑期，但不管刑期是長是短，只要瑪雅一入牢獄，卡拉姆都有法子弄得他半死不活，平時與黑幫勾結的人脈將會派上用場。

「我現在宣布休庭——」

就在法官說話之際，法庭助理湊近他的耳邊，喁喁說了一些話。

法官托了托眼鏡，然後向大眾宣告：「很抱歉。原來我忽略了一個程序，控方還有一名證人。現在，請猶達斯先生出庭作證。」

猶達斯今天穿著正式的西裝，一聞言就站了起來。

卡拉姆見了，心想眞是多此一舉。不過這樣也好，猶達斯將會指控瑪雅燒燬票箱，這番見證將會令被告罪加一等，法官也許會加重刑期。

猶達斯唸出本名，宣誓之後，就開始作證：「那一個揭露電子投票機漏洞的匿名郵包，還有選民身分證檔案，都是由我送到華奎斯先生的選舉總部，華奎斯先生並不知情，他是被誣陷的。他的競選對手，亦即我的上司，卡拉姆，在選舉中利用這個漏洞作弊，並設下了一個陷阱，將罪責推到華奎斯先生的身上。當晚，卡拉姆指使黑幫去破壞電力廠的設備，釀成了一場停電，然後由我率領兩個小組，分別在兩個票站偷換票箱。我不知道華奎斯先生用甚麼方法，但他成功追查到密西西街，但他來晚了一步，我當時已經把眞正的票箱燒燬，毀滅了所有眞的選票……」

世事峰迴路轉，滿庭都是驚詫之聲，席上都是難以置信的表情。

眾人都曉得猶達斯是卡拉姆忠心的部下，本來只期望他的誣陷不要太難聽就好，哪想到他竟然背叛了卡拉姆，說出了事實的眞相。

辯方律師沒提出反對，證人就有說下去的權利。

猶達斯的聲音十分平靜：「我見過很多政治家，最開始的時候很正直，爲民請命，但當他們成功當選，獲得了權力，他們就會開始和商人勾結，和黑幫勾結……我不知道他們的眞面目就是如此，還是權力令他們改變了。反正，我也厭倦了，這世界黑暗腐敗，我就跟著沉淪好了，誰給我最大的好處，我就幫他做事，即使我很清楚我做的都是壞事，會危害很多人的人生……」

「直到那一刻，我才覺悟不是這樣的……市長選舉前一晚，我負責幫卡拉姆製造假票，在這個過程中，我發現了一件事，用保鮮膜這一招造出來的假票，印出來的指紋都會有一個明顯的特徵。這是個極大的破綻，但點票的工作人員只看字，不會細心到發現那樣的破綻，或者以為是機器印刷的問題。但我可以一眼辨識出假的選票。」

「這明顯是一個可以舞弊的選舉。我不相信有人在那種情況下，還可以堅守原則，不動員支持者作票……至少，也會有好幾張假票吧？就算華奎斯先生沒做壞事，他身邊的親信或者助選團的成員只要動了歪念，都會偷偷幫他作票。我就是看準這一點，才將匿名郵包投給助選團，而不是直接寄給華奎斯先生本人。怎可能一張假票也沒有？眞正的投票箱在我手上。在好奇心驅使之下，我打開了投票箱，親自驗票……我滿懷信心，要窺探和揭開華奎斯先生眞實的一面……」

「結果，眞的一張假票都沒有！我看到最後的時候，眞的很驚訝，但眞的可以肯定所有投給華奎斯先生的選票，百分之百都是眞的！怎麼可能！無論我心裡如何否定，事實擺在眼前，世上眞的有這麼正直的人！在無人看見的時候，他和同伴都沒有做出虧心事，沒有使出卑鄙的手段……在我看來，這是奇蹟。華奎斯先生有高尚的人格，就是因為他身邊的人都相信他，相信他的理念，才實現了這樣的奇蹟。」

「那一刻，我深受震撼。當晚，我為自己做過的壞事而失眠。我開始懺悔，痛悔過去的所作所爲……如果我誣害了一個正直的人，是不是毀掉了很多人的幸福？有一股前所未有的力量，令我的心隱隱作痛。卡拉姆派我調查華奎斯先生，在這個過程中，我發現他是個非常正直的人，做了很多奇妙的善事。我在這位可敬的先生身上，看見了改變的希望，可以令我們的國家走上正確的路……我自小沒有選擇，加入了黑幫，因爲貧窮，仇恨這個世界，所以走上了歪路，我不希望再有我這樣的壞人誕生。」

「如果一個人的靈魂掉進地獄，他就永遠萬劫不復嗎？如果懺悔，他還可以得到救贖嗎？我只是個卑微的罪人，但我的一念之差竟然可以改變世界，連我也覺得很不可思議。我本來是個不會說話的人，但今天冒出了一股神祕的力量，竟令我隨心所欲說出剛剛的話。我只是個罪無可恕的壞人，但如果我這個決定將會有益於國家，我願意挺身而出。我知道我這樣做，違反了職業道德，但我不需要對我的僱主負責，我只要爲自己的良知負責。」

眾目睽睽之下，猶達斯掀起了西裝外套，由腰口揪出了襯衫。正當眾人感到莫名其妙，就瞧見猶達斯手上的公文袋，頓時明白所爲何事。

縱使猶達斯衣衫不整，人人都對他肅然起敬。

這個長得像鬥牛犬的男人目光炯炯，說道：「雖然我是知情者，但如果卡拉姆不是那麼狠毒，要將華奎斯先生告上法庭，我根本不會有這樣的舞台，來將眞相公諸於世。我知道說出眞相，會令我自己也入獄，但我願意承擔一切後果。法官大人，爲了證明我今天所講的一切都是眞的，這裡有一份檔案。這份檔案我一直藏在身上，全部都是卡拉姆的罪證。」

猶達斯發言的時候，卡拉姆已在大吼小叫，但起不了作用。當他看見猶達斯拿出來的文件，臉色倏地變得鐵青，暴怒的叫聲響徹全場：「猶達斯！你這條背叛我的狗！你收了賄賂！你誣陷我！」

猶達斯側著身，瞪著卡拉姆，同時指向了瑪雅，理直氣壯地說：「在你眼中，別人都是低賤的狗……但這位善良的先生，卻珍惜每一個生命，將每一個人看作珍貴的個體。」

此言一出，聽眾無不拍手稱快，向猶達斯喝采。

尼爾早就叮嚀庭衛，拜託他們盯著卡拉姆，好在這裡是莊嚴的法庭，哪怕卡拉姆真的如傳聞所說，家裡的地庫藏有大量軍火和坦克車，他也無法在這裡發難。待會兒，尼爾一定要親口感謝卡拉姆，全靠他叫來了媒體，才洗清瑪雅的污名，現在換卡拉姆的醜聞登上新聞版面。

有了關鍵證人和證據，就算法官未判決，結果已經昭然若揭。

作證完畢後，猶達斯走向瑪雅，行了一個吻禮。

「華奎斯先生，謝謝你。你的演說我每一場都在場。你感動了我，請你繼續忠於自己的信念做人。」

瑪雅感到眼眸溫熱，泛起了感激的淚光。

這就是上帝的答案。

他過往所做的一切都是有意義的。

61

三天後，瑪雅離家時，外面陽光普照。

這是個萬象更新的早晨，林籟結響，野草泛光，風中有清新的氣息。過了漫長的黑夜，瑪雅看著熟睡中的安吉，心中樂孜孜的。他悄悄起床外出，短袖輕屣，踩踏著濃濃淡淡的樹影，沿著馬路旁的行人道漫步，走向了森林一樣的公園。

上帝沒有離棄瑪雅。

審判當天，當庭釋放。

罪疚感是人性中最大的美德，全靠猶達斯出來指證，瑪雅才洗清了污名。由於脫罪和控告是兩件不同的案件，針對卡拉姆的訴訟正在排期上庭。

卡拉姆這個惡徒依然執迷不悟，死也不肯下台，亂找不成理由的理由，誣告瑪雅誹謗。

馬康多市沒有補選制度，就算卡拉姆引咎辭職，他也可以親自委任繼任者，總之自己當不了市長，也不讓瑪雅當。

在定罪前，卡拉姆仍是市長，這一點令人相當氣憤。下一屆市長選舉在三年之後，反正三年光陰倏忽即逝，相信到時候，卡拉姆已經在監獄裡吃牢飯，總之他的政治生涯註定是完蛋了。

瑪雅瞇著眼，仰視高空，沐浴在溫暖的陽光底下，衣服滲出帶鹽味的汗水。可以自由自在散步，觀賞這個美麗的世界，本身就是一件很棒的事。

直到人生這一刻，他終於明白了：「有時候，我的夢不是失靈。而是……未來會因爲人的選擇而改變。沒有一個人的人生是絕對絕望的，往往有一些機會出現，只要我們做對了決定，就可以改寫未來！」

冥冥中自有天意，他來到馬康多市，參選市長，受到了誣陷……全因他一直堅守正直的信念，才讓卡拉姆這種人嘗到了惡果。反之，要是他有一點歪念，選擇以眼還眼，這場戰鬥或許會有截然不同的結局。

這就是上帝給人類的考驗。

只有經歷風雨，才知道房子是否穩固，蓋在沙上的房子會倒塌，只有磐石上的房子屹立不倒。

在這樣的晴天，天空竟然降下一陣半分鐘的驟雨，當眞異常至極。瑪雅仰著頭迎雨，儘管全身濕透，卻一點也不在意，反而有重生的感覺。

「我還活著！」

他趁著四周無人，像個傻子一樣大叫，聲音中充滿了喜悅。

在不久以前，墨西哥的法庭沒有審訊的環節，辯護律師和被告人都不能抗辯。法官甚至未見過被告人，單看文件就定罪。昔日的冤獄不計其數，如果瑪雅的遭遇發生在從前，恐怕逃不了悲慘的厄運。

墨西哥國會在二〇〇八年修例，被告人才有了抗辯的權利。這只是司法制度上的一個改變，看似無關緊要，但這個改變卻拯救了瑪雅。假如他的官司在十年前發生，或者在毫無公義的法庭受審，他就註定是死路一條。

事實又再次證明歷史因爲關鍵的小事而改變。瑪雅這時還不知情，只要他尚活著，將來就有可能阻止一場毀滅性的大浩劫，拯救數以億計的生命。

人類由野蠻和爭奪資源的殺戮開始，經歷了流血的抗爭和近乎絕望的黑暗，漸漸走向了和平的文明社會，結束了專制獨裁的暴力統治。

經過數百年不停循環的悲劇，墨西哥終於擺脫了過去，成爲民主制的國家。也許再過上一百年、兩百年……墨西哥才能成爲樂土。但只要有了這樣的土壤，新的希望就會萌芽，誰敢說這樣的美夢不會成眞？只要有良好的制度，公義得以伸張，善惡到頭有報，改變國家的人才就可以執政。否則，有可能改變國家的人才都會受到殲滅，就此失去了救贖的機會，整個民族終將走向不幸。

最關鍵的就是政制。

有毒的土壤只會長出毒草。

人性向善，人性向惡，人人都有選擇權。但在一個價值觀扭曲的社會，邪惡就會叢生，人民偏向從惡，最終所有人都會遭殃，自食其果。

這是瑪雅的信念。

他確信如此。

瑪雅也想過，縱使人性是醜惡的，上帝也在人類的靈魂裡撒下善種，也許必須經過悠久的歲月才會開花結果，但縱觀歷史，人類正在朝光明的方向前進。

何處是天堂？天堂在人間。

伴著清風和翱翔的藍色飛鳥，瑪雅回到了家裡，信箱裡已有當天的報紙，頭版新聞是市長卡拉姆層出不窮的醜聞。瑪雅在法庭上的演說，亦得到媒體的廣泛報導，他一夕之間成了全國知名的名人。

「早安。華奎斯先生。」

瑪雅垂著頭，不料有人向他打招呼。

屋子前庭來了個陌生青年，他是個棕髮的年輕男子，眼眸如星，帥得像天使一樣。此人竟然一大早就在等待，看來有很特別的來意。他向瑪雅出示了證件，瑪雅看了一看，原來是聯合國的職員，難怪一臉能幹的樣子。聯合國就是維護世界和平的組織，在許多人心目中，這組織的地位等同現代的「彌賽亞」。

青年冒昧來訪，竟然是代表聯合國來向瑪雅發出聘書，邀請他擔任爲期兩年的高層職務。

「你是在耶魯大學畢業，畢業年分是二〇〇一年。我沒說錯吧？」

「是的……」

「聯合國的常用語言有六種。你精通英語和西班牙語，對不對？」

青年連珠砲發，問了一大堆問題，低著頭，自顧自地做筆錄，似乎在幫瑪雅做一份人事檔案。

「等一等……至少得讓我知道……你們爲甚麼找上了我？」

「有一個人——名字我不便透露——他受到你的故事感動，希望由你代表墨西哥出使聯合國，期望你將來爲國家做出更大的貢獻。」

瑪雅仍然不明就裡，有意婉拒，便吐出心聲：「你是認眞的嗎？我擔心……自己能力不足。」

青年終於仰起了臉，露出白齒而笑，目光中洋溢著尊敬之意。

「親愛的華奎斯先生，你不用擔心。我們錄用人才的首要條件是『正直』，我相信你完全符合資格。正直，就是最高的能力，失去了正直的心，一個人再有能力也是個混蛋——華奎斯先生，你在書裡是這樣寫的。」

陽光灑落在他的臉上，映得潔白的牙齒熠熠生輝。

62

聯合國的工作非常有趣，瑪雅經常到世界各地開會。

他毋忘初衷，理想依然是從政，所以要好好把握這兩年的機會，見識這個世界。他的個人專頁有時會放上和國家領導人的合照。他去過中國，他去過非洲……他這次有機會去緬甸，見到傾慕已久的翁山蘇姬。

前陣子，瑪雅投稿一篇文章給《華盛頓郵報》，結果眞的獲得刊登了。報紙出版的當天，他剛好在洛杉磯，出席一整天的會議，留宿一晚，隔天就搭飛機前往緬甸。

早上，瑪雅在外面吃完早餐，回到酒店客房。房間裡的一切就和離開前毫無異樣，但是說不出爲甚麼，瑪雅驀然間有種奇怪的感覺，冒出了一個想法：「有人搜過我的房間？」

每當生命面臨威脅，或者到了命運變故的時刻，他的直覺都會變得很敏銳，這樣的本能曾經救了他好幾次。

財物沒有損失，沒有不見東西……假如眞的有人闖進來，他到底有何圖謀？

瑪雅看著桌上的機票打印記錄，覺得要提早出發，當即收拾好行李，委託酒店的總機安排計程車。

上了車，瑪雅暗笑自己疑神疑鬼，看了看手錶，居然早了五個小時到機場。他多希望去的是拉斯維加斯的機場，因爲那邊有角子老虎機打發時間。

洛杉磯機場有八個航廈，瑪雅拿出機票看了看，便記住要在二號航廈下車。車子駛上了環道，停靠在計程車專區，車外就是通往出境大堂的自動門。

瑪雅正要由皮夾裡掏出鈔票，往車窗外瞥了一眼，有兩個一高一矮的老男人恰巧走過，兩人的面孔出現在單面玻璃的框架裡，各自穿著同款卻不同尺寸的黑色大衣。

那兩個人，瑪雅不會忘記，事隔二十年也不會忘記——就是小時候槍殺了美洲豹的兩個壞蛋！

「怎會在這裡碰上這兩人？他倆仍在追蹤我的下落？哦！我的照片和名字在《華盛頓郵報》上出現，他們知道我是聯合國職員，就有辦法查出我開會的地點……幸好，我留在酒店的物品中，沒有透露自家住址。」

瑪雅下車後，拖著行李躲在柱子後面偷窺，觀察那兩人的動靜。

歲月爲兩人添加了風霜洗禮的皺紋，除此之外並無多大改變。矮子的右手看來非常不自然，極有可能是義肢。高個子孤高地走在前面，在人來人往的機場裡穿梭。這兩人各自提著一個皮革手提包，前往辦理登機的櫃檯。

當瑪雅遠遠看見櫃檯那邊的航空公司標誌，登時愣住，在心裡罵出一句：「國際機場有這麼多航空公司和航線，這兩個傢伙竟然跟我同一家，哪有這麼巧的！我有理由懷疑他們不懷好意！」

瑪雅始終不知這兩人的身分，動機仍然不明，他有想過要追查眞相，但又不想惹上麻煩，想了一會，還是決定溜出外面。當他看見前往其他航廈的接駁車，當機立斷，便拖著行李箱上去了。

「一旦上了飛機，將會無處可逃……對方盯上我了，怎麼辦？報警又沒有適當的理由……不去開會又不成……有辦法了！」

瑪雅忽然靈機一動，拿出智慧型手機，開啓搜尋廉價機票的軟體，經過一輪操作，找到一張經香港國際機場轉機的機票。客運巴士正好停在七號航廈，車頭的電子告示螢幕顯示到站訊息，瑪雅匆匆喊停了司機，不忘塞給他小費，隨即笨手笨腳地提著行李箱下車。

他突然改變行程，除非對方神通廣大，否則不可能知情。

過了檢查關卡後，瑪雅終於舒一口氣，可能剛剛太緊張，這時感到口乾舌燥，反正有時間，便在候機區的小酒吧坐下，點了一瓶啤酒。

突然間，有人大力捏著瑪雅的胳膊，嚇得他彈了起來。

「嗨！哈哈，你以爲見鬼了嗎？老朋友！」

瑪雅的表情轉驚爲喜。

「天呀！史提芬！你怎麼在這裡？」

久別重逢，瑪雅和史提芬擁抱。

史提芬已是四十多歲的中年漢，禿頭禿到光可鑑人。回想當年他長髮飄逸的樣子，眞是很遙遠的回憶。十年前，史提芬回去祖國發展，由於他不能用「臉書」，瑪雅和他少了聯絡，想不到在洛杉磯的機場不期而遇。

兩人敘舊，坐在吧檯，談起昔日趣事，包括史提芬有一次躲在大貨車後面大便，然後大貨車忽然開走了，光天化日光著屁股……兩人捧腹大笑，時光彷彿回到那一夜，在太陽神殿的頂部，一大一小席地暢所欲言。

史提芬重提舊事，忽然問起：「你記得嗎?你當時去那裡，就是爲了『遇見聖人』。」

瑪雅一笑置之：「當晚我遇見了你啊！聖人就是聖誕老人。」

這也不是甚麼稀奇的事，他的預言常常出錯，時靈時不靈。說實在的，事隔這麼多年，他也不再把當時的夢話當作一回事。

史提芬認眞兮兮地說：「瑪雅，一直以來我一想起這件事，就覺得別有蹺蹊。請你回想一下，你在夢中的聲音到底是怎麼說的?你確定是說你會在神殿上面『遇見聖人』，還是『聖人會在那裡出現』？」

瑪雅感到惘然，猶豫地說：「我聽到的聲音，確實是說……遇見聖人……我去那裡，就會遇見聖人，難道還會有別的解釋嗎？」

由瑪雅的角度來看，這是最合理的推測。

可是史提芬另有見解，半開玩笑地說：「你忘了自己嗎?當時，你也是在那邊出現的人！嘿，無論怎麼看，你都比我更像聖人。我認識這麼多朋友，最佩服的就是你了。對了！我還留著你當晚給我的字條，最後一句『咪嗚嗯』甚麼的，有一晚心血來潮，我用谷歌翻譯，出來的第一個結果就是『我是聖人』……當然，也有遇見聖人的意思……哈哈，這件事眞是有趣。」

瑪雅一直有先入爲主的觀念，從來沒想過這一點，「encuentro」確實是個多義詞。

史提芬叫瑪雅拿出智慧型手機，當場使用谷歌翻譯，將西班牙文譯成英文。真的如他所說，當瑪雅輸入那句話，第一個翻譯結果就是「我是聖人」。

「時候不早了！我要趕著登機。保持聯絡，後會有期，祝你一路順風！」

瑪雅呆呆盯著手機螢幕，半晌不能言語，回過神來時，史提芬已不在眼前。瑪雅回望四周，老朋友已一縷煙似地消失得無影無蹤。剛剛的對話就像一場夢話，史提芬就像是上天派來告訴他眞相的使者。

這裡是人來人往的機場。

千人千臉，芸芸眾生。

瑪雅獨自站在候機區的大堂，仰望著上方。

白濛濛的光束透頂照下來，綻開變成六芒星的形狀。

63

最開始的時候瀰漫著一片漆黑，彷彿穿過了死蔭的幽谷，灰茫茫的迷霧消散之後，映入眼簾的是色彩絢麗的花園，白晝的雲彩奔馳在廣闊無垠的天際。

釉綠，瀲紫，潔藍，橘紅，百花遍地恣放，馨香襲人。也有銀色的草叢，金紅色的樹幹，到處開滿了奇花異卉，同一棵樹的葉子竟然有四色。花叫甚麼名字？樹叫甚麼名字？瑪雅全不知道，都是從來沒見過的品種，萬物都像露珠一樣在幻日下閃亮。

湖上鋪著一層薄薄的光，成了一面映照天空的鏡子。

這片園地，美得令人驚奇。

「是另一個世界嗎？」

瑪雅嘖嘖稱奇。

隨著微風，隨著香氣，他向前邁步。

前方空曠的綠地上有一艘船——

白色的橄欖狀物體，其金屬外殼泛著明光。

「太空船？」

瑪雅霎時冒出這樣的想法，不只他，任何稍懂太空知識的現代人見了，都會冒出同樣想法。

「現在我是到了未來嗎？」

就當是怪夢一場，何不盡情探索？

由於那個「疑似太空船」的東西太過標新立異，瑪雅目不轉睛地盯著它，而他也感覺自己正在朝它走去。當他揮動雙臂，才發現肢體短小，自己的身軀竟然是小孩的身軀。他的視野清晰無比，目光貼著草地前進，眼前的畫面變化，如同由遠至近的電影運鏡，白色的太空船愈來愈大。

太空船就像一個基地，由外看來並沒有窗口，卻有一個明顯的入口，只待瑪雅一接近，金屬門就會自動掀開，開闔方式與飛機艙門一模一樣。

裡面有甚麼呢？

瑪雅一進去，就看到有個穿著連身白衣的男人，正背向自己，露出一點側臉。此人一頭如羊毛般純淨的白髮，衣服放光，極其潔白，面容年輕俊秀，身材均勻得近乎完美，有如灌入了靈魂的希臘雕像。但他一點也不像是古人，因爲這身打扮，只令瑪雅聯想到在實驗室工作的人員。

男人站在鋁面的工作台前，正聚精會神，好像在做甚麼研究，抄錄實驗數據，即使瑪雅一直在背後盯著，此人竟然也沒有半點反應。

瑪雅除了看他，也在細覽室內事物，四壁都是縫接得近乎無痕的金屬拼板，以白色爲主，有如幾何圖案般重複拼綴。整個空間不大，大約等同一節普通的客機機艙，一簇自然光透過頂部圓洞而入，左右兩端各有一扇通道門，門上有圓形的旋轉扳手。

最奇特的是內壁密布了一大堆複雜的儀器，由上而下，從左至右，瑪雅不知該怎麼描述，就是覺得有點像電腦桌面上任意組合的區塊小部分。總而言之，整面金屬拼板合成的面板看來是超高文明的科技結晶。

完全沒有玻璃螢幕，發光的文字直接在金屬拼板上浮現。

那些字由最簡單的點和線組成，蝌蚪一般地彎曲，乍看下是外星文，但瑪雅再多看幾眼，卒然感到似曾相識，終於看出了端倪——

希伯來文！

瑪雅竭力壓抑心中的訝異，沒有驚叫出來，但那白衣男人似乎有所感應，肩頭輕晃了一下，就轉身對著瑪雅。

說來奇怪，彼此應是初次見面，但瑪雅心中泛起一股莫名的親切感。對方也一副認識自己的模樣，眼見自己冒昧闖進來，非但沒有不悅，反而露出和藹的笑容。他笑起來的樣子很甜美，有種融化人心的魅力。

瑪雅鼓起了勇氣，與男人對話：「上面的字是你寫的嗎？看起來很深奧，我看不懂。」

「這可不是甚麼文字。這是『創造』的元件。」

「元件？」

「正確的名稱是『安基』。」

安基？瑪雅惑然。

白衣男人不厭其煩地解釋：「你看見的元件總共有二十二組，分別代表二十二種『安基』。它們都是生命的原材料，只要核心的『編碼器』開始運作，它們就可以組合成各種細胞。」

瑪雅望向工作台上的玻璃立方體，玻璃裡有個凌空的噴嘴正在移動，射出一些光束。這是前所未見的事物，瑪雅只覺得有點像「3D列印機」，細心一看，發現眞的有四個形似墨水匣的組件。

但他眞的看不懂，就仰起了臉，留心聽著那白衣男人講解：「在二十二種『安基』之中，有七種都是不帶極性和與水互相排斥，我們都用雙音節發音的符號表示。你看……」

接著他將左手按在金屬板上，才一眨眼，板上就出現了七個發光的符號：

דגרבכתפ

「而其中十二種『安基』的化學結構，則是帶極性和水溶性……它們唸出來都是單音節的發音……」

在原來的七個符號下面，連續出現了十二個符號：

נמלשקצ

טחזאעס

所以說……二十二個希伯來文的字母，原來只是化學符號？對瑪雅來說，這樣的事簡直前所未聞！

白衣男人撫著瑪雅的頭，溫柔地說：「這些知識你總要學的，不妨先有個概念。」

瑪雅的視線落在工作台上，瞟了瞟一大堆儀器，又回到對方的臉上。

「加百列！你會做這樣的實驗，眞是厲害呢！」

不知道爲甚麼，瑪雅叫得出白衣男人的名字。

加百列卻苦笑了下，嘆著氣說：「這本來不是我的研究項目……唉！那個叛徒！他比我更強、更聰明。但是，也許他就是聰明過頭，才做出那麼邪惡的事……」

如同受到操縱的布偶戲娃娃，瑪雅不由自主，喉頭自然而然喊話：「加百列……父親不肯告訴我關於他的事。你可以告訴我嗎？」

加百列神情憂傷，萬分感慨地說：「他做了一件很大的錯事，令大家很生氣和失望，更導致我們分裂成兩派。我們留在這裡，他們的一派離開了這裡，往東方去了。撒旦……我們現在都是這樣稱呼那個叛徒，他明明那麼英俊和有智慧，深受大家愛戴，卻背叛了我們。眞可惡！他竟然把那件恐怖的東西留了下來，實在無法原諒！」

撒旦？恐怖的東西？

瑪雅看見加百列生氣的模樣，感到好奇，正想追問下去，一瞥間，竟然察覺了另一件不得了的事，駭然間瞪大了雙眼，嘴巴無法闔攏。

他仰著頭，看著上面。

金屬板牆上方最大的三個符號，赫然就是：

יהו

三個符號顯得特別重要，下方各有一個發光的方框，陣列一大堆瑪雅看不懂的數據。但那三個希伯來文字母，瑪雅一直牢牢記住，又豈會看漏眼？

「那……那三個符號是甚麼意思？」

二十二減七減十二，剩下的就是這三個字。

瑪雅指著牆，向加百列提出了疑問，他這麼多年來想不透的謎團，如今終於可能眞相大白。

這絕對不是巧合。

YHW。神的名字最基本的三個字母。

——你不可妄稱你神的名。

——只要破解了這名字，就可以得到神的力量！

加百列的解釋，簡直超乎瑪雅的想像：「那三個符號就是『安基』最主要的三種合成要素。在二十二種『安基』之中，這三種是最基本的，乃是生命之源。」

安基、安基……

二十二種……

不就是氨基酸嗎？

瑪雅終於想起來了！以前上生物課時，他看過關於基因的影片，「DNA」儲存了生命的藍圖，包含蛋白質的編碼指令。蛋白質在生物體內分解後，就會變成氨基酸，氨基酸就是構成細胞的生命元素。換句話說，「DNA」加上三種基本氨基酸，就組成了人體所有物質。

「在創造生命的過程中，『安基』會依照一連串編碼排列和組合。每一組生命編碼的基元都是三位一體，共有六十四種組合。編碼器讀取了細胞核的全部源碼之後，就會將『安基』組合成為特定的細胞，由細胞成為組織，再演進為生命。」

所有生命都是源碼，一切皆可以編譯。

氨基酸是原材料，基因就是自動執行的源碼指令。

——**神就照著自己的形象造人。**

神是存在的！

就在每個人的體內！

神的力量，就是創造生命的力量！

瑪雅感覺背後的門開了，地板上多了一道影子。

目光流轉間，只見加百列露出恭謹的神態，還來不及回頭，腦後就傳來了話聲，威嚴無比的聲音直撼靈魂深處：「那就是我。太初有道，道與我們同在，道就是神。我是一切，我是生命，我是創造的主宰，我就是我，你認為是甚麼就是甚麼，我是自有永有的……」

那就是我……

就是我……

就是我……

64

怪夢結束了。

瑪雅驚醒過來之後，發覺自己置身在機艙裡，隱約聽見噴射引擎的聲音。

四周乘客有的低頭看書，有的盯著螢幕，也有歪頭鼾睡的。瑪雅坐在靠窗的座位，呼出一口氣之後，伸手翻看前方椅背的收納袋，找到上機前買的科學雜誌。

「哦！我一定是讀了這本雜誌，才作了那麼奇怪的夢……」

瑪雅在心裡自言自語，他是被封面專題吸引而買的，用來打發長途航班的時間。其中有三頁是關於氨基酸的文章，瑪雅重閱了一遍，暗自驚奇：「人體氨基酸的數目……眞的和希伯來文的字母總數一樣……四字神名有四個字母，和『ＤＮＡ』的『ＡＴＣＧ』互相對應，有著微妙的關係……明明是字母，代表的卻是化學結構，眞是奇妙的巧合！上帝的名字，難道眞的有那樣的原意？」

可是，瑪雅不認識這個領域的科學家，無法爲這個似是而非的假設求證——問題是，誰會相信他在夢裡的所見所聞？

距離目的地還有五個小時的航程，機內乘客大都在淺睡。

「先生，不好意思打擾你。」

有人用英語問話，瑪雅旁邊的座位本來是空的，現在多了一個陌生男人。對方是個貌似三十多歲的男人，黃皮膚、黑眼睛，穿著馬球衫和淺灰色的西裝長褲。

瑪雅仰起下巴，等待對方繼續說話。

「請問你是在一九八〇年十二月十七日晚上出生嗎？」

「甚麼？」

「我承認我問了很唐突的問題。但如果我說對了，請你點頭示意。」

男人雙眼骨碌碌的，眼神無辜，看來不像是壞人。

但瑪雅在上機前遇見兩個神祕男人，不由得有戒心，更何況對方古裡古怪，哪有人素不相識就問這樣的問題？

瑪雅搖了搖頭，回答：「坦白說，我在上午出生。這一點我絕對沒騙你。」

他如實相告，暗中卻在驚訝，因爲對方確實猜對了自己的出生日期，只是弄錯了上午和下午。

那男人一臉失望的樣子，萬分尷尬地站起來。

「很抱歉……看來我找錯人了……對不起，我告辭了……不過，眞的沒道理……」

男人一邊喃喃自語，一邊在狹窄的走道上踱步，背影顯得失魂落魄。

瑪雅只感到莫名其妙，正以爲就此結束，但一眨眼，對方就轉身跨步回來，一臉興奮的表情，目光發亮，胸有成竹地問：「你介意告訴我你的國籍嗎？」

瑪雅怔了一怔，覺得並非大不了的事，便坦言：「墨西哥。」

對方眨了兩下眼，當即斷言：「你的出生時間是上午六時。對不對？」

完全正確。

瑪雅不禁露出驚色。

就算別人偷看過他的護照，也無法知道他的出生時間，但這男人卻說中了……如果不是神級的騙子，那就是超級厲害的占卜師。

瑪雅好奇心起，忍不住問：「你怎麼猜中的？」

男人激動得漲紅了臉，雙頰上兩條淺淺的疤痕，倏地突顯了出來。

「對不起……我實在太興奮了，所以有點語無倫次。我一直忘了介紹自己……這是我的名片。」

他激動地說話，同時向瑪雅遞出名片。

瑪雅並未完全信任對方，所以故意裝傻，沒有回贈名片。

名片上的名字是「MATTHEW FAN」。

頭銜是某大學的數學系教授。

「你好，我叫MATTHEW。」

「我叫瑪雅。很高興認識你。」

兩人握手後，教授便提出邀請，道：「這裡有點不方便談……可以請你過去我那邊嗎？我的座位在商務艙。」瑪雅看他這麼誠懇，便不忍拒絕。他也好奇對方怎麼猜中生日，便站了起來，跟在後面。

鞋子在地毯上悄然踏步，穿過了四十多排座椅，才到達了商務客艙。這一區的座位都是斜向的，流線型設計，極富現代感。教授的座位在中間，剛好夠寬敞，可以塞下兩個屁股。

教授一邊拿出紙和筆，一邊解釋道：「你知道甚麼是陰曆嗎？陰曆就是以月亮爲週期的曆法。中國人占卜算命都是使用陰曆。將你西曆的出生日期轉換成陰曆的話，就是十一月十一日。此外，中國人將一天分爲十二個時辰，考慮時差因素，將你的出生時間轉換成中國的時間，你就是在當天的第十一個時辰出生……這樣一來，結果就是……」

教授在紙上寫出一組數字：

111111

「我一直相信，所有數字都有意義。這麼多年，我一直在尋找一個人，他的出生時間一定和這組數字有關聯。」

不管教授如何講解，瑪雅根本聽不懂。

「救世主總共有七個。你是其中一個。你玩過ＲＰＧ遊戲嗎？用ＲＰＧ的術語來說，我們的團隊已經齊集占星師、刺客、騎士、弓弩手、巫師和賢者……而你，就是我們一直尋找的聖人。」

教授的話荒誕不經，有頭沒尾巴，簡直不可理解。

瑪雅完全摸不著頭腦，差點懷疑自己在和瘋子對話。

「你是不是擁有甚麼超能力？」

瑪雅沒料到教授有此一問，一時口快，說出眞話：「我會作預知夢。」

「預知夢？」

「哈……我隨便說說的，請不要當眞。」

教授卻陷入沉思，用虎口托著下巴，自言自語道：「哦……我可以計算出浩劫發生的日期，卻不知道浩劫的詳情……說不定，你的能力加上我的能力，就可以完全透視未來……」

瑪雅肯跟他過來這邊，只是想知道猜出生日的祕訣，哪想到對方胡言亂語，說出一番怪力亂神的話。

教授的說法有一個疑點，瑪雅忍不住問：「你說要找某日子出生的人，你怎麼知道是我？」

「飛機上這麼多人，我能找到你，就是因爲你的長相……簡單來說，我可以憑你的面相特徵來判斷你擁有『轉世記憶能力』。這是很罕見的靈魂能力，數千人中才會出現一個。你可能不相信……我就是爲了遇見你，才搭乘這個航班，在候機室時，我已經盯上你啦。」

瑪雅愈聽愈感到不對勁，只想盡快結束對話。

「瑪雅，你之後會在香港逗留嗎？我想邀請你來我們的祕密基地。在七位救世主中，你的角色是最重要的……依我看，你擁有的能力不止如此，你眞正的能力並未覺醒。首先，我們要查出你的前世是誰。根據我們的情報，只要你看見自己前世寫過的字跡，前世的記憶就會甦醒。」

前世？字跡？

瑪雅覺得啼笑皆非。

教授正想說下去，旁側就來了個空中小姐，低頭叮嚀：「先生，飛機現在正遇上氣流，請你回去自己的座位。」

多虧這位小姐，瑪雅有理由離開了，便向教授告辭。

「咦……她很面熟……」

一個想法在腦際間閃過，瑪雅才走了幾步，突然回頭，看了那位空中小姐一眼——果然沒錯，她有一頭柔麗的黑髮，盤成了髻子，最明顯的面部特徵是額頭中心的黑痣。

瑪雅想起了十一歲時那個難忘的噩夢。

城市毀滅。赤色焰日。雷光交織。絕望的叫聲。

如同終極武器一般的光球。

但願，那只是一場夢——

《術數師5》完

台版誌

術數師系列（蓋亞編輯部暗地稱之爲「有生之年系列」），在「千催萬罵」之下，終於來到了第五卷，二〇一二年早就過去，但我這個大長篇仍未完結。

感謝大家原諒我的任性，寬恕我的無恥……也感謝蓋亞編輯部沒有放棄我。我就是典型的射手座，總是坐不定，極度容易分心，連寫這篇後記也拖了三個月。我的瀏覽器首頁，工作期間會設定爲教育部的辭典網，逃避工作期間就會設定爲旅遊達人的情報網，再窮也要去旅行。可惜蓋亞不出版旅遊書，否則我一定著書分享心得，教大家用不可思議的省錢方法出國玩。

執筆之時，我由雪梨回來不久，仍在回味《悲慘世界》的音樂劇，原價將近台幣四千的正中間好位子，我用一千就買到票，眞是爽過在太平洋衝浪！當時，我暗自慶幸，覺得懂英語眞好，要不然，就會錯過這麼「好康」的事。

香港是我成長的地方，由於香港是英國的殖民地，少年時，除了中文與中國歷史科，我的課本全是英文（不過，一九九七回歸之後，九成英語教學的中學，主要教學語言都轉變成中文，以配合國情所需）。多虧了全英語的學習環境，我這一代的人到英語系國家旅行，大致上都沒有語言上的障礙。

此外，教會東來辦學，大多數學校都有基督教背景，我就是在這樣的氛圍裡長大，自小聆聽聖經故事，詠唱聖詩，期待悠長的聖誕節和復活節假期。隔週都有宗教課，每逢全校師生在禮堂聚會，校長都會引用經文講道理。長大了，我才明白，麥當勞和迪士尼並非西方的核心價值，基督教信仰才是維繫西方社會的核心力量。

只有了解語言，才能與老外溝通；也只有了解基督教，才能進入西方的思想世界，真正瞭解西方的歷史、文化和藝術。

這次觀賞《悲慘世界》的音樂劇，有了一種截然不同的領會。

妓女、神父、雨水、男主角揹負著重物行走……當我看見這些要素，我的靈魂彷彿受到奇妙的刺激，內心有所共鳴。儘管可能只是一廂情願，但我在一瞥眼間，好像看見了作者的神祕信息。整齣劇的主題是甚麼？就是「寬恕與救贖」，罪人因良心覺醒而獲得救贖，最高的法律是良知（天上的法律）。這樣的觀點，正是基督教的最大教義，彰顯了當今西方的人道主義。

我敢說，不熟悉《聖經》的讀者，很難徹悟西方的文學作品，讀了不等於讀懂。譬如，海明威的《老人與海》蘊含基督的隱喻，關鍵字隱藏在漫不經心的字裡行間……如果少了這一層深度，這只是一篇老人與大魚搏鬥的故事。我可不是瞎掰，若有質疑，不妨參閱文學教授湯瑪斯．佛斯特筆下的《教你讀懂文學的27堂課》。

抱歉，有點扯遠了，我說了一堆好像不相干的話，只是想說明一件事：有時候，不是本人故弄玄虛，而是兒時聽過的聖經故事潛移默化，一直影響我的思緒，就像有股神祕的力量在引導我創作。我常常在夢中拾掇記憶的碎片，嘗試將它們拼在一起，醞釀十多年，就有了我這部懸疑奇幻的作品。

中西合璧，一直是我在創作上的追求，只有走這條路，才能令我與其他華文作家有所不同。

由第一卷開始，就談到瑪雅文明，很多人只知道瑪雅的「末日預言」，殊不知瑪雅人和中國人的聯繫——根據遺傳學的基因鑑定，亞洲的蒙古人種與美洲人祖先有淵源關係。瑪雅人和中國人一樣，都會觀測天上的星相來推斷命運，也就有了眾所周知的末日預言——二〇一二年在我眼中的意義，乃在覺醒，而非毀滅。

我讀過一本書，作者將耶穌的角色定義爲「革命領袖」。

假如耶穌這麼偉大的人物，活在一個民主開明的社會，他一定可以爲自己的民族帶來更大的改變，猶太人未必會踏上亡國的命運。

專制統治與民主政治，竟是我這部拙作探討的主題之一……眞是不好意思，我本來只是一個流行小說的作者，寫出這種令人傷腦筋的題材。可惜書籍不能退款，我又不能讓你揍一拳……不過，你會買第五卷，證明你支持我已久，這一點我是相當感動的，正如民主國家的政治領袖必須得到民心，一個作者的生存價值都是由讀友來決定的。

來台灣這麼多年，我漸漸體會到民主的意義。正如柏楊老前輩畢生的參悟，只有民主才能帶來一線曙光，砸破又黑又臭的染缸，令民族擺脫周而復始的厄運。我亦相信，幾乎全數富起來的中國人都選擇民主國家的護照，一定有其道理。

民主有時會失效，但當民主發揮功用的時候，會有拯救整個民族的力量。

前四卷的故事在中國發生，但由第五卷開始，場景換幕成西方，這是我用心營造的對比，比較東方和西方兩個世界。

接下來將會是結局篇，現在，只欠大家最終決戰的結局。

很感謝台北市的圖書館，讓我這窮作家免費借書，由於常常遲還書，在擱筆的一刻，我也上了圖書館的黑名單（至少五次以上）。

也感謝中央研究院，院內的圖書館竟歡迎我這等閒人，我才搜集到可靠的史料。雖然我常常想竊書，但始終做不出來。有時候，我只是想查出某歷史事件發生時的天氣狀況，就浪費了半天的時間，所以才拖稿了這麼久。

這一卷彷彿留下了眾多未解之謎，其實不然。

有些細節，我不便明說，無心插柳就變成了書中的伏線。

只要你夠聰明，綜合前五卷的內容，現在就能整理出整個大長篇的來龍去脈。

以下就是給我各位讀友的考題：

一、中國人自古崇拜的「龍」是甚麼？

二、第六十三章提及的「恐怖的東西」是甚麼？

三、聖杯裡藏著甚麼？
四、秦始皇是誰的後裔？
五、三易之書和三劍的來源。

假如你能想得出全部答案，你就是我肚子裡的蛔蟲——有機會見面，我可以親你一下！

天航
二〇一五年秋　台北

國家圖書館出版品預行編目資料

術數師.5，先知瑪雅的預知夢／天航著.
——初版.——台北市：蓋亞文化，2015.10
面；公分.——（悅讀館；RE165）

ISBN 978-986-319-178-0（平裝）

857.7　　104020092

悅讀館 RE165

術数師 *5* 先知瑪雅的預知夢

作者／天航（KIM）
插畫／有頂天99
封面設計／克里斯
出版／蓋亞文化有限公司
地址◎台北市103赤峰街41巷7號1樓
電話◎（02）25585438　傳眞◎（02）25585439
部落格◎gaeabooks.pixnet.net/blog
臉書◎www.facebook.com/Gaeabooks
電子信箱◎gaea@gaeabooks.com.tw
投稿信箱◎editor@gaeabooks.com.tw
郵撥帳號◎19769541　戶名：蓋亞文化有限公司
法律顧問／義正國際法律事務所
總經銷／聯合發行股份有限公司
地址◎新北市新店區寶橋路二三五巷六弄六號二樓
電話◎（02）29178022
傳眞◎（02）29156275
初版一刷／2015年10月
定價／新台幣 280 元
Printed in Taiwan

GAEA ISBN／978-986-319-178-0

RE165
GAEA

術数師 5

蓋亞文化　讀者迴響

感謝您在茫茫書海中選擇了蓋亞，您的支持是我們最大的動力。
不要缺席喔，讓我們一起乘著夢想的羽翼，穿越時空遨遊天地！

姓名：　　性別：□男□女　　出生日期：　年　月　日
聯絡電話：　　手機：
學歷：□小學□國中□高中□大學□研究所　　職業：
E-mail：　　（請正確填寫）
通訊地址：□□□
本書購自：　　縣市　　書店
何處得知本書消息：□逛書店□親友推薦□DM廣告□網路□雜誌報導
是否購買過蓋亞其他書籍：□是，書名：　　□否，首次購買
購買本書的動機是：□封面很吸引人□書名取得很讚□喜歡作者□價格便宜□其他
是否參加過蓋亞所舉辦的活動： □有，參加過　　場　　□無，因為
喜歡出版社製作什麼樣的贈品： □書卡□文具用品□衣服□作者簽名□海報□無所謂□其他：
您對本書的意見： ◎內容／□滿意□尚可□待改進　　◎編輯／□滿意□尚可□待改進 ◎封面設計／□滿意□尚可□待改進　◎定價／□滿意□尚可□待改進
推薦好友，讓他們一起分享出版訊息，享有購書優惠 1.姓名：　　e-mail： 2.姓名：　　e-mail：
其他建議：

◎請沿虛線剪開、對摺、裝訂後寄出

◎請沿虛線剪開、對摺、裝訂後寄出

廣告回信 郵資免付
台北郵局登記證
台北廣字第675號

GAEA 蓋亞文化有限公司　收

103 台北市赤峰街41巷7號1樓